죄, 만 년을 사랑하다

ZAIMEI ICHIMANNENAISU
©Shuichi Yoshida 2024
First published in Japan in 2024
by KADOKAWA CORPORATION, Tokyo.
Korean translation rights arranged with
KADOKAWA CORPORATION, Tokyo through BC Agency.

이 책의 한국어판 저작권은 BC에이전시를 통해
저작권자와 독점계약을 맺은 (주)은행나무출판사에 있습니다.
저작권법에 의해 한국 내에서 보호를 받는 저작물이므로
무단 전재와 복제를 금합니다.

죄, 만 년을 사랑하다

요시다 슈이치
장편소설

이영미
옮김

罪名、一万年愛す

은행나무

일러두기

* 본문의 주는 모두 옮긴이의 것으로,
괄호 안에 글씨를 줄여 표기했습니다.

* 인물의 대사에 따옴표가 생략되는 경우가 있습니다.
이는 원서의 표기를 존중하여 그대로 옮긴 것입니다.

프롤로그

구주쿠시마섬(九十九島)은 규슈 나가사키현 북서쪽, 마쓰우라 북부 지역의 서해안과 이어지는 리아스식 군도다.

다만 섬 이름의 구십구(九十九)라는 숫자는 맑고 아름다운 자연경관을 떠올리게 하는 명칭일 뿐, 실제 섬의 개수는 208개에서 216개라고 알려져 있다. 대부분은 암초나 무인도지만 옛날부터 사람들이 거주하는 섬도 있고 부자들이 별장을 둔 섬도 많아서 최근에는 이른바 '프라이빗 아일랜드'로도 인기가 많다.

동중국해에 점점이 떠 있는 이 군도의 절경은 일본 100대 절경으로 선정되었을 뿐 아니라 최근 몇 년 동안 할리우드 영화나 유명한 일본 애니메이션의 배경으로 등장했을 정도로 뛰어나다.

자, 그리고 지금부터 소개할 내용은 이 구주쿠시마섬을 무대로 한, 어느 유명한 일가의 이야기다.

그렇다, 이야기의 발단은 다음과 같다.

요코하마의 노게 마을에 도갓타 란페이라는 사립 탐정의 사무실이 있다. 어느 여름날 오후, 엘리베이터도 없는 허름한 주상복합빌딩 5층에 자리한 사무실로 한 유명한 일가의 3대째 후손인 청년이 땀범벅이 되어 찾아온다.

이 3대손은 엄청나게 출중한 외모의 미남인 데다 온몸이 땀범벅인데도 불구하고 흐트러져 보이지는 않았다고 하니, 청결한 느낌이 물씬 풍기는 청년이었을 것이다.

잠정적으로 이 유명한 일가를 우메다 가문이라고 부르기로 하겠다.

우메다 가문의 1대는 이번 의뢰인인 3대째 청년의 할아버지이고, 그의 이름은 우메다 소고다.

우메다 소고는 태평양전쟁 이전에 태어나 규슈 사가현 시내에 있는 포목 도매상에서 허드렛일부터 시작해 성공을 거둔 자수성가로, 젊은 나이에 창업한 작은 슈퍼마켓이 고도 성장기의 순풍을 타고 나날이 번성해갔다.

독자적인 유통 시스템과 독특한 고객 관리로 사업은 해마다 꾸준히 번창했다. 후쿠오카의 일등지인 덴진에 우메다마루 백화점을 짓기까지 그리 오랜 시간이 걸리지 않았고, 고도 성장기의 경제는 더욱 순조롭게 흘러가서 덴진 본점을 시작으로 규슈의 여러 도시에 지점을 늘려

나갔다.

뛰어난 경영 방침과 강고한 철학 또한 그러한 시류에 질묘하게 들어맞았겠지. 우메다 소고는 시대의 총아로 떠오르며 세상의 주목을 받게 된다.

참고로 우메다마루 백화점 하면 대규모 옥상 유원지로 유명하다.

백화점 옥상에 어린이용 놀이기구를 처음 설치한 것은 긴자의 미쓰코시 백화점이 시초였다고 하지만, 제대로 된 유원지 시설로 발전시킨 것은 바로 이 우메다마루 백화점이라는 설이 있다.

실제로 우메다 소고가 지향한 목표도 아이들을 위한 백화점이었다. 게다가 때는 바야흐로 전례 없는 베이비 붐 시대였다.

옥상 유원지와 전망 좋은 레스토랑, 장난감 매장 확대 정책이 잇달아 중산층 계층으로 성장하는 고객들을 불러들였고 독자적인 유통 시스템으로 매입한 상품들은 날개 돋친 듯이 팔려나갔다.

그런데 그 기세가 절정에 다다랐을 무렵, 소고는 조금 거만해졌는지 어느 경제지 인터뷰에서 다음과 같은 말을 하고 만다.

"말하자면, 아이라는 생물은 욕망덩어리죠……."

이렇게 시작된 인터뷰는 다음과 같이 이어진다.

……남자아이라면 저 게임기를 갖고 싶다, 저 전철을 타고 싶다, 야구를 하고 싶다. 여자아이라면 저 옷을 입고 싶다, 피아노를 치고 싶다, 딸기 케이크를 먹고 싶다는 식으로 말입니다.

여하튼 아이들의 욕망은 끝이 없어요.

그리고 부모라는 존재는 말이죠, 입으로는 엄하게 키워야 아이에게 도움이 된다고 하면서도 결국은 자식의 욕망을 채워줌으로써 자신의 욕망을 충족하는 측면이 있지 않습니까?

"우메다 사장님의 말씀은 마치 '아이들은 돈이 된다'는 뜻으로도 들리는데요."

그렇게 슬쩍 나무라는 기자의 지적을 소고는 그냥 가볍게 웃어넘긴다.

"하하하. 아니, 그런 뜻은 아닙니다. 하지만 우리가 아이들 덕분에 돈을 버는 건 사실이죠"라면서.

그런데 이 기사가 나올 당시, 우메다마루 백화점은 사업적으로 더욱 유리한 도약의 기회를 얻기 위해 입시 학원과 피아노 학원까지 사업을 확장한 시점이었다. 그러나 소고가 인터뷰에서 했던 발언은 그런 사업의 방향성과는 어딘가 어긋나 보였다.

그 결과 우메다마루 백화점은 세상 사람들에게 호된 비난을 받는다.

공교롭게도 이때만큼은 시대의 흐름도 아군이 되어주지 않았던 모양인데, 그 이유인즉슨 논란 직후에 이른바 거품경제가 붕괴되었기 때문이다.

거품경제 붕괴 후 불경기의 여파가 가장 먼저 밀어닥친 것은 지방 백화점 산업이었다. 지금까지 계속되는 지방 쇠퇴화 문제는 이 시기부터 시작되었다.

우메다마루 백화점 역시 그러한 무시무시한 지반침하 흐름에서 예외일 수 없었다.

1990년부터 2000년에 걸친 잃어버린 10년(일본의 거품경제 붕괴 이후 장기 불황이 이어진 시기) 동안, 흡사 노인의 이가 빠지듯 각 지방 도시의 백화점 매장이 잇달아 폐점의 파도에 삼켜지고 만다.

그리하여 2020년대가 된 지금 '우메다마루 백화점'이라는 이름으로 간신히 영업을 이어가는 곳은 후쿠오카 덴진의 본점뿐이며, 게다가 그 본점조차도 니토리(가구·인테리어 소품을 판매하는 일본 기업)나 유니클로 같은 거대 브랜드에 매장을 대여해주는 형태로 운영되는 실상이다.

그리고 사립 탐정 도갓타 란페이의 사무실에 찾아온 사람은 바로 그 전설의 창업자 우메다 소고의 손자인 청년, 우메다 도요히로였다.

 앞서 언급했듯 도요히로는 청결한 느낌이 물씬 풍기는 미남이었다. 게다가 도갓타가 덧붙인 설명에 따르면 좋은 가문에서 곱게 자란 티는 숨길 수가 없는지, 올해 서른 살이라는 그의 용모는 더할 나위 없이 밝고 건강해 보였다고 한다. 햇볕에 그을려 가무스름한 팔에는 열여덟 살 생일에 경매로 얻었다는 고급 빈티지 손목시계를 차고 있었던 모양인데, 그것조차도 아니꼽게 보이질 않았다고 하니 과연 대단한 가문이긴 하다.

 왜냐하면 세간에는 "부자는 3대를 못 버티고, 가난은 7대나 간다"는 불길한 속담도 있기 때문이다.

 자, 그런데 그 청년이 그런 불길한 속담을 아느냐 모르느냐는 차치하고, 그는 대학을 졸업한 후 가업을 이어받지 않고 어렸을 때부터 꿈이었던 초등학교 교사가 되었다고 한다.

 현재는 공립 초등학교에서 2학년 학생들을 가르치고 있고 동시에 농구부 고문 교사로도 활동하고 있다며 세상 해맑게 웃었다고 한다.

 "그렇게 대단한 가문의 장남인데 사업을 이어받지 않는 선택지도 있군요."

 제아무리 도갓타라도 놀라지 않을 수 없었다.

그런데 3대째 손자는 천연덕스럽게 말했다.

"저는 경영에는 전혀 흥미가 없거든요. 다른 무엇보다 아이들을 정말 좋아해요. 아아, 저에게는 노노카라는 이란성 쌍둥이 여동생이 있는데 그 애가 저보다 사업 경영 재능이 훨씬 탁월해요. 본인도 그쪽 일을 좋아하는 것 같고. 그렇다 보니 우메다마루 백화점의 진짜 3대 후계자는 제 여동생이죠."

그리고 그때 도갓타 란페이가 세상 태평한 3대째 손자에게 받은 의뢰는 다음과 같은 내용이었다고 한다.

1

최근 들어 그의 할아버지인 소고가 종종 이상한 행동을 할 때가 있다.

미수(米壽)를 앞둔 나이라 치매일 가능성도 있지만, 밤이면 밤마다 있지도 않은 보석을 찾아 헤매는 기이한 행동을 한다는 거였다.

현재 소고 본인은 이미 일가의 사업에 완전히 손을 떼고 구주쿠시마섬에 예전부터 소유하고 있던 프라이빗 아일랜드인 노라시마섬에서 우아한 여생을 보내고 있다. 그런데 그 섬에서 일하는 가정부가 난감한 기색으로 연락했던 모양이다.

"저기, 어르신께서 매일 밤이면 무슨 보석을 찾아다니시는데…… '만 년을 사랑하다'라는 이름이 붙은 보석인 것 같아요. 혹시 뭘 좀 아시는 게 있을까요?"

걱정이 된 도요히로와 가족들은 당장 소고가 여생을

보내고 있는 노라시마섬으로 달려갔다.

그런데 소고 본인에게 물어보니, 그런 물건을 찾은 적도 없고 애당초 그런 보석은 알지도 못한다며 딱 잡아뗄 뿐이었니.

하지만 그 집에 함께 사는 가정부와 직원들이 거짓말을 할 리도 없었다. 그렇다면 역시나 나이로 봐서 치매가 의심스러웠다.

도요히로와 가족들은 서둘러 노라시마섬으로 전문의를 불러들였다.

건망증 테스트라고 얼버무리며 연세도 있으니 한번 받아보는 게 좋지 않겠냐고 구슬려보려 했지만 노망난 늙은이 취급에 화가 난 소고는 검사를 완강히 거부했다.

결국 의사는 물론이고 도요히로와 가족들까지도 하루 만에 노라시마섬에서 쫓겨나고 말았다.

그리고 돌아오는 비행기 안에서였다.

"이마에 핏대를 세우면서 우리를 쫓아내는 모습은 평상시 할아버지랑 똑같긴 한데, 아무래도 갑자기 확 늙어버린 느낌은 들었어요."

이것이 도요히로의 솔직한 감상이었다.

그건 그렇다 치더라도 '만 년을 사랑하다'라니…….

할아버지에게도 낭만적인 면이 있었구나 싶어서 왠지

좀 묘하더라고요. 물론 그런 이름을 가진 보석이 실제로 존재한다면 말입니다.

뭐, 어쩔 수 없는 일이긴 하지만, 앞으로 서서히 치매 증상도 나타나겠지. 아직은 정정하셔도 과연 언제까지 할아버지를 그 섬에 혼자 둘 수 있을까. 도요히로는 그런 생각을 하며 피로한 몸을 비행기 시트에 기댔다.

"……아버지도 당연히 모르죠? 그런 보석은?"

도요히로가 아버지인 가즈오에게 물었을 때였다.

옆 좌석에서 잡지를 넘기던 가즈오가 불쑥 의외의 말을 꺼냈다.

"흠, 그게 말이다."

……불현듯 떠오른 일이 있긴 해. 아주 오래전 얘기지만.

가즈오의 이야기는 1970년대 후반까지 거슬러 올라간다.

당시 가즈오는 아직 초등학생이었다.

어느 날 가즈오가 아버지의 서재로 갔는데 소고가 누군가와 전화 통화를 하고 있었다. 문 너머이긴 했지만 뭔가를 결정하는 상황 같았다. 그때 얼핏 들린 소리가 '만년을 사랑하다'라는 말이었다고 한다.

전화 통화가 끝나자 가즈오는 서재로 들어갔다. 그때

무슨 용건으로 아버지의 서재를 찾았는지는 이미 까맣게 잊었지만, 책상에 '만 년을 사랑하다'라고 쓴 메모가 놓여 있었던 기억이 떠올랐다고 말했다.

"그런 걸 몇십 년이나 기억하고 계셨네요."

란페이가 무심코 도요히로의 이야기에 끼어들었다.

"네, 실은 저도 그게 뭔가 이상해서 더 여쭤봤어요. 그랬더니……."

이때 가즈오가 도요히로에게 들려준 얘기에 따르면 당시 그는 막 사춘기에 접어든 시기였다고 한다.

"외설스러운 말이나 그 비슷한 뭐겠거니 생각했지."

"네? 외설스러운 말이요?" 도요히로가 말했다.

"그래, 너도 그런 경험은 있을 거 아니냐. 음란해 보이는 단어를 사전에서 찾아보거나 하는 것 말이다."

"아하, 그런 뜻이었군요."

도요히로는 어이가 없었던 모양이다.

"글쎄, 평소에는 고지식한 아버지가 메모에 '사랑'이라는 말을 적었다니까. 그것도 '만 년을 사랑하다'라고."

어린 가즈오는 자기 방으로 돌아오자마자 부리나케 사전을 찾아봤던 모양이다.

그러나 안타깝게도 집에 있던 사전에도, 백과사전에도 '만 년을 사랑하다'라는 말은 나오지 않았다. 그런데도 왠지 그 말만은 몇십 년 동안이나 가즈오의 머릿속에 남았다.

거기까지 이야기를 들은 후 도갓타가 다시 끼어들었다.

"잠깐 이야기를 끊어도 괜찮을까요?"

……으음, 사실상 도요히로 씨의 아버님이 그 말을 기억하고 있다 치더라도 그게 꼭 보석 이름이라는 확증은 없는 거 아닙니까.

"네, 그건 그렇죠."

"그렇다면 말이죠."

……현실적으로 그런 보석이 존재하는지 어떤지는 아직 알 수가 없어요.

좀 더 따져보자면, 치매를 의심해도 이상하지 않을 만큼 연세가 드신 분이 여태 누구도 듣도 보도 못한 물건을 갑자기 찾기 시작한 겁니다.

그런데 나한테 그걸 찾아달라고요?

과연 도갓타가 제기한 반론은 타당했다.

그러자 도요히로는 "사실은 말이죠, 그게……"라며 이야기를 이어갔다고 한다.

……물론 도갓타 씨의 사무실을 찾기 전에 저도 나름대로 최대한 조사를 해봤습니다.

……다행히 회사와 관련된 부분은 할아버지가 회장직

에서 물러날 때 모두 아버지 명의로 바꿔놓은 덕분에 조사도 간단했습니다.

물론 회사와 별개로 할아버지가 개인 명의로 숨겨둔 금고가 있다고는 장담할 수 없겠지만, 서희랑 오랫동안 일해온 고문 변호사에게도 확인했으니 역시나 그런 대여 금고나 숨겨둔 재산은 없다고 봐도 될 것 같습니다.

"하지만 고문 변호사쯤이야 입막음하려고 마음만 먹으면 얼마든지 할 수 있을 텐데요."

도갓타가 말을 가로막았다.

"아, 네. 그래서 솔직하게 말했습니다. 할아버지가 치매가 의심된다고."

그때 고문 변호사가 꺼낸 말이 경매 이야기였다고 한다.

참고로 우메다 가문에는 다음과 같은 전통이 있다.

가족 구성원이 열여덟 살이 되면, 축하 선물로 소더비나 크리스티 같은 세계적인 경매 회사에서 원하는 물건을 낙찰받아 가질 수 있다.

그때 도요히로가 팔목에 차고 있던 고급 빈티지 시계도 그렇게 경매에서 따낸 전리품이었던 것이다.

그런데 그 고문 변호사의 대답은 이랬다.

"뭐, 만에 하나 우메다 어르신께서 저에게 일을 맡기기 전에 그런 보석을 손에 넣으셨다면 아마도 입수 경로는 경매였겠지요."

도요히로는 그 말을 듣고 곧바로 조사를 시작했다.

다행히 유명한 경매 회사에는 상당히 오래전 컬렉션 자료들까지 보관되어 있었다.

"그랬더니 나온 겁니다. 이게!"

도요히로는 아마도 발견했을 때와 똑같이 잔뜩 흥분한 목소리로 외치더니, 가방에서 예스러운 경매품 카탈로그를 꺼냈다.

언뜻 보기에도 세월의 흔적이 물씬 풍기는 카탈로그였지만 고급스러운 아르데코 양식으로 제작되어 완성도가 매우 훌륭했다.

"여기요, 이 페이지를 봐주세요."

도요히로가 펼쳐준 페이지를 도갓타가 들여다봤다.

특이하게도 카탈로그는 장정뿐 아니라 사진 인쇄도 정교했고 색깔도 전혀 바래지 않은 상태였다.

"호오."

도갓타는 놀라운 마음에 무심코 감탄이 흘러나왔다고 한다.

거기에 실린 사진은 루비 펜던트였다.

정교한 백금 세공으로 장식된 커다란 루비 펜던트.

그 빛깔은 마치 핏물이 밴 것처럼 짙었다.

아름답다기보다 왠지 모를 두려움이 느껴지는 보석이었다.

"이게 그……."

도갓타가 손가락으로 사진을 살짝 짚었다.

"참고로 이건 원본은 아니지만, 1940년에 스위스 취리히에서 열린 경매에 참가한 크리스티라는 회사의 카탈로그예요. 그래서 말인데 도갓타 씨, 여기를 좀 읽어보세요."

도요히로가 사진 밑에 실린 설명문을 가리켰다.

이 귀중한 보석 '만 년을 사랑하다'는 안나 보나파르트 여왕의 컬렉션 중 하나다. 1930년대부터 스위스 은행 금고에 보관되었다. 25.59캐럿.

"25.59캐럿이면 크기가 얼마나 될까요?"

도갓타가 자기 손가락을 오므리며 크기를 상상해보았다.

"아니, 그렇게 작지는 않아요."

곧바로 도요히로가 정정했다.

"분명 이 정도는 될걸요."

그때 도요히로가 손가락으로 가리킨 것은 도갓타가 간

식으로 먹으려고 탁자 위에 올려둔 아몬드 초콜릿이었다.

도갓타는 무심결에 초콜릿을 집어 들었다.

살짝 사치를 부리는 마음으로 사온 벨기에 초콜릿이라, 기분 탓인지는 몰라도 묵직한 무게감이 느껴졌다.

"으음, 진짜 이렇게까지 클지는 모르겠지만, 사진에 보이기로는 이 정도쯤 될 겁니다."

도요히로도 도갓타의 손바닥에 올려진 초콜릿을 집어 들더니 다양한 각도로 이리저리 살펴보기 시작했다.

"이때 경매에서 '만 년을 사랑하다'라는 이 루비를 따낸 사람은 어느 러시아인이었던 것 같아요."

······물론 요즘과는 달리 완전 비공개로 진행됐기 때문에 그 정체는 알 수가 없죠.

다만 낙찰가는 남아 있는데 당시 일본 화폐로 150만 엔 정도였어요.

도요히로가 초콜릿을 조심스럽게 접시 위에 내려놓았다.

"그 당시에 150만 엔이었으면 지금 가치로 얼마쯤 되나요?"

도갓타가 물었다.

"뭐, 물가나 환율 변동 같은 여러 가지 고려할 사항이 있긴 하겠지만, 대략 어림잡아도 현재 시세로 35억 엔 정도일 겁니다."

"35억 엔이요……?"

도갓타는 무심코 다시 초콜릿으로 뻗을 뻗했던 손을 거둬들였다.

"그래서 도갓타 씨에게 급히 부탁드릴 일이 있습니다."

도요히로가 초콜릿 접시를 탁자 한쪽으로 밀어놓고, 선수금이 들어 있는 듯한 두툼한 봉투를 내려놓았다.

……조만간 구주쿠시마섬이라는 군도에 있는 노라시마섬에서 할아버지의 88세 생신 축하 파티를 엽니다.

그 자리에 우리와 함께 가주실 수 있을까요?

도갓타는 새삼 다시 카탈로그를 집어 들었다.

'만 년을 사랑하다'라는 이름이 붙은 아름다운 루비.

아니, 역시 아름답다기보다는 왠지 모를 두려움이 느껴지는 보석이었다.

2

 자, 그리고 지금은 구주쿠시마섬의 상공 3000미터 지점이다.
 나가사키현 공항에서 예정 시각에 맞추어 이륙한 헬리콥터는 항로를 따라 순조롭게 날아갔고, 그 아래로는 바다 위에 점점이 떠 있는 초록빛 섬들이 여름 햇살에 반짝이는 풍경이 펼쳐졌다.
 "정말 뛰어난 장관이야!"
 아까부터 감탄사를 연발하는 사람은 사카마키 조이치로라는 나이가 지긋한 남자였다.
 "사카마키 경위님은 구주쿠시마섬이 처음이세요? 아무래도 일본의 서쪽 끝자락이다 보니 그럴 만도 하지요. 지금부터 일몰까지의 경치가 가장 아름답습니다."
 예전에 부하 직원이었던 조종사의 목소리가 헤드폰에서 들리자 사카마키가 유리창에 찰싹 붙이고 있던 이마를 뗐다.

"이봐, '경위'라는 호칭 좀 그만하라니까."

"참, 그러셨죠. 죄송합니다."

소개가 좀 늦었는데, 사카마키 조이치로라는 사람도 이 이야기에서 빼놓을 수 없는 중요한 등장인물 중 하나다.

사실 사카마키가 옛 부하 직원의 호칭에 겸연쩍어하는 것도 당연한 게, 그는 이미 15년 전에 정년퇴직하고 공직에서 물러났기 때문이다.

현재는 은퇴한 신분이지만 몇 년 전까지만 해도 이직한 경비 회사에서 엄격하게 후진을 양성하는 역할을 맡았던 터라, 그 풍채나 얼굴에서는 여전히 강인하고 날렵한 기운이 물씬 풍겼다.

헬리콥터에 같이 탄 조종사는 신입 형사 시절부터 사카마키가 각별히 챙겨줬던 부하 직원이다. 업무적인 상담은 물론이고 여자도 못 사귀고 내성적이라 사카마키가 배우자도 소개해주었다. 그리고 퇴직 후에는 작은 항공 회사의 일자리까지 마련해주었다.

"다카코 씨는 건강하게 잘 지내나?"

사카마키가 옛 부하 직원의 아내 안부를 물었다.

"네, 덕분에 잘 지내고 있습니다."

……딸 부부가 오사카로 직장을 옮겨서 손자를 보살피

지 못하는 게 조금 서운한 모양이지만 요즘에는 다시 시간제 요양사 일을 시작해서 이러쿵저러쿵 불평을 늘어놓으면서도 하루하루 즐겁게 지내고 있습니다.

"백중이나 연말마다 늘 귀한 음식을 보내줘서 우리 안사람이 매번 고마워한다네. 이번에 잠깐 인사라도 하면 좋았을 텐데, 미안하게 됐군."

"아뇨, 그 말씀만 들어도 아내가 무척 기뻐할 겁니다. 휴일에는 둘이 여기저기 버스 여행을 다니는데, 워낙 식도락가라 여행지에서 맛있는 걸 찾아내는 게 낙인 사람입니다."

맞선을 주선했을 때는 밝고 외향적인 여성이라 보나 마나 자기 부하가 단박에 차일 거라고 사카마키는 예상했었다.

그런데 이렇게 정년퇴직한 후까지 둘이 같이 버스 여행을 즐긴다고 하니 남녀의 궁합이란 도무지 알 수가 없다.

"사카마키 경위님, 저기 보이는 섬이 우메다 어르신이 소유한 노라시마섬입니다."

사카마키는 또다시 "경위"라고 부르는 옛 부하 직원을 나무랄까 했지만 돌연 눈 아래 모습을 드러낸 아름다운 섬에 시선을 빼앗겼다.

예상했던 것보다 큰 섬이었다.

얘기는 들었지만 실제로 상공에서 내려다보니 영락없는 해마 모양이었다.

"참, 별나게 생겼군."

사카마키가 무심코 중얼거렸다.

"리아스식 지형이라 이 주변 섬들은 생김새가 다 특이합니다."

옛 부하가 충직하게 대답했다.

해마의 꼬리 언저리에 헬리콥터 이착륙장이 있었다.

H라고 써놓은 페인트가 거의 다 벗겨지고 주위에도 잡초가 무성한 걸 보니 별로 사용하지 않는 곳 같았다.

"이 주변에 섬을 소유한 부자들은 전용 고속 보트를 이용합니다."

헬리콥터 이착륙장을 보고 사카마키와 같은 인상을 받은 듯 옛 부하 직원이 말했다.

헬리콥터가 노라시마섬에 더 가까이 접근하자, 섬 한가운데 있는 저택이 눈에 들어왔다.

자연과 잘 어우러지는 현대식 디자인인데 헬리콥터 이착륙장 주변과는 달리 구석구석 잘 관리된 모습이었다.

"저기, 설마 우메다 어르신이 저 섬에서 혼자 사시나요?"

착륙 준비에 들어간 옛 부하 직원이 조종간을 고쳐 잡

았다.

"혼자이긴 한 것 같은데, 저택에 상주하는 가정부와 출퇴근하는 간호사, 섬을 관리하는 남자 직원도 있다고 들었네. 뭐, 아직 정정한 분이니까."

"미수 축하 파티면 우메다 어르신이 벌써 88세가 되셨나요? ……경위님은 얼마 만에 만나시는 거죠?"

"흠, 글쎄……."

또다시 "경위"라고 불러서 한마디 하려 했지만 사카마키도 이젠 귀찮았다.

"우메다 어르신을 뵙는 건 2년 만이지. 그래도 해마다 꼬박꼬박 연락은 주고받아."

"예전에 그 사건이 발생한 때부터요?"

"으음, 그렇지. 언제나 예외 없이 장난스러운 말투로 이렇게 묻곤 하셔. '사카마키 경위님, 그나저나 무슨 새로운 증거라도 찾으셨을까요?'라고."

사카마키가 우메다 옹의 목소리를 흉내 냈다.

"그 사건이 발생한 지 얼마나 됐죠?"

"45년…… 어느새 45년이나 흘렀어."

사카마키가 중얼거렸다.

"경위님에게는 특별한 사건이긴 했지만, 설마 아직도 우메다 어르신을 잡아들일 생각은 아니시겠죠?"

착륙 태세로 접어들었기 때문에 옛 부하 직원의 목소리도 커졌다.

"설마."

사카마키가 웃어넘겼다.

"세상을 떠들썩하게 만들었던 실종 사건의 용의자와 담당 형사. 그런데 지금은 두 사람이 친구가 된 거잖아요. 새삼 다시 생각해도 참 희한한 관계란 말이죠."

옛 부하 직원이 고도를 더욱 낮췄다.

"전에도 말했을지 모르지만, 내가 정년퇴직하는 날에 우메다 어르신이 축하 선물을 보냈더라니까."

사카마키가 당시를 떠올리며 혼잣말을 흘렸다.

……멋진 고이마리(일본 규슈 사가현에서 유래한 전통 도자기) 접시였지. 미궁에 빠진 사건의 유력한 용의자가 보낸 정년퇴직 축하 선물.

뭐, 은근히 화도 났지만 한편으로는 감개무량하기도 하더군. 이제 정말 내 형사 인생도 끝이구나 싶어서.

내 생각에는 아마 우메다 어르신도 세상을 떠들썩하게 만든 사건의 용의자였던 게 꽤나 진귀한 경험이었던 거겠지.

축하 선물에 대한 답례로 감사 편지를 보냈더니, "사카마키 경위님, 같이 맛있는 음식이라도 먹으면서 옛이야기나 나누시죠"라면서 날 초대하시더군. 그 후로 어영부영 교제가 이어져온 셈이지.

두 사람이 인연을 맺게 된 계기는 1970년대 중반에 발생한 일인데, 당시 '다마 뉴타운 주부 실종 사건'이라 불리며 세상을 떠들썩하게 만들었던 사건이다.

그 사건이 조금 과하다 싶을 정도로 세상을 발칵 뒤집었던 데에는 몇 가지 이유가 있었다.

먼저 첫 번째는 당시 다마 뉴타운이라는 지역이 이른바 고도 성장기를 맞은 일본의 기세를 상징하듯 찬란히 빛나던 곳이었기 때문이다.

그리고 그 빛나는 뉴타운에서 행복하게 살아가던 한 주부가 돌연 실종되었다.

당시 언론은 화려한 뉴타운 이면의 어둠에 주목하고 앞다투어 보도에 뛰어들었다. 그리고 취재 경쟁은 과열되었다.

그러던 중 어떤 소문이 퍼지기 시작했다.

실종된 주부가 예전에 요시와라의 유곽에서 활동한 매춘부 출신이었다는 것이다.

당연히 보도 열기는 더욱 뜨겁게 달아올랐다. 수사선상에 우메다 소고의 이름이 떠오른 것은 바로 그 무렵이었다.

주부의 소식이 끊기기 전 그녀와 우메다 소고가 만났다는 목격 증언이 나왔기 때문이다.

그 낭시 우메다 소고는 이미 이름이 널리 알려진 젊은 사업가 중 한 사람이었다.

후쿠오카 덴진의 우메다마루 백화점 창업자로 전국에서 유명했고, 경제 호황의 흐름을 타고 덴진 본점뿐만 아니라 규슈의 지방 도시에도 잇달아 매장을 확장하는 와중이었다.

그런 젊고 유망한 사업가가 세상을 떠들썩하게 만든 주부 실종 사건의 용의자가 된 것이다.

보도 열기는 더욱 뜨거워질 것으로 예상됐다.

그러나 그 불길은 금세 사그라들고 말았다.

우메다 소고가 법적으로 대응에 나서서다.

잡지나 신문에 불명예스러운 기사를 게재한 여러 신문사와 출판사를 상대로 명예훼손 소송을 제기한 것이다.

한편 그 무렵, 사카마키를 비롯한 수사진도 더는 손을 써볼 도리가 없는 완전한 교착 상태에 빠져 있었다.

아무리 조사를 해봐도 실종된 주부와 우메다 소고가 연결되는 접점을 찾을 수가 없었다.

오히려 두 사람의 신원을 조사하면 할수록 서로 연결고리가 없다는 사실만 점점 더 확실해질 뿐이었다.

게다가 두 번의 목격 정보 중 한 건과 관련해서는 우메다 소고가 그날 다른 지역에 있었다는 완벽한 알리바이도 있었다.

어느새 과열 일변도로 치달았던 보도도 놀라울 정도로 빠르게 수습되었다.

아무튼 그때는 어수선하고 떠들썩한 시대였다.

세간의 관심은 꼬리를 물고 발생하는 새로운 사건으로 옮겨 갔다. 화려한 다마 뉴타운에서 행복하게 살아가던 주부 하나가 사라졌다는 사실을 세상 사람들이 잊어버리는 데는 그리 오랜 시간이 걸리지 않았다.

사카마키를 태운 헬리콥터는 노라시마섬으로 더욱 가까이 다가갔다. 암초에 부딪힌 파도가 거칠게 용솟음치며 부서져 내렸다.

"우메다 어르신의 가족분들은요?"

헤드폰에서 옛 부하 직원의 목소리가 들려왔다.

"모두 도쿄에 살아."

사카마키가 대답했다.

……그런데 이번 축하 파티에는 모두 모이는 모양이야.

"그건 그렇고 이렇게 사생활이 보장된 섬에서 직원들의 시중을 받으며 여생을 보내다니, 정말 꿈같은 인생이지 않나. 방 두 개짜리 공공 주택에 사는 나 같은 사람은 도저히 상상도 못 할 세상이야."

드디어 착륙하는지 옛 부하 직원이 신호를 보냈다.

사카마키가 엄지손가락을 치켜세우며 착륙 신호에 응답했다.

프로펠러가 일으키는 거센 바람 때문에 헬리콥터 이착륙장에 우거진 초목이 심하게 요동쳤다. 현란한 빛깔을 띤 작은 새들이 놀라서 파닥거리며 날아올랐다.

사카마키가 헬리콥터 이착륙장에서 조금 떨어진 곳에 서 있는 우메다 옹을 발견한 것은 바로 그때였다.

비록 지팡이를 짚었지만 다부진 체격은 예전과 변함이 없었다.

프로펠러의 거센 바람에도 흔들림 없이 떡 버티고 서서 긴 백발을 흩날리는 모습은 흡사 오래된 절의 산문(山門)을 지키는 인왕(불교의 수호신) 같았다.

그의 등 뒤로 시중을 드는 젊은 남자 간호사가 서 있었는데, 굳이 따지자면 그쪽이 더 프로펠러 바람에 휘청거리고 있었다.

헬리콥터가 착륙하자 사카마키가 직접 문을 열었다.

"그럼, 나중에 모시러 오겠습니다."

사카마키는 옛 부하 직원의 말에 고개를 끄덕인 후 최

대한 날렵해 보이도록 신경 쓰며 발판에서 뛰어내렸다.

땅으로 뛰어내린 순간, 짙은 바다 냄새가 코끝으로 밀려들었다.

사카마키는 프로펠러의 풍압을 이겨내며 잔달음질로 헬리콥터에서 멀어졌다.

몸을 굽히며 인사를 건네자 우메다 옹이 한쪽 손을 들며 인사를 받았다.

멀리서 봐도 거칠고 울툭불툭한 손이었다. 햇볕에 그을린 얼굴은 강건하기 이를 데 없었고, 긴 백발은 아직도 덥수룩해서 백발삼천장(백발이 매우 길게 자랐다는 뜻으로, 몸이 늙어 근심과 비탄이 날로 쌓여감을 비유적으로 이르는 말)과는 거리가 멀어 보였다.

우메다 옹보다 열두 살쯤은 젊을 사카마키조차도 그 옆에 서면 무기력하고 지쳐 보일 듯했다.

등 뒤에서 헬리콥터가 하늘로 날아올랐다.

사카마키가 고도를 높이며 날아가는 헬리콥터를 배웅하듯 바라보았다.

그리고 헬리콥터 소리가 멀어진 후 우메다 옹 쪽으로 다시 눈길을 돌렸다.

"오랜만에 뵙겠습니다."

"사카마키 경위님, 먼 길 오시느라 고생하셨습니다."

우메다 옹이 손을 내밀며 악수를 청했다.

"글쎄, 이젠 '경위'라고 부르지 마시라니까요."

사카마키가 겸연쩍어하며 우메다 옹이 내민 손을 잡았다.

고생깨나 한, 두툼한 사나이의 손이었다.

"격식 차리는 인사는 그만합시다. 보시는 대로 아무것도 없는 섬이지만, 낚시 하나만큼은 섬의 잔교에서든 배에서든 맘껏 할 수 있어요. 편히 푹 쉬었다 가세요."

"네, 저도 그럴 생각으로 찾아뵈었습니다."

두 사람은 그제야 힘껏 부여잡았던 손을 놓았다.

헬리콥터가 소나기구름 속을 향해 날아갔다.

"사카마키 경위님."

갑자기 변한 우메다 옹의 목소리에 사카마키가 하늘을 바라보던 시선을 거둬들였다.

"……그건 그렇고, 무슨 새로운 증거라도 찾으셨을까요?"

우메다 옹이 소나기구름을 올려다보며 장난스럽게 질문을 던졌다.

3

 우메다 옹이 헬리콥터 이착륙장에서 사카마키 경위를 맞이한 바로 그 시각, 섬 반대편의 잔교에는 고속 보트 한 대가 도착했다.

 보트를 타고 온 사람은 우메다 옹의 손자인 우메다 도요히로와 도갓타 란페이였다.

 뱃멀미가 심했던 도갓타는 잔교로 내려서자마자 있는 힘껏 섬의 공기를 들이마셨다.

 속이 조금 편해졌다.

 "그러고 보니 노라시마섬이라는 이름은 예전부터 쓰던 건가요?"

 도갓타가 기지개를 켜며 물었다.

 ……이런 무인도를 사면, 소유자가 섬 이름을 짓기도 하지 않습니까. 그런데 노라시마섬이라는 이름에서는 그런 느낌이 안 들어서요.

도갓타는 섬을 둘러보았다.

"아뇨, 이래 봬도 할아버지가 지은 이름인데요."

"노라(野良, 일본어로 들판이나 논밭, 혹은 야생의 환경에서 자라는 것을 뜻함)라고요?"

"잘은 모르겠지만, 어릴 때 고양이를 기르셨는데 그 고양이 이름이 노라였나 봐요. 이 섬을 산 지 벌써 50년 가까이 됐지만 당시에는 섬 이름을 한자로 지어야 했으니 특별하게 가타카나로 지을 수가 없어서 그냥 적당한 한자를 붙였다고 들었어요."

"아하, 그렇군요."

두 사람을 태운 고속 보트를 댄 곳은 호안공사를 말끔하게 해놓은 잔교였다.

항해 중에 도갓타는 그 지역 토박이로 보이는 선장에게 이런 이야기를 들었다.

"이 주변 섬에는 거의 다 부잔교(부두에 방주를 연결해 띄워서 수면 높이에 따라 위아래로 자유롭게 움직이도록 한 다리 구조물)뿐이에요. 노라시마섬만 우메다 어르신이 돈을 들여서 호안공사를 한 겁니다."

……뭐, 아무래도 태풍이나 폭풍우가 치는 날에는 어렵겠지만, 조금 높은 파도쯤이라면 저처럼 어느 정도 기술만 있는 선장이면 누구나 배를 댈 수 있어요.

하지만 이번 태풍은 꽤 강할 듯하니 만약 이쪽으로 방향을 틀면 배를 대기는 힘들겠죠. 그래도 다행히 타이완 쪽으로 태풍이 비껴간 모양이라 돌아가실 때도 문제는 없을 겁니다.

그리고 선장은 이런 이야기도 들려주었다.

"이 노라시마섬은 말이죠, 거의 절벽으로 둘러싸인 섬들뿐인 구주쿠시마섬 군도에서는 보기 드문 경우예요."

……서쪽에 작은 모래사장이 펼쳐진 안곡(바다가 육지로 파고들어 생긴 작은 만)이란 말이죠.

그래서 저렇게 튼튼한 잔교를 만들 수 있었을 겁니다.

도갓타가 구글 지도로 미리 조사한 바로는 그리 큰 섬은 아닌 듯했지만 막상 실제로 와보니 안곡 주변에 울창한 숲이 우거져 있었고, 무엇보다 그 원시림에 들어찬 굵직한 나무들이 눈길을 사로잡았다.

지금은 부자 소유의 프라이빗 아일랜드이긴 하지만 태곳적부터 역사를 이어온 섬인 것이다.

도갓타가 뱃멀미를 떨쳐내기 위해 잔교에서 기지개를 켜는 도중 원시림 속에서 한 남자가 불쑥 모습을 드러냈다.

곧 알게 될 테지만, 그 남자는 섬 관리를 맡고 있는 미카미 조지라는 사람이었다. 머리칼과 수염을 멋대로 자라게 놔둬서 야성미가 넘쳐났다. 살짝 타잔 같은 분위기를 풍겨서인지, 마치 노라시마섬에서 한 번도 외부로 나간 적이 없는 사람처럼 보이기까지 했다.

숲에서 모습을 드러낸 미카미는 익숙한 동작으로 고속 보트로 뛰어오르더니 도갓타와 도요히로의 짐을 가뿐히 들어 잔교로 옮겼다.

어쨌든 도갓타는 섬을 찾아온 손님이고, 게다가 도요히로로 말하자면 자기 고용주의 손자였지만, 두 사람 모두에게 붙임성 있는 인사 한마디 건네지 않았다.

오히려 잔교에 우두커니 서 있는 두 사람이 걸리적거린다는 듯이 인상을 쓰며 두 사람의 짐을 양쪽 어깨에 가볍게 짊어진 후 곧장 저택 쪽으로 걸어갔다.

"아, 실례했습니다. 미리 말씀드릴 걸 그랬네요."

그제야 뒤늦게 알아차린 듯이 도요히로가 말했다.

도갓타가 미카미의 뒷모습을 바라보는 걸 알아챈 모양이다.

방금 저 사람은 미카미 조지 씨입니다. 정원 손질부터 전기공사까지…… 뭐, 말하자면 이 섬의 일손인 셈이죠.

그렇게 소개를 마친 도요히로도 미카미의 무뚝뚝함에 이미 익숙한 듯 도갓타 옆에서 섬 공기를 한껏 들이마셨다.

한편 우메다 소고가 현재 우아한 노후를 보내고 있는 저택은 노라시마섬의 중앙부에 자리 잡고 있었다.

안곡의 잔교에서부터 산책길이 쭉 뻗어 있었고 공들여 손질한 화단을 지나면 저택의 안뜰이 나왔다.

안뜰에는 분수가 있었는데 촌스럽기는커녕 이끼 정원이 연상될 만큼 고요하고 차분한 분위기가 감돌았다. 저택은 그 뜰에서 드나들 수 있는 구조였다.

다시 말해 현관이라는 것이 없었다.

저택 자체는 세련되고 단순한 디자인의 2층짜리 건물로, 현대판 콜로니얼양식이라고 하면 좋을까. 바람이 잘 통하는 2층의 널찍한 발코니가 안뜰을 빙 둘러싸고 있었다.

"도갓타 씨, 좀 피곤하시죠?"

저택을 바라보는 도갓타에게 도요히로가 물었다.

……저녁 식사 때까지 푹 쉬세요. 저희 가족은 그때 소개해드릴게요.

아, 참.

그 순간 퍼뜩 생각이 떠오른 듯이 도요히로가 걸음을 멈췄다.

……지난번에도 말씀드렸습니다만 오늘 밤 저녁 모임에는 드레스 코드가 있어요. 뭐든 좋으니 하얀 걸 하나 착용해주셨으면 합니다. 물론 머리부터 발끝까지 다 하얗게 입으셔도 되고, 하얀 네커치프 하나만 꽂아도 좋습니다.

"네, 알겠습니다."

도갓타가 고개를 끄덕였다.

……회색 여름 재킷을 가지고 왔으니 그거면 괜찮을 것 같은데요.

"네, 완벽합니다."

"그런데 도요히로 씨의 할아버님은 늘 이런 취향으로 축하 파티를 즐기시나요?"

"아뇨, 처음이에요. 할아버지가 드레스 코드 같은 말을 꺼낸 건."

원래는 그런 속물적인 유희는 아주 질색하는 분인데, 이번에는 웬일인지…….

그래서 가족들도 의아해했죠. 아마 어쩌다 즉흥적으로 떠오른 생각일 거예요.

도요히로가 웃어넘기면서 안뜰을 지나 저택으로 들어갔다.

도갓타도 그 뒤를 따라 들어갔다. 그러자 멋진 대리석이 깔린 홀과 흡사 호화 여객선에서나 볼 법한 웅장한 계단이 나왔다.

도요히로가 계단을 올라 2층으로 향했다.

거대한 계단 벽에는 가족 초상화가 걸려 있었다.

"그림이 멋지군요."

도갓타가 무심코 그림 앞에 멈춰 섰다.

"고맙습니다. 참고로 할아버지 무릎에 앉아 있는 사내아이가 바로 접니다."

"이상적인 행복이란 바로 이런 모습을 두고 하는 말이겠죠."

"뭐, 저희가 어디 가서 불행하다고 하면 복에 겨운 소리라고 야단이나 맞을 게 뻔합니다."

그 후 도갓타가 안내받은 곳은 뜰이 내려다보이는 2층 방이었다.

인테리어는 심플하지만 청결한 리넨 침구류나 욕실에 구비된 물품은 5성급 호텔 수준이었다.

도갓타를 방까지 데려다준 도요히로는 밖으로 나가려다 문득 걸음을 멈추고는 물었다.

"혹시 피곤하지 않으시면, 먼저 섬을 잠깐 안내해드릴까요?"

"아뇨, 뱃멀미를 살짝 한 것 같으니 잠깐 누워서 쉬겠습니다."

"그렇군요. 알겠습니다."

도요히로도 무리하게 강요할 생각은 없었는지 담백하게 물러났다.

"……혹시 필요한 게 있으면 1층에 기요코 씨라는 가정부가 있으니 뭐든 편하게 말씀하세요."

……참고로 제 방은 복도로 나가서 오른쪽 끝입니다. 한동안 방에 있을 예정이지만 만약에 없으면 휴대전화로 연락주시고요.

"네, 감사합니다."

"그럼, 푹 쉬세요."

도요히로가 나간 후 도갓타는 창밖을 내다보았다. 아직 해는 높이 떠 있고 넓고 푸른 바다는 눈부셨다. 가까운 섬들도 한눈에 조망할 수 있는 구주쿠시마섬의 아름다운 전경이었다.

살짝 뱃멀미한 탓이겠지. 샤워로 땀을 씻어낸 도갓타는 15분 정도 쉴 요량으로 침대에 누웠다. 그런데 계단 밑에서 들려오는 시끌벅적한 웃음소리에 눈을 떴을 때는 창밖이 이미 타오르는 듯한 저녁놀에 물들어 있었다.

도갓타는 허둥지둥 흰색 여름 재킷을 걸치고 방을 나섰다.

드넓은 계단을 지나 1층으로 내려가려는데, 도요히로가 급히 올라왔다.

그는 도갓타처럼 흰색 재킷 차림이었고 주머니에는 멋스럽게 접은 하얀 네커치프까지 꽂혀 있었다.

"아, 잘됐네. 지금 막 모시러 올라가는 참이었어요."

"죄송합니다. 그만 깜박 잠이 들어서."

"긴 여정이라 피곤하셨겠죠. 피로는 좀 풀리셨나요?"

"죄송합니다. 잠깐만 누워 있으려고 했는데 잠이 들어버린 바람에……."

그나저나 여행이란 참 신기하군요. 도쿄에서 여기까지 비행기와 고속 보트로 채 세 시간도 안 걸렸을 텐데, 왠지 정확히 이동한 거리만큼 피곤이 쌓인 것 같달까요.

대리석이 깔린 홀 앞이 연회장 입구였다.

양쪽 문이 활짝 열려 있었다. 연회장에는 눈부시게 새하얀 테이블보가 깔린 긴 테이블이 놓여 있었고 백합꽃이 우아하게 꽂힌 꽃병들이 늘어서 있었다.

오늘 저녁의 손님들도 벌써 다 모인 듯했다.

도요히로에게 등을 떠밀린 도갓타가 연회장으로 들어섰다.

"도갓타 씨가 오셨습니다."

도요히로의 목소리에 손님들의 시선이 모였다.

"소개해드리죠. 먼저 이쪽은 저희 부모님과 여동생입니다."

도요히로의 소개에 살짝 부자연스러울 정도로 정중하게 자리에서 일어선 사람은 그의 아버지인 가즈오였는데,

"잘 오셨습니다. 너무 멀죠?"

이렇게 인사를 건네고는 혼자 웃음을 터뜨렸다.

아무래도 너스레를 잘 떠는 남자인지 눈가에 새겨진 잔주름이 그의 인품을 대변해주었다.

하얀 턱시도를 빼입은 그는 이런 취향의 파티를 싫어하지 않는 듯했다.

그 옆에서 남편의 너스레에는 질렸다는 듯 웃는 여성은 도요히로의 어머니인 요코인데, 어깨를 과감하게 드러낸 하얀 이브닝드레스 차림이었다.

"어서 오세요, 도갓타 씨. 이렇게 먼 곳까지 와주셔서 고마워요."

"아닙니다, 저야말로 만나 뵙게 돼서 영광입니다."

참고로 우메다 요코는 1980년대에 항공사의 홍보 모델로 데뷔해서 드라마와 예능 프로에서 한때 잘나갔던 탤런트 출신이다. 그렇다 보니 하얀 이브닝드레스가 잘 어울리는 건 당연했다.

다만, 인기가 절정이었던 시기에 지인의 소개로 만난 가즈오와 결혼하면서 과감하게 은퇴한 후로는 연예계와 완전히 인연을 끊어버린 걸 보면, 원래는 남의 눈에 띄는 걸 그다지 좋아하는 성향은 아니었을지도 모른다.

그녀 옆에 앉아 있던 사람은 도요히로의 여동생인 노노카였다.

도요히로의 말에 따르면 그녀야말로 우메다 가문의 진정한 3대 후계자라고 한다.

그녀는 하얀 셔츠를 입은 간소한 차림새였지만 잘 재단된 고급 옷감과 살짝 풀어 헤친 앞섶에서 기품, 지성, 농염함, 재치 등 뭐라 형용하기 힘든 분위기가 물씬 풍겼다.

장남인 도요히로가 마음 놓고 그녀에게 가업을 맡겨버린 것도 충분히 이해가 갔다.

"처음 뵙겠습니다. 노노카입니다."

"처음 뵙겠습니다. 만나 뵙게 되어 영광입니다."

이것으로 우메다 가족이 다 모인 셈인데, 도갓타를 맞이하는 모두의 미소에서 진심으로 환영하는 마음이 고스란히 전해졌다.

좋은 가문에서 곱게 자란 티는 숨길 수가 없는지, 더할 나위 없이 밝고 건강해 보이는 용모다.

이것이 도갓타가 도요히로에게 받은 첫인상이었는데, 과연 이런 분위기에서 나고 자라면 당연히 그럴 수밖에 없겠다는 생각이 절로 드는 가족이었다.

"그리고."

도갓타가 가족들과 인사를 다 마치자 도요히로가 테이블 안쪽에 앉아 있던 노신사에게로 손을 뻗었다.

"……저쪽에 계신 분이 할아버지의 친구분인 사카마키 씨입니다."

자리에서 일어선 사람은 짧게 깎은 백발에 예리한 눈빛을 가진 남자였다.

"사카마키 씨, 이쪽이 아까 말씀드린 도갓타 씨입니다."

도요히로의 소개를 받은 사카마키가 가볍게 목례를 했다.

"처음 뵙겠습니다. 사카마키 조이치로입니다. 우메다 어르신과는 오래전부터 알고 지낸 사이라서요. 이번에 저도 축하 파티에 초대를 받았습니다."

전직 경찰이라는 얘기는 들었지만 나무랄 데 없이 훌륭한 몸가짐이었다. 마치 제단에 참배라도 하는 듯 대단히 정중한 태도라 오랜 세월 긍지를 갖고 공직에 종사해 온 내력이 인사 하나만으로도 충분히 전해졌다.

사카마키는 회색 재킷 주머니에 하얀 손수건을 꽂았을 뿐이었는데, 도갓타의 시선을 바로 알아챘는지 머리를 긁적이며 말했다.

"아, 저는 이 백발이 드레스 코드의 흰색을 대신하니까요."

"처음 뵙겠습니다. 저는 도갓타 란페이라고 합니다."

도갓타도 깍듯이 고개를 숙이며 정중히 인사를 건넸다.

이상 여섯 명이 이번에 우메다 옹, 즉 우메다 소고의 미수 축하 파티에 초대받은 사람들이다.

자, 그런데 한 차례 인사를 마친 도갓타가 자기 자리에 막 앉으려는 순간이었다.

별안간 굵직한 남자 웃음소리가 들리는가 싶더니 어느새 참가자들 뒤편에 오늘의 주인공인 소고가 인왕처럼 떡 버티고 서 있었다.

놀라서 돌아본 도갓타의 눈앞에는 우뚝 선 인왕이 있었다.

나이에 걸맞게 양 볼의 살집은 빠졌지만 예전에 건장한 체구였던 흔적은 곳곳에 남아 있었고, 햇볕에 탄 얼굴과 길게 자란 백발에서는 압도당할 만큼 깊은 연륜이 느껴졌다.

게다가 광택이 나는 하얀 가운을 걸치고 있어서 신묘한 분위기까지 풍겼다.

그 모습을 굳이 비유하자면, 몇 번의 전화(戰火)와 재난을 이겨내고 살아남아 더더욱 생명력이 흘러넘치는 고목…….

그것이 도갓타가 받은 첫인상이었다.

자신의 등장에 여전히 어리둥절한 손님들을 날카로운 눈빛으로 빙 둘러본 우메다 옹이 또다시 껄껄 큰 소리로 웃었다.

"아아, 유쾌하군. 아주 유쾌해."

……아, 정말로 이렇게 유쾌한 미수연을 하게 될 줄은 꿈에도 몰랐거든.

노인의 축하연이란, 앞날에는 오직 슬픔만 남아 있고 기쁨은 모두 과거로 사라져버렸다는 걸 깨닫는 자리일 뿐이라고 하지 않던가.

그런데 이걸 보란 말이지.

이렇게 유쾌한 파티가 열릴 줄 누가 상상이나 했겠나?

과장된 몸짓과 손짓으로 연설을 쏟아내는 소고의 모습은 영락없는 연극배우, 그것도 영국 여왕에게 훈장이라도 받은 위대한 배우 같았다.

어안이 벙벙한 도갓타와 달리 요코는 우메다 옹의 이런 행동에 이미 익숙한 모양이었다.

"아이, 아버님, 일단 자리에 앉으세요. 거기 서서 '유쾌하군, 유쾌해'라고만 하시지 말고."

"어허허, 이런 걸 유쾌하다고 안 하면 뭐라고 하겠나."

우메다 옹은 목소리를 더욱 높였다.

……다들 잘 듣거라. 오늘 이 자리에 모인 사람들은 재산가의 일족이야.

뭐, 정확히 말하면 이제 곧 몰락할지도 모르는 재산가

일족이긴 하지만 말이다.

우메다 옹은 딱히 비통해하는 기색도 없이 그렇게 말하고는 가즈오와 요코, 그리고 도요히로와 노노카의 어깨에 차례로 그 두툼한 손을 얹으면서 자기 자리로 향했다.

그야말로 연극 같은 몸짓이지만, 그의 일거수일투족에 자기도 모르게 시선이 사로잡히고 마는 까닭은 역시나 주연배우인 우메다 옹에게서 그만한 박력과 관록이 묻어나기 때문이다.

"……게다가 오늘은 가족 외에 손님들까지 있으니 다채롭지 않으냐."

그렇게 말하면서 우메다 옹이 먼저 손을 뻗은 사람은 전직 경위인 사카마키였다.

"이쪽은 나의 오랜 친구…… 이렇게 소개해도 괜찮으시죠? ……사카마키 경위입니다."

우메다 옹의 소개를 받은 사카마키가 쑥스러운 듯이 웃었다.

"글쎄, 경위라는 호칭은 이제 좀 그만하시라고 부탁드렸잖습니까."

"그럼 전직 경위라고 부르기로 하죠."

……어쨌든 나한테 당신은 언제까지고 나를 쫓는 유능한 경위님이니까.

"쫓다뇨. 벌써 몇십 년 전 얘긴데······."

우메다 옹의 시선이 추억을 떠올리며 웃는 사카마키 전직 경위에게서 도갓타 쪽으로 획 돌아선 것은 바로 그때였다.

"······그리고 또."

······도요히로가 오늘 저녁에 모시고 온 분은 놀랍게도 사립 탐정이라고 하질 않나.

이쯤에서 우메다 옹이 또다시,

"아아, 유쾌하다, 유쾌해."

하며 더없이 기쁘게 큰 소리로 웃어젖혔다.

"아버지, 자꾸 유쾌하다 유쾌하다 하시는데 뭐가 그렇게 유쾌하세요?"

아무래도 우메다 옹의 연극 같은 태도가 조금 도가 지나치다고 생각했는지 가즈오가 끼어들었다.

"너도 참 태평한 녀석이구나."

곧바로 아들을 나무란 우메다 옹이 말을 이었다.

"잘 들어봐. 생각을 좀 해보란 말이다. 지금 우리가 있는 곳은 절해고도야."

우메다 옹의 말투는 한층 더 연극 투로 바뀌었다.

"할아버지, 절해고도라뇨. 그건 표현이 좀 지나쳐요. 고속 보트를 타면 공항이나 육지 도시까지 금방 가잖아요."

이쯤에서 이야기에 끼어든 사람은 노노카였다. 우메다 옹도 가업을 이어받은 손녀에게는 약한지,

"뭐, 그건 그렇지."

하며 순순히 인정은 했다. 그러나 곧이어 말을 이었다.

……그렇지만 노노카, 여기는 육지에서 떨어진 외딴섬이야.

그리고 지금 모인 사람들이 재산가의 일족인 건 틀림없지.

게다가 초대받은 손님은 전직 경위님과 탐정 아니냐.

다음 순간 우메다 옹이 도갓타 쪽으로 시선을 휙 돌렸다.

"……안 그렇습니까? 도갓타 씨."

……이런 상황에서 살인 사건이 벌어지지 말란 법은 없잖아요?

갑작스러운 질문을 받은 도갓타는 어디까지가 진심인지 몰라 적잖이 당황스러웠다.

당연했다. 살인 사건이 일어날 기미는 털끝만큼도 없었고, 애초에 그가 받은 의뢰는 보석을 찾는 일이지 살인 사건 같은 끔찍한 일이 아니었다.

"뭐, 제가 만약 에르퀼 푸아로(추리소설 작가 애거서 크리스티가 창조한 탐정 캐릭터)나 긴다이치 고스케(요코미조 세이시의 추리소설에 등장하는 탐정)라면 그런 일이 생길지 모르겠

지만, 안타깝게도 저는 똑같은 탐정이긴 해도 그런 유명한 분들과는 전혀 인연이 없는 사람이라…….”

그렇게 말을 받은 도갓타가 아무래도 우메다 옹의 마음에 들었던 모양이다.

"도갓타는 흔치 않은 성이죠? 미야기현에 있는 도갓타 온천은 알고 있습니다만 어느 지역에 연고가 있는 이름일까요?"

"아, 네, 저도 전에 이 성씨의 유래를 조사해본 적이 있습니다만…….”

얘기는 잠시 도갓타라는 희한한 성에 관한 것으로 넘어갔다. 미야기현 자오 지역에 도갓타라는 이름의 온천지가 있긴 하지만, 그 지역과도 인연이 없고 연고자도 없었다.

참고로 가리타(刈田)라는 성씨라면 이와테나 미야기처럼 밭(田)이 많은 쌀 생산지에서 비교적 많이 보인다.

그런데 정작 도갓타(遠刈田)는 지금까지 가족 말고는 같은 성씨를 가진 사람을 만난 적이 없었다.

자오의 도갓타 온천은 고케시(일본의 전통 목각 인형. 손발이 없는 원통형 몸통에 둥근 머리를 붙이고 간단한 채색을 하여 여자아이의 모습을 표현함)의 3대 발상지 중 한 곳인데, 도갓타 방식으로 만드는 고케시에는 정수리에 빨간 사선들이 그려져 있고, 이마에서 뺨까지 팔자 모양의 장식이 있으며, 몸통에는 국화나 매화가 그려져 있다.

사실 이 고케시의 유래에서 어쩌면 도갓타라는 성씨의 기원이 밝혀질지 모른다고 기대하며 조사해본 적도 있었다. 그러나 탐정치고는 탐구심과 인내심이 부족해서 현재까지는 아무런 연관성도 찾아내지 못했다.

이러한 도갓타의 긴 이야기를 우메다 옹은 물론이고 거기 모인 사람들 모두 관심을 보이며 들어주었다.

그러나 최종적으로는 결말이 없다는 걸 알아챈 순간 뭐라 표현할 수 없는 허탈감이 그 자리에 가득 찼다.

"아, 죄송합니다. 따분한 얘기를 길게 해서……."

도갓타가 당황하며 사과했다.

"아니, 재밌는 얘기였어요. 그보다 당신은 마이웨이 스타일이군요."

우메다 옹이 바로 구조선을 띄워주었다.

"그건 그렇고, 성씨라는 게 참 신기하긴 해."

……태어나는 순간 혈육과 마찬가지로 자기에게 딱 붙어버리니까.

도갓타 씨는 도갓타일 수밖에 없고, 나 우메다 소고도 우메다일 수밖에 없고.

도갓타는 이쪽에서 드디어 대화도 끝나서 곧 식사가

시작되려니 생각했다.

그런데 이날 저녁의 상황이 어지간히 마음에 들었는지 우메다 옹은 또다시 조금 전 살인 사건 얘기를 꺼냈다.

"뭐, 어쨌든 에르퀼 푸아로나 긴다이치 고스케는 아니지만, 당신은 어엿한 탐정이에요."

……그렇다면 말이죠, 도갓타 씨.

역시 이런 상황에서 살해당하는 사람이 생긴다면, 그건 아마 나겠죠?

"잠깐만요. 왜 아버지가 살해를 당합니까? 말도 안 돼요."

어처구니가 없다는 듯이 끼어든 사람은 가즈오였다.

"내가 왜 살해당하냐고?"

……그거야 조금만 생각해봐도 금방 알 거 아니냐? 생각 좀 해봐라.

우메다 옹은 자신의 짓궂은 농담에 가즈오까지 끌어들이려 했다.

"아뇨, 모르겠는데요. 전혀."

"잘 들어봐, 여기 앉아 있는 사람은 여생이 얼마 남지 않은 늙은 재산가야. 범인은 이런 나의 유산을 노리는 가족 중 하나겠지."

우메다 옹은 더욱 흥이 올랐다.

"말도 안 돼요."

가즈오는 어처구니가 없다는 듯 식사 서빙을 하기 위해 옆에서 대기하던 가정부에게 미소를 지으며 말했다.

"기요코 씨, 이제 시작해주시죠."

그러고는 자리에서 일어서더니 얼음통에서 꺼낸 샴페인의 뚜껑에 손을 얹은 채 연설을 쏟아내기 시작했다.

"……들어보세요, 아버지. 생각을 좀 해보시라고요."

……물론 우리 집에 상속인이 많아서 복잡하게 얽힌 관계라면 유산 다툼이 일어날 수도 있겠죠.

그런데 다행스럽게도 여기에는 의좋은 한 가족이 있을 뿐이에요.

어떤 면을 어떻게 왜곡해야 살인 사건 따위가 일어난단 말입니까?

그게 아니면, 설마 이제 와서 "사실 내게는 숨겨둔 자식이 있는데……" 같은 충격적인 고백을 털어놓으시는 건 아니겠죠? 하물며 미수 축하 파티 자리에서.

바로 그 순간, 샴페인 뚜껑이 시원스럽게 열렸다. 펑 하는 기분 좋은 소리가 널찍한 연회장에 울려퍼졌다.

가즈오는 손님 접대에 익숙한지 차례로 돌며 모두의 잔에 샴페인을 따라주었다.

"흠, 안타깝게도 숨겨둔 자식 얘기는 아니다. 하지만 스토리가 꼭 그것뿐이라고 한정할 수도 없겠지."

샴페인을 받은 우메다 옹이 급기야 테이블 앞으로 몸을 내밀었다. 그리고 이쯤 되자 도갓타도 어렴풋이 짐작이 갔다.

아, 이게 우메다 가족의 평소 리듬이구나.

처음 접하는 사람은 마치 과장된 연극이라도 보는 듯 당황스럽겠지만 이게 바로 우메다 가족의 소통 방식인 것이다. 그렇다면 이 상황이 분명 처음은 아닐 테니, 이런 분위기에도 전혀 동요하지 않는 가정부 기요코나 사카마키 경위도 이해가 됐다.

"……그럼, 이런 전개는 어떨까?"

가즈오가 마지막으로 자신의 잔에 샴페인을 거의 다 따른 순간 무슨 좋은 생각이 떠오른 듯이 우메다 옹이 또다시 목소리를 높였다.

……한번 들어봐. 예를 들면 이런 얘기야.

여기 계신 사카마키 경위가 45년 전에 일어난 사건의 진범이 사실은 나였다는 증거를 마침내 확보했다는 스토리지.

"하지만 아버지는 의심을 받긴 했어도 일찌감치 무죄로 밝혀졌잖아요."

가즈오가 웃으며 말했다.

"네, 그 말씀이 맞습니다" 하며 사카마키도 가즈오의 말을 거들었다.

"물론 그랬지만, 실은 진범은 역시 나였고, 사카마키 경위가 마침내 그 증거를 찾아낸 거지."

……그리고 그걸 구실로 사카마키 경위가 날 협박하려 드는 거야.

그럼 너희들은 틀림없이 곤란한 상황에 처한 나를 지키려고 하겠지.

할아버지라면 깜빡 죽는 노노카나 누군가가 우메다 가문과 할아버지의 존엄을 지켜야 한다는 사명감에 불타서 사카마키 경위의 가슴을 푹 찌르거나 할 거야.

그 결과 사카마키 경위는 이 외딴섬에서 원통하게 목숨을 잃을 테고, 그다음에는 가족이 하나가 돼서 경위의 시체를 숨기고 완전범죄로 은폐하기 위해 알리바이 공작을 펼치겠지.

"어머, 조금 전까지는 아버님이 살해당하는 얘기 아니었나요?"

살짝 아쉽다는 듯이 끼어든 사람은 요코였다.

……그런데 왜 갑자기 사카마키 씨로 바뀌었죠?

은근슬쩍 실망하는 기색을 내비치는 것으로 보아, 요코라는 여성은 이런 식의 농담이 싫지는 않아서 꽤 진지하게 우메다 옹의 얘기에 귀를 기울였던 것 같다.

"아아, 아버지 얘기도 결국 엉뚱한 방향으로 흘러가버렸네요."

가즈오가 대화를 마무리 짓듯 말을 이었다.

……그렇다면 사카마키 씨가 무모한 죄를 저지르기 전에 이 말은 꼭 전해야 하겠죠.

……조금 전에 아버지가 말씀하신 그대로예요.

여기 있는 사람들은 이제 곧 몰락해버릴지도 모를 재산가 일족입니다.

그러니 아무리 협박해봐야 나올 거라곤 이제 곧 전채로 제공될 캐비아 정도뿐이겠죠.

"사카마키 씨, 부끄럽습니다만…… 실제로 남편 말이 맞아요."

요코가 가즈오의 어깨를 다정하게 어루만졌다.

아직까지는 겨우 체면은 유지하고 있지만…….

만약 아버님이 돌아가셔서 유산상속 얘기가 나온다면 막대한 상속세 때문에 아무것도 남지 않을 테니까요.

물론 노노카가 열심히 노력하는 건 사실이지만 솔직히 우리가 사는 도쿄 집도 어떻게 될지…….

요코라는 여성은 왠지 모르게 신기한 사람이었다. 장난기 어린 말투 때문인지 그녀가 말하면 결코 유쾌한 얘기가 아닐 때도 어찌 된 영문인지 최종적으로는 해피엔드로 끝날 것 같은 기분이 들었다.

어느 틈에 건배 준비는 이미 끝나 있었다.

"자, 살인 사건 얘기는 여기까지만 하시죠. 아버님의 미수를 축하하며 다 함께 건배해요."

분위기를 바꾸듯 요코가 자리에서 일어났다.

······아, 참. 사카마키 씨, 모처럼 오셨으니 건배사를 부탁해도 될까요?

갑자기 요코에게 지명을 받은 사카마키는 살짝 당황한 기색이었지만 역시나 이런 자리의 경험이 많은지,

"으음, 그럼."

하며 바로 자리에서 일어섰다.

······돌이켜보면, 제가 우메다 어르신을 처음 뵙고 은혜를 입게 된 게 벌써 45년도 더 지난 옛날 일이군요.

뭐, 기묘한 인연이긴 합니다만 지금까지도 이렇게 가까이 지낼 수 있어서······.

사카마키가 마치 준비한 듯한 인사말을 낭랑하게 시작하며 오랜 지인인 우메다 옹의 미수를 축하했다.

"우메다 어르신, 미수를 축하드립니다. 건배!"

"아버지, 축하합니다."

"할아버지, 축하드려요."

다 같이 잔을 치켜들자, 역시나 우메다 옹도 환하게 웃었다.

"아아, 나는 정말 행복한 사람이야. 다들 고맙네!"

어느새 창밖의 바람이 강해져 있었다.

물론 창문은 닫혀 있지만 저택을 둘러싼 원시림 나무들의 모습이 섬으로 다가오는 태풍의 기척을 전해주었다.

원래는 타이완으로 향할 예정이었던 태풍 18호가 오늘 밤 갑자기 진로를 바꿔서 다이토 제도(오키나와 동쪽에 무리 지어 있는 세 개의 섬)에서 규슈 방면으로 올라오고 있었기 때문이다.

건배가 끝난 후 처음으로 나온 요리는 섬 주변에서 양식한다는 생굴에 캐비아를 듬뿍 올린 전채였다.

깊은 풍미가 느껴지는 생굴이라 도갓타는 이미 음식을 다 삼킨 후에도 언제까지고 혀를 더듬거리며 굴을 찾고 말았다.

자, 이렇게 장황하게 그날 밤까지 이어진 만찬 상황을 독자 여러분에게 전하는 데는 물론 그럴 만한 까닭이 있다.

왜냐하면 이튿날 아침, 우메다 소고가 노라시마섬에서 돌연 자취를 감춰버렸기 때문이다.

물론 예정된 일정은 없었다.

4

 이튿날 아침, 우메다 소고가 사라졌다는 사실이 저택에 알려진 시각은 모두가 아침을 먹으려고 삼삼오오 연회장으로 모이기 시작했을 때였다.

 평소 같았으면 도갓타가 모습을 드러낼 때쯤 이미 아침 식사 준비가 완벽하게 끝났을 테지만, 세팅이 어중간하게 중단된 상황이었고 가정부인 기요코도 보이지 않았다.

 지난밤에 그토록 성대한 만찬회를 열었던지라 다들 내심 이렇게 짐작했다.

 '하긴, 기요코도 오늘 아침에는 많이 바쁘겠지.'

 그런데 바로 그때였다.

 기요코가 몹시 당혹스러운 표정으로 연회장에 들어왔다.

 "저기, 어르신이 어디에도 보이질 않아요……."

 그때 테이블에 모여 있던 사람들은 한밤중부터 더욱

거세진 강풍에 관한 이야기를 나누고 있었다.

새벽부터 창을 두드리는 바람 소리가 심해지더니 밤새도록 이어졌고, 아침이 되자 바람은 더욱 강해졌는데, 아직 비가 내리지는 않았지만 어제는 그토록 반짝이던 여름 하늘이 무거운 비구름으로 덮여 있었다.

"어디에도 보이질 않는다니, 설마 이런 날씨에 아침 산책을 나가신 건 아니겠죠?"

아직은 태평한 요코가 말했다.

그저 아침 식사 준비를 거들 생각에 자리에서 일어나 셔츠 소매를 걷어붙였다.

"그게, 아침마다 드시는 약이 있어서……."

간호사인 무나카타 씨랑 둘이 저택 안은 물론이고 어르신이 가실 만한 섬 곳곳을 다 찾아봤는데도…….

매우 걱정스러운 목소리로 설명하는 기요코 뒤에서 간호사인 무나카타도 얼굴을 내밀었다.

무나카타 료라는 이 간호사는 아직 경험은 부족하지만 우메다 옹이 다니던 바다 건너 육지 도시의 병원에서 눈에 들어 전담 간호사로 채용된 젊은이였다.

"평소에는 아침 7시에 침실로 약을 가져다드리는데……."

오늘 아침에는 안 계셨어요. 그런데 가끔 일찍 깨시면

혼자 산책을 하실 때도 있어서 저도 느긋하게 기다렸지만······.

시간은 벌써 9시가 가까운 무렵이었다.

나란히 선 두 사람을 새삼 다시 살펴보니, 험한 강풍 속을 헤매며 돌아다닌 걸 한눈에 알아볼 수 있을 정도로 머리칼이 흐트러지고 옷에는 젖은 나뭇잎까지 붙어 있었다.

그때까지 유일하게 나타나지 않았던 도요히로가 모습을 드러냈다.

"안녕하세요. 어? 무슨 일 있어요?"

언뜻 들어도 잠이 부족한 목소리로 모두에게 인사를 건넸다. 그리고 마치 그것이 신호라도 되는 양 그 자리에 있던 사람들은 모두 서로의 얼굴을 마주 보았다.

그도 그럴 것이 도요히로의 태평한 분위기와 아침 일찍부터 섬 곳곳을 헤맸다는 기요코 일행의 창백한 얼굴의 대비가 마음을 술렁이게 했기 때문이다.

"어디에도 없다니······ 설마 이렇게 거센 바람 속에······."

말투는 평온했지만 자리에서 일어선 가즈오의 목소리가 살짝 떨렸다.

그 후 바로 모두가 총출동해서 수색을 시작했다.

관리실인 작은 오두막에서 불려 나온 미카미 조지도 어젯밤에 우메다 옹을 태우고 배를 띄우지 않았을뿐더러, 어제 이후로는 얼굴도 못 봤다고 증언했다.

일단은 모두 저택 밖으로 나갔다. 다리가 휘청거릴 정도로 매서운 강풍이 휘몰아쳤다.

드높은 파도가 낭떠러지로 치고 올라올 듯한, 그야말로 거친 폭풍우 상황이었다.

저택에 없다면 밖으로 나갔다는 얘기다.

그런데 미카미의 증언이 맞는 한 배를 타고 섬 밖으로 나가지는 않았다.

무엇보다 어젯밤처럼 높은 파도에서는 아직 정정한 우메다 옹이라도 혼자 배를 띄우는 건 불가능하다.

그렇다면 섬 어디에도 없다는 건 말이 안 된다.

모두 뿔뿔이 흩어져서 찾아 나섰다.

이따금 휘몰아치는 돌풍에 몸이 날아가버릴 것 같아서 일단 요코와 노노카, 그리고 가정부인 기요코는 저택으로 돌아가기로 했다.

세찬 바람에 남자들은 때때로 서로 팔을 움켜잡지 않으면 금방이라도 낭떠러지 아래로 떨어질 것만 같았다.

거대한 태풍은 시시각각 매섭게 다가오며 존재감을 드러냈다.

(어젯밤에는 이렇게까지 바람이 거세지는 않았어.)

(혹시 잠이 안 와서 산책이라도 갔다가 어디서 쓰러진

건 아닐까요?)

(모래사장으로 내려갔다 파도에 휩쓸렸을 가능성은?)

(발을 헛디뎌서 낭떠러지에서 바다로 추락했을 가능성은?)

(어젯밤 정도의 바람에 휩쓸려 갈 분은 아니잖아요.)

(그리고 섬의 위험한 장소에는 다 울타리를 쳐놨어요.)

(그렇다면 스스로 그 울타리를 넘었을 가능성은?)

(울타리를 넘었다고? 대체 왜?)

남자들은 거센 바람 속에서 그런 대화를 나눴다.

사실은 소리라도 질러대지 않으면 휘몰아치는 태풍에 휩쓸려서 당장이라도 바닷속으로 삼켜질 것 같아서였다.

그러나 섬을 한 차례 수색한 결과 우메다 옹은커녕 구두나 지팡이 같은 그의 소지품 하나도 찾지 못했다.

일단은 모두 폭풍 속을 기다시피 해서 저택으로 돌아왔다.

돌아오자마자 일제히 얘기를 쏟아내기 시작했다.

……애당초 어르신께서 식사 후에 저택 밖으로 나가는 습관은 없었어요.

그렇게 증언한 사람은 평소 이 섬에서 같이 생활하는 기요코와 미카미, 그리고 가끔 저택에서 숙박하며 근무하는 무나카타였다.

실제로 밤이 되면 섬에는 오직 달빛뿐이었다.

손전등 없이는 젊은 미카미나 무나카타조차도 밖에서 걸어 다니기가 쉽지 않았다.

저택 안을 다시 한번 찾아보기로 했을 때였다.

사카마키가 돌연 모두의 걸음을 멈춰 세웠다.

"여러분, 잘 들으세요. 지금부터는 저택 안의 물건을 최대한 만지지 않도록 조심하셔야 합니다."

말투가 조금 단호했던 탓일까.

마치 숨바꼭질이라도 하듯 저마다 마음에 짚이는 장소로 이동하려던 사람들의 발걸음이 사카마키의 그 한마디에 뚝 멈춰버렸다.

"그럼 다 같이 돌아보는 건 어떨까요?"

그렇게 제안한 사람은 도갓타였다.

일행이 가장 먼저 향한 곳은 우메다 옹의 침실이었다.

침대 이부자리는 말끔하게 정돈된 상태였고 어젯밤 우메다 옹이 잠자리에 든 흔적은 전혀 없었다.

잇달아 침실로 들어온 사람들은 책장으로 둘러싸인 우메다 옹의 침실을 둘러보았다.

책장에는 장정이 멋진 책들이 가지런히 꽂혀 있었다.

"설마."

가즈오가 갑자기 바닥에 엎드려 침대 밑을 들여다봤

지만 "여기 있을 리는 없겠지" 하고 웃으며 일어났다.

"어, 베개 밑에 뭐가……."

곧이어 그렇게 말한 사람은 노노카였다.

살펴보니 베개 밑에 하얀 봉투가 꽂혀 있었다.

"저건 뭐지?"

무심코 손을 뻗으려는 가즈오에게,

"아니, 제가 하겠습니다."

하며 손수건을 꺼낸 사람은 사카마키 전직 경위였다. 그는 조심스럽게 베개를 들어 올린 후 손수건으로 감싸서 봉투를 빼냈다.

모두가 동시에 경악한 것은 바로 그 순간이었다.

하얀 봉투의 겉면에 힘찬 필체로 "유언장"이라고 쓰여 있었기 때문이다.

바로 봉투를 집으려 하는 가즈오를 이번에는 도갓타가 저지했다.

"일단 이걸."

도갓타가 재킷 안주머니에서 꺼낸 것은 하얀 장갑이었다.

"그렇지만…… 이건 좀 과하다 싶은데……."

가즈오가 머뭇거리면서도 장갑을 꼈다.

봉투는 밀봉되어 있지 않았다.

모두의 주목을 받으며 가즈오가 봉투 속에서 꺼낸 편지지를 펼쳤다.

모두 마른침을 삼켰다.

"어? 이게 대체 무슨 의미지?"

황당하다는 듯 말을 꺼낸 사람은 요코였다.

그도 그럴 것이, "유언장"이라고 적힌 봉투에서 꺼낸 편지지 한 장에는 이렇게 쓰여 있었기 때문이다.

"내 유언장은 어젯밤의 내가 가지고 있다"라고.

"어?"

"뭐야?"

"무슨 뜻이지?"

고개를 갸웃거린 사람은 물론 요코만이 아니었다.

다 함께 편지지 한 장을 들여다봤다. 평범한 편지지였다. 무슨 비밀스러운 장치가 되어 있는 종이 같지도 않았다.

"아버지 필체가 틀림없군."

가즈오가 중얼거렸다.

그 후 모두는 일단 연회장으로 돌아갔다. 각자가 어젯밤과 같은 자리에 앉았고, 기요코와 직원들도 뒤쪽에 간이 의자를 늘어놓고 앉았다. 베개 밑에 숨겨져 있던 유언장의 존재가 무엇을 의미하는지는 물론 다들 어렴풋이 짐작할 수 있었다.

그것이 의미하는 바는 우메다 옹의 자살이다.

그러나 그 동기를 전혀 이해할 수가 없었다.

섬에는 여전히 폭풍우가 몰아치고 있었다. 암벽에 부딪히는 파도가 이따금 지축을 뒤흔들 듯한 땅울림 소리를 냈다.

침묵이 이어지던 중 처음으로 말문을 연 사람은 도갓타였다.

"저기, 우메다 어르신은 옛날부터 이런 장난을 좋아하셨나요?"

"이런 장난이라니?"

그렇게 되묻는 가즈오의 목소리에 살짝 노기가 어려 있었다.

당연했다.

아버지가 자살했을지도 모른다는 생각에 빠져 있는데 "장난"이라는 표현을 들으면 누구라도 기분이 좋을 리 없었다.

"……아, 아니, 죄송합니다."

도갓타가 바로 사과했다.

……우메다 어르신이 사라진 게 장난이라는 뜻이 아니고, 그 유언장을 말하는 겁니다.

거기에 쓰여 있는 문장.

"내 유언장은 어젯밤의 내가 가지고 있다"라는 퀴즈 같은 문장 말입니다.

"아아."

가즈오는 도갓타의 말뜻을 이해하긴 했지만 "아아"라는 소리만 흘렸을 뿐 다시 입을 다물었다.

자기 아버지가 어떤 사람이었는지 새삼스레 급히 떠올려보려는 표정이었다.

"딱히 그런 편은 아니었어요."

대신 대답한 사람은 노노카였다.

……모두에게 퀴즈를 내며 논다거나 유달리 추리소설이나 미스터리 영화를 좋아했다거나 하는 성향은 아니었던 것 같아요, 라고.

역시나 우메다 가문의 후계자답게 그녀의 말투에는 믿음직스러운 구석이 있었다.

"그렇지만 여기 적힌 글씨는 우메다 어르신의 필체가 틀림없죠?"

도갓타가 물었다.

……그렇다면 이번만큼은 우메다 옹이 지금까지의 이미지와는 다른 행동을 했다는 뜻이다.

"저, 말씀드리기 매우 송구스럽긴 합니다만 솔직히 말씀드리겠습니다."

그렇게 말하며 일어선 사람은 사카마키였다.

……지금까지의 상황을 보면 제 생각에는 우메다 어르신이…… 으음…… 어젯밤에 어떤 형태로든 스스로 목숨을 끊으려고 한 건 틀림없지 않나 싶습니다.

물론 그 동기는 전혀 상상도 할 수 없습니다만.

그래서 드리는 제안인데, 이렇게 우리끼리 연회장에서 침묵하고 있어봐야 시간만 흘러갈 뿐입니다.

그러니 일단은 경찰에 신고하는 게 어떨까요?

전직 경위인 사카마키의 제안에 반대하는 사람은 당연히 아무도 없었다.

다만 신고를 해버리면 우메다 옹의 자살설을 받아들이는 셈이라는 걸 모두가 알고 있었기에 왠지 선뜻 승낙하기 어려워했다.

그래서 모두를 대표해 사카마키가 관할 경찰서에 우메다 옹의 수색을 요청하기로 했다.

그러나 공교롭게도 대형 태풍이 접근하는 와중이었다.

연락을 받은 관할 경찰서에서도 최대한 빨리 섬으로 방문하겠다는 취지의 답변은 했지만, 아시다시피 날씨가 이 지경이라며 이렇게 말했다.

……기상청과도 긴밀히 연락을 취하면서 최대한 빨리 그쪽으로 갈 수단을 알아보겠지만 어쩌면 오늘 중으로

움직이기는 힘들지도 모릅니다.

 사카마키가 관할 경찰서로부터 받은 최종적인 메시지는 그랬다.

 신고를 마치자 연회장은 또다시 침묵에 휩싸였다.

 "저기, 아까 한 차례 저택 안을 찾아봤다고 하셨는데 뭔가 평소와 다른 점은 없었나요?"

 질문을 던진 사람은 도갓타였다.

 그의 시선은 오늘 아침 일찍부터 우메다 옹을 찾아 저택 안을 돌아다녔다는 기요코와 무나카타에게 향해 있었다.

 두 사람은 서로 눈을 마주 보며 좀 전의 상황을 떠올렸다.

 "보시다시피 저택 구조가 개방적이라 어르신께서 몸을 숨길 만한 장소는 일단 없을 거예요."

 대답한 사람은 기요코였다.

 ……그리고 조금 전에 미카미 씨가 다락방도 확인해봤고요.

 "다락방이요?"

 도갓타가 묻자 미카미가 고개를 끄덕였다.

 "어쩌면 치매 초기 증상일지도 모른다는 의견도 있어서."

 그렇게 대답한 사람은 기요코였다.

"그런데 다락방에도 없었다는 거죠?"

"저기……."

이쯤에서 대화에 끼어든 사람은 무나카타였다.

저택 안에 없는 건 분명한 것 같은데 평소와 다른 점이 있긴 합니다.

무나카타는 머뭇거리는 말투로 천천히 얘기를 이어갔다.

……저택 지하에 영사실이 있어요.

참고로 그곳은 특수 방음장치가 되어 있긴 해도 어르신께서 몸을 숨길 만한 은신처 같은 방은 아닙니다.

아까 우리가 그 방에 들어갔을 때 웬일인지 영화가 틀어져 있는 상태였어요.

"영화가 상영되고 있었다고요? 영화라면 길어봐야 세 시간 정도 아닙니까. 그렇다면 여러분이 찾기 시작하기 세 시간 전에는 이 저택에 있었다는 뜻인데요."

도갓타가 말했다.

"그런데 영사실에는 반복 재생 기능이 있어요."

무나카타가 대답했다.

……왜냐하면 어르신께서 좋아하는 클래식 연주회 DVD를 틀어놓고 낮잠을 주무실 때가 있어서 특별히 반복 재생 기능을 설치했다고 말씀하셨거든요.

그쯤에서 일단 말을 끊은 무나카타가 옆에 서 있는 기

요코에게 눈길을 돌렸다.

"아아."

기요코가 불현듯 무슨 생각이 떠올랐는지 낮은 신음을 흘렸다.

그러고 보니…….

우리가 찾으러 들어갔을 때는 너무 경황이 없어서 놓쳤는데, 어르신께서 DVD를 틀어놓은 채로 영사실에서 나온 경우는 지금껏 단 한 번도 없었어요.

"맞아요."

기요코의 설명에 무나카타가 다시 말을 덧붙였다.

게다가 테이블에도 영화 DVD가 몇 개나 그대로 놓여 있었고…….

"그래, 분명히 있었어."

……DVD가 테이블에 놓여 있었어요.

어르신은 당신이 꺼낸 물건은 반드시 제자리에 돌려놓으세요.

제가 여기서 일하기 시작한 후에 가장 감탄한 게 바로 그 점인데, 역시 성공한 분은 이런 데서부터 빈틈이 없구나 싶었거든요.

간단히 말해 평소에는 정리정돈을 잘하는 노인이 어젯밤에만 그렇지 않았다는 얘기다.

게다가 보던 영화는 그대로 틀어둔 상태였다. 그 밖에도 몇 편 더 보려고 했는지, 다른 DVD도 테이블 위에 그대로 놓여 있었다고.

결론적으로 이야기는 그것뿐이다.

"같이 가보실까요?"

제안한 사람은 도요히로였다.

……평소 할아버지와 함께 지내는 기요코 씨와 무나카타 씨가 위화감을 느꼈다면 분명 평소와는 다른 뭔가가 그곳에 있겠죠.

도요히로의 뒤를 따르듯이 나머지 사람들도 지하 영사실으로 향했다.

지하라곤 하지만 복도에는 천창도 있어서, 대형 태풍이 접근하는 중인데도 어둑한 느낌은 없었다.

영사실의 묵직한 문을 연 사람은 도요히로였다.

내부는 널찍했고, 기요코와 무나카타가 말했듯이 커다란 모니터에서는 여전히 영화가 흘러나오고 있었다.

상영 중인 영화는 오래된 일본 영화 같았다.

바로 그때 귀에 익은 유명한 사운드트랙이 흘러나왔다.

"아."

도갓타가 나직히 중얼거렸다.

……이건 〈인간의 증명〉이라는 영화군요.

도갓타의 말에 가즈오나 요코처럼 연배가 있는 사람들이 "아, 그러네" 하며 반갑게 고개를 끄덕였다.

살펴보니 역시나 테이블 위에는 〈인간의 증명〉 DVD 케이스가 놓여 있었다.

도갓타 일행은 테이블을 에워쌌다. 천장 영사기에서 흘러나오는 영상이 우두커니 멈춰 선 모두의 얼굴과 몸 위에 드리웠다.

테이블 위에는 그것 말고도 DVD가 두 개 더 있었다.

"〈인간의 증명〉, 〈모래 그릇〉, 〈기아 해협〉."

도갓타가 영화 제목을 읽었다.

……1960년대부터 1970년대에 걸쳐서 대대적으로 흥행했던 일본 영화들이군요.

"저는 이 영화 세 편 다 무척 좋아했어요."

요코가 도갓타의 손에서 DVD를 건네받았다.

이 〈모래 그릇〉에 나왔던 시마다 요코 씨가 얼마나 매력적이었는지…….

"아아, 영화의 미스터리한 부분을 모두 함축한 듯한 그녀의 연기는 정말 대단했죠."

도갓타도 무심코 배우 이야기에 휩쓸리고 말았다.

"실은 저도 이런 영화에 출연하는 배우가 되고 싶어서 연예계에 발을 디딘 거예요."

……안 그래요? 여기 〈기아 해협〉에 나온 히다리 사치코 씨의 연기는 정말 상상만 해도 소름이 돋을 지경이에요.

"네, 맞습니다. 이 영화에 나온 히다리 사치코 씨는 정말 대단했죠."

……늙은 아버지의 병을 온천욕으로 치유하려고 모시고 가는데, 그곳이 혼욕 온천이었잖아요.

저는 이 영화를 처음 봤을 때 충격이 무척 컸어요. 이젠 젊지도 않은 딸과 아버지가 단둘이 비좁은 온천 욕조에 들어가다니. 게다가 세상 행복하다는 듯이.

그런데 그 당시에는 아버지와 딸이 같이 목욕하는 게 그리 드문 일은 아니었던 모양이더군요.

그런 생각을 하니, '아, 일본은 많이 변했구나' 싶지 뭐예요.

나머지 사람들은 영화 얘기에 푹 빠진 도갓타와 요코를 의아하다는 듯 바라보았다.

"여기 있는 영화가 지금 문제와 별 관계가 없으면, 이쯤에서 돌아가 잠시 휴식을 취할까요?"

아침부터 줄곧 긴장 상태라 조금 피곤해진 참이었다. 제안한 사람은 가즈오였다.

……뭐, 어젯밤에 아버지가 이 영사실에서 영화를 보려고 했던 건 틀림없겠지만, 그렇다고 해서 실종과 직접

적으로 연관이 있을 것 같지도 않으니까.

그렇게 말하며 가즈오가 영사실에서 나갔다.

다른 사람들도 반대 의견은 없는지, 역시나 조금 지친 발걸음으로 가즈오의 뒤를 따랐다.

연회장으로 돌아오자 모두는 다시 처음 시작점에 선 것 같았다.

그렇긴 해도 이런 폭풍우 속에 저택 안팎을 헤매며 돌아다닌 피로감이 밀려와서 당장 다른 어딘가를 수색할 기력도 없었다.

그런 와중에 도갓타의 배에서 꼬르륵 소리가 났다.

생각해보면 아직 아침도 못 먹은 상태였다.

"정말 면목이 없습니다. 어젯밤에 그토록 성대한 요리를 대접받다 보니 위가 너무 호강에 겨웠나 봅니다."

도갓타가 얼굴을 붉히며 말했다.

"아아, 이런, 경찰이 언제 도착하나 걱정하기보다는 우선 우리 배부터 좀 챙겨야겠네요."

요코가 분위기를 바꿔보려는 듯 말했다.

"알겠습니다. 지금 바로 뭐든 준비하겠습니다."

그러자 기요코가 이렇게 말하며 서둘러 부엌으로 향했고 그 뒤를 따라가며 도요히로가 말했다.

"저도 거들게요."

잠시 동안 떠들썩해졌지만 그것도 눈 깜짝할 사이였다.

곧바로 다시 침묵에 휩싸인 연회장 한가운데에는 "내 유언장은 어젯밤의 내가 가지고 있다"라고 적힌 편지지만 덩그러니 놓여 있었다.

"저기, 이거 말인데요."

말문을 연 사람은 도갓타였다.

……아까부터 줄곧 어젯밤 일을 떠올려봤는데 살짝 마음에 걸리는 일이 있어서요.

"무슨 말씀이신지?"

곧바로 가즈오가 물었다.

"편지지를 살펴본 바로는 물에 담그면 다른 글씨가 나타난다거나 하는 특수한 종이는 아닌 것 같습니다. 그렇다면 역시 여기에 적힌 내용이 전부일 것 같은데요."

"하지만 도무지 짐작조차 할 수가 없어요. 아까부터 계속 어젯밤의 아버지를 떠올려보고 있습니다만."

그 자리에 있는 모두가 종이 한 장을 뚫어져라 응시했.

내 유언장은 어젯밤의 내가 가지고 있다.

종이에는 그렇게만 적혀 있을 뿐이었다.

"저기, 한 가지 여쭤봐도 될까요?"

또다시 찾아드는 침묵을 깨뜨린 사람은 도갓타였다.

아까부터 조금 이상하다 생각했던 건데요.

도갓타가 조심스럽게 말을 이어갔다.

……침대에 유언장이 남아 있고, 그것을 쓴 장본인의 모습은 보이지 않는다.

말씀드리기는 좀 조심스럽지만, 이런 상황이라면 조금 전에 사카마키 씨도 말씀하셨듯이 어젯밤에 우메다 어르신이 스스로 목숨을 끊었다고 보는 게 타당할 것 같습니다…….

그쯤에서 도갓타는 일단 말을 잠깐 끊었다. 그리고 모두를 둘러보았다.

……그런데 여러분은 그 점에 관해서는 별로 걱정을 안 하시는 느낌이 듭니다.

물론 속마음까지야 알 수 없지만, 적어도 슬퍼하는 분위기는 아니에요.

도갓타가 느낀 위화감에 답변을 해준 사람은 부엌에서 커피포트를 안고 돌아온 도요히로였다.

"도갓타 씨, 당신이 그렇게 느끼는 건 당연할지 몰라요."

……다만 저도, 그리고 아마 부모님이나 여동생도 그런 일은 상상조차 할 수 없을 겁니다.

"그런 일이라는 건 우메다 어르신이 스스로 목숨을 끊

었다는……."

"네, 맞아요."

……한마디로 말씀드리면, 그럴 분은 아니었다. 그렇게 대답할 수밖에 없겠지만요.

도요히로의 말을 보충하듯 이어서 노노카가 입을 열었다.

"정말 그래요."

……물론 아까 유언장을 발견했을 때는 저도 많이 놀랐어요. 그리고 순간적으로 최악의 사태를 떠올렸죠.

하지만 역시나 바로 '아니, 그건 아니야'라고 생각했어요. '할아버지는 그럴 사람이 아니야'라고.

오히려 이렇게 공들여서 장난을 치고 모두를 걱정하게 만들어놓고는 어딘가에서 불쑥 나타날 거란 생각만 들어요.

그것도 어젯밤처럼 크게 웃어젖히면서.

가즈오나 요코도 노노카와 의견이 같은 듯했다.

"도갓타 씨도 어젯밤에 보셨잖아요? 큰 소리로 껄껄 웃으면서 여기에 나타났던 아버지의 모습을."

가즈오가 말을 이어받았다.

……그게 바로 노노카나 우리가 자연스럽게 떠올리는 아버지의 모습입니다.

가즈오의 설명을 들은 도갓타는 속으로 '거참, 태평하기는' 하는 생각이 들긴 했지만, 테이블을 돌면서 모두의 컵에 커피를 따라주는 도요히로를 바라보다 보니 그들이 정말로 그렇게 믿고 있다는 게 전해졌다.

"하지만 여러분이 알고 있는 우메다 어르신은 그럴지 몰라도 인간이란 나이를 먹으면 왠지 심약해지고 마음가짐도 달라지지 않을까요?"

도갓타는 질문 상대를 곧바로 간호사 무나카타로 바꿨다.

……무나카타 씨, 한 가지 여쭤봐도 될까요?

"아, 네."

"솔직하게 대답해주세요."

……보시다시피 지금은 이런 상황입니다. 혹시 우메다 어르신이 아무한테도 말하지 말라고 하셨더라도 이 자리에서는 정직하게 대답해주시기 바랍니다.

우메다 어르신이 무슨 심각한 병에 걸리지는 않았나요?

모두의 시선이 동시에 무나카타에게 집중되었다. 긴장한 무나카타의 손끝에서 커피잔이 달그락달그락 소리를 내며 흔들렸다.

"아, 그런 건 아닙니다."

……매달 한 번씩은 저희 병원에서 꼭 건강검진도 받으시니까요.

물론 연세가 있으시니 모든 수치가 다 좋을 수는 없지만 아마도 도갓타 씨가 상상하는 것 같은, 예를 들면 머지않아 목숨을 잃을 만한 질환은 없었습니다.

그래서 그런 이유로 어르신이 자살을 선택한다는 건 좀…….

"치매가 의심된다는 얘기도 있다고 들었는데요."

"그야 물론 가족분들 모두 걱정하고 계시죠."

……하지만 전담 간호사로서 말씀드리면, 한밤중에 예의 그 보석을 몇 번이나 찾아다닐 때 말고는 지극히 정상이었다고 단언할 수 있습니다.

정신을 차려보니 테이블 위에는 어느새 식사가 차려져 있었다.

벌써 점심 먹을 시간이었다.

기요코가 어느 정도는 준비를 해뒀던 모양인지 오믈렛과 베이컨, 갓 구운 토스트에 버터와 꿀, 손수 만든 것으로 보이는 잼까지 곁들여 나와서 5성급 호텔의 조식도 무색해질 정도였다.

한창 식사를 하는 도중 관할 경찰서에서 연락이 왔다.

아무래도 이런 날씨에는 섬으로 갈 수단이 없어서 최

대한 서둘러도 내일 아침에나 도착할 것 같다고.

"어젯밤에 마지막으로 우메다 어르신을 만난 사람은 누구죠?"

사카마키가 갓 구운 토스트에 버터를 바르면서 딱히 누구에게랄 것도 없이 물었다.

도갓타의 눈에는 사카마키도 이런 소동에 비해 조금은 태평해 보였다.

"마지막은……."

가즈오가 모두를 둘러보았다.

"저는 여기서 안녕히 주무시라고 인사드린 게 끝이에요."

요코가 말했다.

"저도 여기서 저녁 인사를 한 후에 바로 제 방으로 갔어요."

노노카가 말했다.

"저도 아내랑 여기서 한잔 마시고 같이 방으로 돌아갔는데요." 가즈오도 이어서 말했다.

"저도 어젯밤에는 곧장 방으로 돌아갔어요. 그리고 바로 잠들어버렸죠."

도요히로까지 차례로 말을 마치자 부엌에서 식사 중이었던 기요코와 직원들이 나와서 어젯밤 일을 번갈아 증언했다.

"저는 어제 설거지를 다 마치고 밤 10시쯤에 방으로 들어갔을 거예요. 그리고 목욕하고 바로 잠들어버렸던 것 같아요."

기요코가 말했다.

"저는 날이 저문 후에는 이쪽 저택에는 오지 않습니다. 오늘 아침에 기요코 씨가 절 부르러 오기 전까지는 계속 보트하우스의 제 방에 있었어요."

미카미가 말했다.

"그럼 제가 어르신을 마지막으로 만났을 겁니다."

간호사인 무나카타가 손을 들었다.

……식사 후에 드시는 약이 있어서요.

평소에는 저녁 9시 전에 드시지만 어젯밤에는 파티가 있었기 때문에 10시가 넘어서야 방으로 찾아뵈었습니다.

여느 때처럼 소파에서 음악을 듣고 계셨는데 딱히 평소와 다른 점은 없었습니다.

아, 그러고 보니, 조만간 제가 결혼하는데 이런 말씀을 하셨어요.

"어여쁜 아내가 생기면 아무래도 자네를 이 섬에서 재우기가 미안해질 테니 날씨가 궂은 날에는 그냥 쉬어도 좋네"라고.

그래서 제가 이렇게 말씀드렸습니다.

"그런 말씀 마세요. 결혼은 물론 기쁘지만, 저는 이 섬에서 맞는 아침을 정말 좋아해요"라고.

그렇게 모두의 증언이 끝났다.

도갓타는 사람들의 얘기를 들으면서 어젯밤 광경을 다시금 떠올려보았다.

"아아, 나는 정말 행복한 사람이야. 다들 고맙네!"

감개무량한 표정으로 우메다 옹이 축배를 든 후에 테이블에 차려진 음식은 더할 나위 없이 훌륭한 풀코스 요리였다.

캐비아를 얹은 생굴로 시작한 코스 요리는 인근 바다에서 잡은 금눈돔으로 만든 프랑스식 생선 조림, 이마리규(일본 규슈 사가현 이마리 지역에서 생산되는 소고기) 안심과 푸아그라 로시니 스테이크(거위 간과 송로버섯이 들어간 고급 프랑스 요리)로 이어졌고, 혀까지 녹아 사라질 것처럼 달콤한 퐁당 오 쇼콜라 디저트로 마무리를 지었다.

요리의 질이 수준급인 건 물론이고 양까지 풍족하여 우메다 옹과 사카마키도 나이치고는 상당한 대식가라 다른 사람들과 마찬가지로 카베르네 소비뇽 레드 와인과 함께 풀코스 요리를 거뜬히 비워냈다.

식사가 끝난 후 우메다 옹은 자기 방으로 돌아갔다. 내

일은 안타깝게도 태풍이 와서 배를 띄울 순 없겠지만 모레는 앞바다로 도미라도 잡으러 갑시다.

사카마키에게 그런 말을 건네면서.

그리고 다른 사람들에게는 그냥 "자, 그럼 다들 잘 자게"라고만 하며 미소 지었다.

포트와인과 치즈를 즐기기 시작한 가즈오와 요코를 남겨놓고 제각각 연회장을 떠났다.

도갓타와 함께 연회장에서 나온 도요히로가 말을 건넸다.

"오늘 밤은 축하 파티 자리니까 제가 의뢰한 건은 내일부터 시작하시죠."

도갓타는 알겠다고 답하곤 홀에서 헤어진 후, 조금 강해진 밤바람에 이끌리듯 안뜰로 나갔다.

안뜰에서는 사카마키가 혼자 커피를 마시고 있었다.

"아, 도갓타 씨라고 했던가? 괜찮으면 잠깐 같이 얘기나 나눌까요?"

"건배사 말씀이 멋져서 감탄했습니다."

도갓타가 솔직한 감상을 전했다.

"어이쿠, 고맙군요."

……지금까지 꽤 다양한 자리에서 인사말을 해왔으니까요.

취임사부터 송별회, 환영회, 부하 직원들의 결혼식이나 퇴직 때마다 인사말까지…….

뭐, 다 나이 탓이겠죠.

"우메다 어르신에 대한 깊은 우정도 느껴졌습니다."

"오랫동안 알고 지낸 사이니까요. 그리고 난 이 가족을 좋아해요. 다들 사이가 좋아서."

"저도 만난 건 단 하룻밤뿐이지만 이곳 가족들이 좋아질 것 같습니다."

"그나저나 사립 탐정이라면서요? 도요히로 군의 친구 같진 않은데……."

"아, 네."

도갓타는 고개만 살짝 끄덕이고 말았지만, 사카마키는 이미 뭔가를 알아챈 것 같았다.

"실은 도요히로 씨한테 뭘 좀 의뢰받아서……."

도갓타가 그렇게 말하자마자 사카마키가 물었다.

"아아, 혹시 그건가요?"

……우메다 어르신이 쓰고 싶어 하는 자서전.

이런저런 옛일을 좀 알아보고 싶은데 쓸 만한 적임자가 없겠느냐고 전에 나한테 상의한 적이 있어요.

사카마키가 엉뚱한 방향으로 넘겨짚었다.

도갓타는 애매하게 고개만 끄덕여두었다.

밤이면 밤마다 보석을 찾아다닌다고 했던 무나카타의 얘기는 별로 마음에 두지 않는 듯했고, 표정으로 봐서는 '만 년을 사랑하다'라는 보석에 관해서도 뭔가를 알고 있는 것 같지는 않았다.

그 후 커피를 다 마신 사카마키가 먼저 저택으로 들어갔다.

어쩌다 보니 혼자 남게 된 도갓타는 무심히 저택 쪽을 바라보고 있었다.

얼마 지나지 않아 사카마키의 방에 불이 켜졌다.

요컨대 사카마키는 다른 데 들르지 않고 곧장 자기 방으로 돌아간 것이다.

5

기요코가 차려준 식사를 다들 거의 다 먹었다.

도갓타는 오믈렛이 맛있어서 토스트를 두 장 반이나 먹어치웠다.

도갓타가 냅킨으로 입가를 훔칠 때를 기다렸다는 듯이, 가즈오가 입을 열었다.

"누구든 이것과 관련해서 무슨 생각이 떠오르는 사람은 없나?"

먼저 아내와 자녀들에게 편지지를 펼쳐 보이며 물었다.

그러나 요코도 도요히로와 노노카도 동시에 고개를 가로저을 뿐이다.

가즈오의 시선이 잇달아 기요코와 직원들에게, 그리고 사카마키를 지나 도갓타에게 막 옮겨 오려는 찰나였다.

"앗."

도갓타가 나지막이 신음을 흘렸다.

모두의 시선이 일제히 도갓타에게 쏠렸다.

"노인의 축하연이란, 앞날에는 오직 슬픔만 남아 있고 기쁨은 모두 과거로 사라져버렸다는 걸 깨닫는 자리일 뿐이라고 하지 않던가."

도갓타가 난데없이 그렇게 읊조리더니 모두를 응시하며 물었다.

……아, 이건 어젯밤에 우메다 어르신이 하신 말씀인데, 혹시 기억하는 분이 있나요?

도갓타의 질문에,

"아, 네."

"뭐, 어렴풋이."

애매한 대답들이 여기저기서 들려왔다.

"우메다 어르신께서는 평소에도 그런…… 뭐랄까요, 마치 연극배우 같은 말투를 즐겨 쓰는 분이셨나요?"

도갓타의 질문에 가즈오가 대답했다.

"뭐, 평소에 늘 그러시는 건 아니지만 특별한 자리에서는 조금 과장된 말투를 쓰긴 했어요."

"어제처럼 격언 같은 말씀을 하실 때도 있었나요?"

"네, 많았죠."

……그 뭐냐, 잡지 인터뷰 같은 것도 자주 받았는데 그럴 때도 은근슬쩍 격언 같은 말을 꺼내시곤 했죠. 여하튼

활자 중독 성향도 있고, 책도 좋아하셨으니까요.

"네, 그건 침실만 봐도 충분히 짐작이 갑니다."

도갓타가 그렇게 말하며 고개를 끄덕인 후 잠시 뜸을 들이다 다시 말문을 열었다.

"사실 저는 어젯밤에 마치 셰익스피어 연극이라도 보는 듯한 기분이었습니다."

……그야말로 영국 여왕에게 훈장이라도 받은 명배우 같았죠.

그리고 지금 불현듯 생각이 난 겁니다.

노인의 축하연이란, 앞날에 오직 슬픔만 남아 있다는 걸 깨닫는 자리일 뿐이라고 했던 그 말 말입니다.

그 말은 실제로 셰익스피어 연극에 나오는 구절이에요.

순간 모두의 눈빛에 변화가 생겼다.

처음으로 도갓타가 탐정, 아니 좀 더 과장하자면 명탐정일지도 모른다는 기대감이 담긴 눈빛으로 바뀐 것이다.

"우메다 어르신의 침실에 셰익스피어 책이 있나요?"

도갓타가 물었다.

"네, 전집이 있을 거예요. 전에 빌려서 읽은 적이 있어요."

대답한 사람은 노노카였다.

"우메다 어르신은 '내 유언장은 어젯밤의 내가 가지고 있다'라고 쓰셨습니다. 한번 찾아볼 만한 가치는 있어 보이는데요."

"하지만 할아버지의 책장에는 다양한 책들이 무질서하게 꽂혀 있어서 다 찾아보려면……."

노노카의 표정에 그늘이 드리워졌다.

"아뇨, 다 찾아볼 필요는 없습니다. 그 문장이 쓰여 있는 책을 제가 아니까요."

"오오."

감탄하는 소리가 흘러나왔다.

"실은 제가 젊었을 때 배우를 꿈꿨었거든요."

도갓타가 살짝 쑥스러워하며 말했다.

……그래서 자그마한 극단에서 연습생을 했던 적이 있어요.

뭐, 보시는 대로 그 꿈이 이뤄지지는 않았습니다만.

저희 집이 요코하마 노게 마을의 유흥가에서 작은 영화관을 운영했거든요. 영화 황금기에는 그럭저럭 잘나갔던 모양이지만 마지막에는 매점에서 팔던 콜라의 유통기한이 지나서 항의가 들어올 정도로 비참한 상황을 맞았죠.

얘기가 완전히 옆길로 샌 듯했지만 모두는 묵묵히 도갓타의 얘기에 귀를 기울여주었다.

그렇다 보니 이쯤에서 얘기를 중단하기도 애매한 상황이었다.

뭐, 그래서…… 집에서 작긴 해도 영화관을 하다 보니 어찌 됐든 다양한 영화들을 보면서 자랐습니다. 저희 부모님도 관대하다고 할까, 방임주의였다고나 할까, 어떤 영화든 자유롭게 보여주셨어요.

그런 가정 환경이 나중에 커서 배우의 꿈을 꾸게 된 계기였다면 계기였겠죠.

아무튼 지금 하고 싶은 말이 뭐냐면…….

제가 극단 연습생이었을 때 신인 공연이라는 걸 하게 됐는데, 정말이지 악몽을 꿀 정도로 달달 외워야 했던 책이 있었습니다.

"그게 셰익스피어 책이었나요?"

질문을 던진 사람은 노노카였다.

"네, 맞습니다."

"셰익스피어의?"

"《소네트집》."

……《리어왕》이나 《맥베스》 같은 유명한 희곡이 아니라 셰익스피어가 쓴 소네트, 이른바 14행 시를 모아둔 시집입니다.

도갓타의 말이 채 끝나기도 전에 가즈오를 비롯한 사람들은 서둘러 자리에서 일어났다.

그들이 향한 곳은 당연히 우메다 옹의 침실이었다.

가즈오를 선두로 다 같이 계단을 뛰어 올라갔다.

문이 열려 있는 우메다 옹의 침실에 들어가자마자 모두가 일제히 커다란 책장 앞에 서서 저마다 손가락을 짚으며 오른쪽에서 왼쪽으로, 위에서 아래로 책 제목을 훑어 내려갔다.

"찾았다! 찾았어요!"

창가 쪽 책장에 웅크려 앉아 있던 노노카의 흥분된 목소리가 울려퍼졌다.

"전에 할아버지한테 셰익스피어 책을 빌렸을 때 이쪽에 있었던 것 같은 기분이 들어서…… 봐요, 역시 이쪽 책장에 있었어요!"

……이거 맞죠?

노노카가 손에 든 것은 셰익스피어 전집의 1권이었다.

묵직하고 고풍스러운 책등에 금박으로 찍힌 "소네트집"이라는 글자가 보였다.

노노카가 케이스에서 천천히 책을 꺼냈다. 케이스 안을 먼저 들여다봤지만 텅 비어 있었다.

이어서 책을 조심스레 펼쳤다. 팔랑팔랑 책을 넘기던 와중에 중간에서 뚝 멈췄다.

"아!"

모두 놀란 소리가 동시에 흘러나왔다.

책 사이에 편지봉투 하나가 꽂혀 있었기 때문이다.

봉투에는 고풍스러운 필체로 "유언장"이라고 쓰여 있었다.

"정말 있었네요, 도갓타 씨."

도요히로가 뿜어낸 숨결이 도갓타의 목덜미를 스치고 지나갔다. 모두의 얼굴이 옹기종기 모여 있었다.

도갓타가 흰 장갑을 가즈오에게 건네주려 했다.

"이건 도갓타 씨가……."

가즈오가 장갑을 밀어내며 도갓타에게 말했다. 이제는 그의 눈빛에서 도갓타에 대한 신뢰가 느껴졌다.

"그럼 제가 꺼내도 될까요?"

도갓타가 모두를 둘러보았다.

다 같이 고개를 끄덕였다.

이번 봉투 또한 밀봉되지 않은 상태였다.

도갓타가 봉투를 열었다.

그러자 역시나 그 안에서 편지지 한 장이 나왔다.

"펼치겠습니다."

도갓타가 편지지를 펼치려다 돌연 멈추곤 말했다.

"……실례되는 말인 줄 알고 여쭙니다만, 여기엔 우메다 가문 여러분께 매우 비밀스러운 내용이 담겨 있을 거라 생각합니다."

……그러니 가족이 아닌 사람은, 물론 저도 포함해서 잠시 자리를 비켜드리는 게 좋지 않을까요?

첫 번째 유서 때는 저도 좀 당황해서 거기까지는 신경을 못 썼습니다만.

도갓타의 의견에 맨 먼저 찬성한 사람은 사카마키였는데,

"일리 있는 말이군요."

하며 바로 복도로 나갔다.

그 뒤를 따르듯이 기요코와 무나카타, 미카미도 복도로 나갔다.

"자, 그럼."

도갓타는 아직 펼치지 않은 편지지를 가즈오에게 건네주고 방에서 나와 문을 닫았다.

별로 두꺼운 문은 아닌지라, 안에서 가즈오의 목소리가 들렸다.

"다들 잘 들어, 이걸 펼치기 전에 아버지가 한마디 하겠다. 여기에 무슨 말이 쓰여 있든 가족 내에서 불만은 없다."

"당연하죠. 그 정도는 알아요."

도요히로의 목소리가 들리고 곧이어 노노카의 목소리도 들렸다.

"난 여기에 할아버지가 우리에게 남긴 이별의 편지가

들어 있을 것 같은 예감이 들어. 이별이라고 할까, 아무튼 지금까지 고마웠다든가 하는……."

숙연해진 목소리였다.

"왠지 몰라도 나도 그런 생각이 드네."

요코의 목소리였다.

긴박한 상황임에도 우메다 가족의 구성원들이 서로를 진정으로 신뢰하고 있는 게 느껴졌다.

그 후 5초, 10초, 20초쯤 흘렀을까, 방문이 안쪽에서 조용히 열렸다.

"저……."

얼굴을 내민 사람은 고개를 갸웃거리는 도요히로였다.

"도갓타 씨, 잠깐 들어와주시겠어요? 아, 혹시 괜찮으시면 이제 다들 들어오셔도 됩니다."

긴장감이라고는 털끝만큼도 느껴지지 않는 말투였다.

도갓타가 먼저 방으로 들어갔다.

가즈오가 서둘러 편지지를 펼쳐서 보여주었다.

도갓타가 편지지를 들여다보았다.

'만 년을 사랑하다'는 내 과거에 있다.

편지지에는 그렇게 쓰여 있었다.

도갓타는 우메다 가족들을 둘러보았다. 그리고 다시 한번 소리 내어 읽었다.

"'만 년을 사랑하다'는 내 과거에 있다."

분명 그렇게 쓰여 있었다. 게다가 내용은 그것뿐이었다.

뒤늦게 들어온 사람들도 그 문장을 읽었다. 모두 놀라 여전히 어안이 벙벙한 상태였다.

물론 뭐라고 쓰여 있는지는 안다.

그러나 도대체 무슨 의미인지를 알 수 없었다.

"저……."

먼저 입을 연 사람은 도요히로였다.

……그렇다면 말이죠.

'만 년을 사랑하다'라는 보석은 역시 실제로 존재한다는 뜻일까요?

그 자리에 있는 누군가에게 묻는다기보다 편지지를 향해 묻는 듯한 말투였다.

물론 편지지가 대답해줄 리는 없었다.

그러자 곧이어 모두가 일제히 입을 열었다.

(아아, 틀림없이 있는 거야.)

(말도 안 돼. 그 카탈로그에 실린 루비가 진짜 있다고?)

(아무튼 있는 건 확실해. 보석은 있으니 너희가 찾으라는 말이겠지.)

(하지만 어디서?)

(할아버지의 과거에 있다니, 그게 무슨 뜻이야?)

(그렇지만 어르신 당신도 찾아다니셨는데…….)

(그건 연기였던 게 아닐까?)

(우리에게 '만 년을 사랑하다'라는 보석의 존재를 알리기 위해서?)

(왜 그렇게 일을 복잡하게 만드는 거지?)

(그건 영 아버지답지가 않은데.)

(그건 그래.)

(맞아, 뭐랄까…….)

그쯤에서 대화가 뚝 끊겼다.

끊긴 대화를 도갓타가 이어갔다.

"뭐랄까, 왠지 좀 유치하다고 말씀하시려던 건가요?"

도갓타의 질문에 하나둘 슬며시 동의하는 분위기가 퍼졌다.

"그럼 여러분은 이번 일을 우메다 어르신이 했다고 믿을 수는 없다는 의견이군요?"

도갓타가 물었다.

"네."

가장 먼저 입을 연 사람은 가즈오였다.

……아버지에게 장난기가 전혀 없었다곤 할 수 없지만 굳이 따지자면 성격이 급한 편이었고 예전에 이런 퀴즈 비슷한 걸 냈던 기억도 없어요.

"그러고 보면 할아버지는 퀴즈나 추리소설 같은 건 미리 그 답부터 찾아보거나 먼저 결말을 읽어버리는 타입이었잖아요."

노노카가 가즈오의 말을 거들었다.

도갓타는 옆에 서 있는 사카마키를 바라보았다.

그도 같은 의견인지 고개를 끄덕이고는 말했다.

"내가 알던 우메다 어르신이 벌일 일이 아닌 건 틀림없습니다."

"그렇다면 우메다 어르신이 아닌 다른 누군가가 이런 일을 꾸몄다는 얘긴데……."

도갓타가 말했다.

순식간에 방 안에 으스스한 분위기가 가득 찼다.

"난 아무래도 할아버지가 어딘가에 숨어 있을 것 같은 기분이 들어."

갑자기 분위기를 바꾼 사람은 노노카였다.

……틀림없이 이제 곧 어딘가에서 불쑥 나타나서는,

"아아, 역시 들켰구나. 이래서 평소에 안 하던 짓은 하는 게 아니야. 미수 축하 파티의 여흥으로 재미있겠다 싶었는데 말이야."

하면서 또 껄껄 크게 웃어젖힐 것 같은 예감이 든다고.

"그럼 대체 어디 숨었다는 거야? 우리는 섬 안을 샅샅이 뒤졌어."

거센 폭풍우 속에서 섬 안을 이리저리 헤맨 도요히로가 어린애처럼 입을 삐죽 내밀었다.

실제로 우메다 옹의 모습은 섬 어디에서도 찾을 수가 없었다.

만약 우메다 옹이 구명줄이라도 묶고 낭떠러지 어딘가에 매달려 있다면, 아직 숨을 만한 장소가 남아 있을지도 모른다. 하지만 현실적으로 생각하면 미수를 맞은 노인이 숨을 만한 장소는 이 섬 어디에도 없다.

그렇다면 우메다 옹이 이 섬에서 모습을 감춘 것은 틀림없다.

게다가 지난밤부터 험악해진 날씨를 생각하면 그것이 의미하는 것은 단 하나.

그는 이미 살아 있는 몸이 아니다.

그런 뜻이 되는 것이다.

게다가 이 수수께끼 같은 유언장이 좀 유치하다거나 평소 우메다 옹답지 않다고 한다면 우메다 옹이 아닌 다른 누군가가, 즉 여기 있는 누군가가 꾸민 일이라고 생각할 수밖에 없다.

6

"저……."

수수께끼 같은 두 번째 유언장을 들여다보는 도갓타 일행과 조금 떨어진 곳에 서 있던 무나카타가 말문을 연 것은 바로 그때였다.

모두의 시선이 향하자 무나카타는 살짝 긴장한 듯 보였지만, 그래도 천성적으로 천진난만한 타입인지,

"뭔가 의심스럽다는 뜻은 아니지만……."

하며 느긋한 말투로 이야기를 시작했다.

……아까 연회장에서 어젯밤에 다들 뭘 하고 있었는지 얘기했었잖아요. 그때 도요히로 씨가,

"저도 어젯밤에는 곧장 방으로 돌아갔어요. 그리고 바로 잠들어버렸죠."

라고 했던 것 같은데…….

무나카타는 왜인지 도요히로가 아니라 그 옆에 서 있

는 미카미를 힐끗 쳐다보았다.

"네, 분명히 그렇게 말씀하셨습니다. 그게 왜요?"

도갓타가 다음 말을 재촉했다.

"그런데 말입니다."

……정말로 도요히로 씨를 의심하는 건 아니에요.

그런데 어젯밤에 도요히로 씨가 미카미 씨랑 같이 보트하우스로 걸어가는 모습을 제 방 창문에서 우연히 봤거든요.

그래서 좀 이상하다 싶어서요.

혹시 잊어버리셨나 해서.

무나카타는 별다른 표정의 변화도 없이 말을 마쳤다.

실제로 뭔가를 의심한다기보다 도요히로가 왜 그 사실을 말하지 않았는지 의아해하는 눈치였다.

"미카미 씨랑?"

도갓타가 미카미를 쳐다보며 물었다.

미카미는 이렇게 증언했었다.

……저는 날이 저문 후에는 이쪽 저택에는 오지 않습니다. 오늘 아침에 기요코 씨가 절 부르러 오기 전까지는 계속 보트하우스의 제 방에 있었어요, 라고.

"아아."

그쯤에서 조금 어색하게 큰 소리를 낸 사람은 도요히

로였다.

"……아, 맞다."

……까맣게 잊어버렸네요.

바람이 너무 거세져서 보트하우스 상황이 어떤지 잠깐 살피러 갔었어요.

가는 길에 미카미 씨를 우연히 만났던 겁니다. 그러니 미카미 씨가 저택에 안 온 건 맞을 거예요.

도요히로가 그렇게 대답했다. 말이 매우 빠르고 어딘지 모르게 시치미를 떼는 느낌이 들었다.

"맞습니까, 미카미 씨?"

도갓타가 물었다.

미카미가 무표정으로 "네"라며 고개를 끄덕였다.

"하지만……."

그때 갑자기 대화에 끼어든 사람은 기요코였다.

"왜 그러시죠?"

도갓타가 기요코의 말에 관심을 보였다.

"으음, 그게."

말하기 거북한 듯했지만 여기서 침묵해버리면 나중에 문제가 될 거라는 판단은 제대로 내릴 수 있는 사람 같았다.

"두 사람은 지금 거짓말을 하고 있어요."

기요코가 의연한 말투로 단언했다.

"거짓말?"

"네. 미카미 씨랑 도요히로 씨 둘 다."

"무슨 말씀이신지?"

"제가 부엌 정리를 마치고 한참 지난 후였으니까 상당히 늦은 시간이었을 텐데, 사실은 제가 어르신 방에 갔었어요. 평소와 달리 특별한 날이었으니 뭔가 필요한 게 있으실까 하고."

"그런데 아까는 왜 그 말을 하지 않았죠?"

"죄송해요."

하지만 딱히 별일은 없었으니까요…….

방으로 찾아뵙고 뭐 필요하신 건 없느냐고 여쭤봤더니, "아니, 없어요. 기요코 씨도 많이 피곤하죠? 푹 쉬세요"라고 어르신이 말씀하셨어요.

"그때 우메다 어르신은 뭘 하고 계셨습니까?"

도갓타가 물었다.

"여느 때처럼 바흐의 무반주 바이올린 모음곡을 듣고 계셨어요."

기요코가 말을 이었다.

……평소에는 음악 얘기 같은 건 안 하세요. 제가 클래식 음악을 잘 모르는 걸 아시니까.

그런데 웬일인지 어젯밤에는 음악 얘기를 하셨어요.

"기요코 씨, 이 무반주곡은 신비로운 작품이에요."

실제 연주자는 바이올리니스트 한 사람인데 마치 세 사람이 연주하는 것처럼 들리는 곳이 있거든요, 라고.

……그래서 저도 그 자리에 서서 한동안 들어봤지만 역시나 저는 도통 모르겠더라고요.

"그런데 왜 여기 두 사람, 미카미 씨와 도요히로 씨가 거짓말을 한다고 하시죠?"

마음이 급해진 도갓타가 물었다.

"아, 그다음인데요……."

기요코가 도요히로와 미카미의 눈길을 피하듯 옆으로 살짝 돌아섰다.

……그리고 어르신 방에서 나와서 잠깐 2층 화장실을 살펴봤어요.

손님이 많이 계시니 혹시 지저분해지지는 않았을까 하고. 휴지가 떨어져서 새것으로 갈아 끼우고 한 차례 점검을 마친 후에 화장실에서 막 나오려는데, 두 사람이 어르신 방으로 들어갔어요.

"그런데 이렇게 중요한 이야기를 왜 지금까지 하지 않았나요?"

도갓타가 부드럽게 물었다.

"죄송합니다."

두 분이 말씀을 안 하셔서…… 아마 날씨가 개면 낚시 갈 계획 같은 얘기를 하러 갔으려니 했거든요.

그리고 다른 무엇보다, 뭐랄까요, 가족분들 일이라 저 같은 사람이 괜히 주제넘게 나서기가 좀…….

그런 생각에 망설이다 보니 제가 어르신 방에 갔던 얘기를 할 기회도 그만 놓쳐버리는 바람에…….

기요코는 이제 와서 어쩔 줄 몰라했지만, "얘기를 할 기회도 그만 놓쳐버리는 바람에……"라는 묘하게 태평한 발언이 그 자리에 흐르고 있던 팽팽한 긴장감을 툭 끊어버린 듯했다.

실제로 다른 사람들도 두 사람이 우메다 옹의 방을 찾아간 건 낚시 계획을 상의하려던 것 정도였을 거라는 반응이었다.

"뭐, 그럼 도요히로 씨와 미카미 씨는 그렇다 치고, 뭔가 할 얘기가 있었는데 기회를 놓쳐버린 분은 더 없습니까?"

살짝 장난기가 담긴 도갓타의 말투에 여기저기서 나지막한 웃음소리가 들렸다.

"그건 그렇고, 넌 무슨 용건으로 미카미 씨랑 둘이 할아버지 방에 간 거니?"

긴장이 풀린 분위기와는 달리 요코 혼자만 여전히 마

음에 걸리는지 마치 어린 아들을 대하듯 도요히로에게 물었다.

설마 자기 아들이 시아버지의 실종과 관계가 있을 거라고는 털끝만큼도 의심하지 않는 태평한 말투였다.

"잠깐 드릴 말씀이 있었어요."

그리고 어머니에게 대답하는 아들 또한 마찬가지였다.

상당히 심각한 상황인데도 마치 학원을 빼먹은 이유라도 둘러대는 태도였다.

"낚싯배 준비라거나?" 요코가 물었다.

"뭐, 그 정도 얘기였어요."

"그럼 그렇다고 말하면 되잖아."

그 순간 어머니와 아들의 언쟁을 제지하듯 큰 목소리가 들렸다.

"저, 그럼 말할 기회를 놓친 사람 중 하나로서 제가 발언해도 될까요?"

지금까지 말수가 적었던 사카마키가 그렇게 말하며 고지식하게 손까지 들었다.

"네, 말씀하시죠."

도갓타가 재촉했다.

"사실은 저도 아까와는 조금 다른 증언을 할 수밖에 없습니다."

……왜냐하면 제가 잠자리에 들기 조금 전이었으니까 그리 늦은 시각은 아니었을 텐데, 노노카 씨가 말이죠.

사카마키가 그쯤에서 말을 끊고 조금 미안한 듯이 노노카를 쳐다보았다.

……노노카 씨가 우메다 어르신의 방으로 들어가는 모습을 우연히 봤습니다.

자기 전에 화장실에 가려고 복도로 나왔는데 방향이 헷갈려서 잠시 머뭇거렸어요. 바로 그때 노노카 씨가 막 우메다 어르신의 방으로 들어가더라고요.

화장실 휴지가 없었으니까 기요코 씨가 갈아 끼우기 전이었겠죠.

모두의 시선이 노노카에게 향했다.

쏟아지는 시선이 조금 거북하다는 듯이 손짓으로 떨쳐 낸 노노카가,

"죄송해요. 사카마키 씨의 말이 맞아요."

하며 시원하게 인정했다.

……네, 할아버지랑 잠깐 상의할 일이 있었거든요.

그렇지만 상의한 내용은 할아버지가 사라진 것과는 아무런 관계도 없어요.

"뭐, 관계가 있느냐 없느냐는 제쳐두고."

도갓타가 조용히 끼어들었다.

그러자,

"잠깐만요."

하며 노노카가 도갓타의 말을 가로막았다.

……이런 상황에서 또다시 뭔가 숨기는 게 늘어난다면 일만 점점 더 꼬일 테니 저는 이제 사실대로 말할래요.

어젯밤에 제가 할아버지 방에 갔던 이유는 상의드릴 게 있어서예요.

그 상의 건은 한마디로, 만약 '만 년을 사랑하다'라는 보석이 정말로 존재한다면 할아버지가 건강하실 때 회사 명의 재산으로 돌려달라는 부탁이었어요.

이제 여기 있는 분들은 모두 같은 배를 탔다고 생각하니까 숨김없이 말씀드리지만, 우리 회사 우메다마루 백화점은 현재 홍콩 투자회사를 상대로 소송을 제기할 예정이에요.

아빠, 괜찮죠?

노노카가 갑자기 가즈오에게 물었다.

살짝 당황한 가즈오가,

"어, 괜찮아. 상황이 이러니."

하며 고개를 끄덕였다.

"그럼 전부 말씀드릴게요."

……간단히 말씀드리면 아빠는 할아버지한테 가업을

물려받았을 때 홍콩의 투자회사와 합작으로 신규 사업을 시작했어요.

당시에 한창 성장 중이었던 태국의 도시 방콕을 중심으로, 최신형 쇼핑몰 '더 플럼(The Plum)'을 지어서 해당 지역의 랜드마크로 만들고자 하는 사업이었죠.

계획은 순조롭게 진행돼서 현재는 그 '더 플럼'이 예정대로 그 지역의 랜드마크가 됐어요.

그런데 현재 우리 회사는 그 경영에서 완전히 배제당한 상황이에요.

결국 홍콩 투자회사에게 자본만 가로채이고, 경영권은 물론이고 우리가 소유한 주식까지 저당 잡히고 말았죠.

물론 비즈니스 세계니까 쌍방 나름의 주장이 있고 어느 쪽이 옳고 그른지를 따질 문제는 아닐 테지만 인도적인 측면에서 보면 우리 우메다마루 백화점이 홍콩 투자회사한테 완전히 속은 건 확실해요.

그 투자회사와 합작한 회사에 우리는 경영 형편에 걸맞지 않은 과분한 자금을 쏟아부었어요.

자금난은 계속 심각해졌지만 그렇다고 투자를 멈추면 여태 쓴 자금을 회수할 수도 없었으니, 지금 와서 생각하면 완전히 사기였던거죠.

결국 두 회사가 만든 회사는 도산이라는 형국을 맞았

고, 또다시 다른 기업과 계약을 체결한 홍콩의 투자회사가 같은 기획안으로 프로젝트를 진행한 거예요.

우리가 아군이 될 만한 고문을 앉혀놨으면 어떻게든 해결됐을지도 모르지만, 우메다마루 백화점이라는 성공 사례에 지나치게 의존한 탓에 이 프로젝트에 단독으로 참가해버린 게 최대의 실패 요인이라고 생각해요.

물론 그건 우리 아빠의 실수예요. 우리는 막대한 자금을 잃었죠.

그런데 할아버지는 실수를 나무라지 않았어요.

왜냐하면 아빠가 그 사업에 투자를 결정했던 건 다른 무엇보다 어려운 형편의 태국 아이들을 위한 복지시설을 최우선으로 건설하겠다는 계획 때문이었죠.

우메다마루 백화점은 아이들 덕분에 성공한 백화점이에요.

아빠는 아마도 그 은혜를 갚을 생각이었을 테고, 그런 마음을 알기 때문에 할아버지도 아빠의 미숙한 실수를 대놓고 탓하지 않았던 거라고 생각해요.

뭐, 말하자면 이게 우리가 처한 현재 상황이에요.

어젯밤에 할아버지와 엄마가 이제 곧 몰락해버릴지도 모르는 재산가 일족이라며 웃었던 이유도 바로 이런 상황에 놓여 있기 때문이죠.

그래서 저는 우메다마루의 3대 후계자로서 소송을 제기하기로 결심했어요.

물론 손실을 완전히 되돌릴 수 있으리라고는 기대하지 않아요. 하지만 아빠가 처음 계획에서 최우선으로 삼았던 복지시설만큼은 어떻게든 추진하고 싶어요.

그 계획을 지켜내기 위한 재판이에요.

그래서 돈이 필요해요. 만약 그런 고가의 보석이 진짜 있다면, 반드시 필요한 거죠.

노노카의 연설이 끝났다.

도갓타는 솔직히 어안이 벙벙했다.

마치 어젯밤의 우메다 옹이 환생한 듯이 박력이 넘치는 모습에 저 정도 박력이라면 홍콩의 투자회사쯤에는 재판에서 보란 듯이 본때를 보여주겠구나 싶었다.

과연 우메다 가문의 3대 후계자는 그녀가 틀림없다.

"지금 한 얘기가 어젯밤에 제가 할아버지 방에 가서 상의한 내용이에요. 숨김없이 다 말씀드렸어요."

노노카가 그렇게 말을 끝맺자,

"그래서?"

하며 가즈오가 어딘지 모르게 불안한 목소리로 물었다.

……그래서 아버지는 뭐라고 하셨는데? 라고.

"'노노카, 네 마음은 알았다'고 말씀하셨어요."

……그리고 이런 말씀도 하셨어요.

네 아빠를 나쁘게 생각하면 안 된다고. 가즈오 나름대로 생각이 있었을 테고, 그래서 도전했던 거라고.

노노카의 말에 가즈오는 놀란 듯했다. 그 눈에는 어렴풋이 눈물까지 어른거렸다.

도갓타는 이것도 탐정이 할 일 중 하나라고 결심하고,

"으음, 노노카 씨가 어젯밤 우메다 어르신을 찾아간 이유는 잘 알겠습니다."

하며 감상적으로 흐른 분위기를 끊어내듯 목소리를 높였다.

……그럼 다시 한번 묻겠습니다.

말할 기회를 놓친 다른 분은 더 안 계시죠?

아까와 마찬가지로 선술집에서 주문이라도 받는 듯한 말투였다.

잠시 기다렸지만 역시나 아무도 손을 들지 않았다.

그렇다면.

지금까지의 증언이 정말로 다라면, 어젯밤에 축하 파티 식사가 끝난 후 침실로 돌아간 우메다 옹을 만난 사람은 다섯 명이다.

시간 순서대로 나열하면 노노카, 기요코, 미카미와 도요히로, 무나카타 순서고, 그 후에는 아무도 우메다 옹을 보지 못했다는 뜻이다.

처음 증언에서는 어젯밤 식사가 끝난 후에 우메다 옹을 만난 사람은 무나카타 한 사람뿐이었는데, 정신을 차려보니 그 수가 어느새 다섯 배로 늘어나 있었다.

일행은 일단 우메다 옹의 침실에서 나와 연회장으로 돌아왔다. 테이블에는 두 통의 유언장이 나란히 놓여 있었다. 기요코와 도요히로가 부엌에서 홍차와 레몬 케이크를 준비해서 모두에게 갖다주었다. 그동안 입을 연 사람은 아무도 없었다.

마침내 밖에서는 거센 폭풍우가 휘몰아쳤다. 나무들을 후려치는 바람 소리가 땅울림처럼 무섭게 울려퍼졌다.

그때 사카마키의 휴대전화가 울렸다.

조금 전에 신고한 관할 경찰서에서 온 전화였는데 이런저런 대책을 고민하고 찾아봤지만 역시 오늘 중으로 섬에 가기는 어렵다는 통보였다.

사카마키는 통화 내용을 모두에게 전한 후 화장실에 갔다.

방을 나서는 순간 사카마키가 도갓타에게 살며시 손짓을 보냈다.

도갓타는 최대한 자연스럽게 자리에서 일어섰다.

대리석이 깔린 홀로 나가자 사카마키가 커다란 화병

뒤쪽에 몸을 숨기듯 서 있었다.

"무슨 일이신지?"

도갓타가 나지막한 소리로 물었다.

"아, 나도 이제야 이해가 됐어요."

사카마키가 미소를 지었다.

당신이 도요히로 군에게 어떤 의뢰를 받고 이 노라시마섬에 왔는지…….

'만 년을 사랑하다'라는 그 보석을 찾기 위해서죠?

이제 와서 거짓말을 해봐야 소용없는 일이라 도갓타는,

"아, 네."

하고 고개를 살짝 끄덕인 후 역으로 질문을 던졌다.

"사카마키 씨는 그 보석…… '만 년을 사랑하다'와 관련해서 뭐 좀 짚이는 바가 있습니까?"

"아니요, 안타깝게도 저는 처음 듣는 얘깁니다."

……다만 그런 게 실제로 존재한다면, 뭐랄까요. 겉으로는 사이좋은 가족처럼 보여도 왠지 뒤숭숭한 일이 벌어질 것 같은 예감이 들게 마련이니 참 희한하단 말이죠.

"그건 사카마키 씨의 직감인가요?"

도갓타가 물었다.

"아니요, 막상 내 직감은 완전히 반대예요. 그런 보석이 나타난다 해도 이 가족의 유대는 흔들리지 않는다. 그런 예감이 듭니다."

"그럼, 역시나 지금까지 일어난 일련의 사태는 우메다 어르신 본인이 꾸민 거라는 말씀인가요?"

"저의 직감을 믿는다면 그런 셈이죠."

"그렇다면 우메다 어르신은 이미……."

돌아가셨다고 해야 할지, 바다에 몸을 던졌다고 해야 할지 망설여졌던 도갓타가 잠시 머뭇거렸다.

"아직 그 부분은 도무지 믿기질 않아요."

사카마키가 한발 앞서 대답했다.

……보나 마나 가즈오 씨 가족들도 같은 생각이지 않을까요.

어쩌면 기요코 씨나 다른 직원들까지도 그렇게 느낄 것 같은데.

글쎄, 그냥 피부로 느껴지는 감각이라고 표현해야 할까요. 우리가 알고 있는 우메다 어르신은 그런 행동을 할 리가 없다는…….

사카마키의 말을 들은 도갓타는 연회장 쪽으로 시선을 돌렸다.

사카마키의 말대로였다.

그러니까 다들 저렇게 차분하게 레몬 케이크를 먹고 있을 수 있겠지.

"그렇다면 말이죠."

도갓타가 사카마키 쪽으로 살짝 다가섰다.

……이것이 우메다 어르신의 의도라면 그분은 우리에게 자기의 과거를 파헤치라는 거 아닙니까?

거기에 '만 년을 사랑하다'라는, 너희가 찾고 있는 물건이 있다고.

"뭐, 그런 뜻이 되겠죠."

"그래서 사카마키 씨에게 드리는 질문입니다만 우메다 어르신이 말하는 과거라는 건 언제를 의미할까요. 사카마키 씨 생각은 어떠신가요?"

"흠, 실은 나도 계속 그 생각을 했어요. 미수연이라는 가족들 축하 파티에 가족이 아닌 내가 초청을 받았으니까요. 거기에는 어떤 이유가 있지 않을까 하고."

과연 전직 경위다웠다.

"사카마키 씨와 우메다 어르신이 연결되는 과거라고 한다면 그 사건밖에 없겠죠."

도갓타의 말에,

"그렇겠죠."

하며 사카마키가 고개를 끄덕였다.

"연회장으로 돌아가서 그 당시 얘기를 모두에게 자세히 들려주시겠습니까?"

……물론 이미 다들 잘 아는 얘기겠지만 다시 한번 자세히 듣다 보면 어떤 실마리가 잡힐지도 모르니까요.

사카마키는 도갓타의 제안을 받아들였다.

두 사람은 연회장으로 돌아오자마자 밖에서 나눴던 대화를 모두에게 전했다.

이번 축하 파티에 가족이 아닌 사카마키 씨가 초대받은 이유가 분명히 있을 거라는 대목에서 다들 갑자기 마음이 초조해졌다.

물론 과거의 그 사건은 우메다 옹이 몇 번이나 얘기해서 가족들도 이미 다 알고 있었다.

아마도 우메다 옹이 용의자로 의심을 받았고 멋대로 이상한 기사를 써댄 매스컴과 재판 소동을 일으켰던 무용담쯤으로 전해 들었을 것이다.

그리고 실제로 그 이상도 이하도 아니었다는 것은 지금까지 사카마키와의 관계가 지속되는 것으로도 충분히 증명되었다.

그런데 사실 그 이상의 뭔가가 있었던 거라면, 우메다 옹이 가족에게 진실을 어딘가에 남겨두고 사라졌을지도 모른다는 상상도 가능했다.

그렇다면 지금까지 일어난 상당히 연극적인 흐름에도 돌연 타당성이 생긴다.

"그럼, 그 당시 이야기를 부탁드리겠습니다."

도갓타가 살짝 격식을 차리는 몸짓으로 사카마키에게 자리를 내주었다.

7

'다마 뉴타운 주부 실종 사건.'

당시 세상을 떠들썩하게 만들었던 그 사건을 지금까지 기억하는 사람이 과연 얼마나 될까.

사건의 발단은 45년 전인 1978년, 다마 뉴타운 단지에 살았던 사십대 주부 후지타니 우타코가 평소처럼 근처 슈퍼마켓에 장을 보러 갔다가 모습을 감춰버린 것이다.

그해 도쿄는 온난화가 심각한 요즘 여름 못지않게 찌는 듯한 무더운 날씨가 이어졌다.

당시 다마 지구에 갓 신설된 다마 남부 경찰서의 새하얀 콘크리트 벽도 강렬한 여름 햇빛에 반짝반짝 빛나고 있었다.

그해 여름을 회상할 때면 사카마키의 머릿속에 맨 먼저 떠오르는 것은, 다마 남부 경찰서의 새하얀 콘크리트 벽과 탐문 수사를 할 때마다 너무 더워서 하루에도 몇 개씩 먹어치웠던 달착지근한 소다 맛 아이스바다.

실종 당일 후지타니 우타코의 행적은 다음과 같았다.

오전 6시가 넘어서 공동 쓰레기 분리장에 음식물 쓰레기를 버린다.

그때 같은 단지에 사는 주부 S와 화장품 방문판매원 N에 관한 얘기를 나누는데, 우타코는 그날 오후 S의 집에 N이 오면, 자기 집에도 좀 들러달라고 전해달라는 부탁을 한다.

그 후 6시 반이 지나 남편 후지타니 고타로가 출근한다.

한 시간 반 후인 오전 8시쯤 고타로는 오카치마치에 있는 이불 도매상 회사에 도착한다.

이웃집 주부 C는 그날 오전 우타코의 집에서 베란다 쪽 세탁기가 돌아가는 소리와 청소기 돌리는 소리를 듣는다.

이후 빨래는 베란다 건조대에 널리고 심지어 잘 개어져서 그날 밤 고타로가 귀가했을 때는 방 한구석에 가지런히 포개진 상태로 놓여 있었다.

오후 2시 반쯤 화장품 방문판매원 N이 우타코의 집으로 찾아온다.

우타코는 차와 단팥묵을 대접하고 평소에 쓰는 스킨과 로션 한 세트를 산다. 한 시간이 채 안 돼서 N은 돌아간다.

"정말로 딱히 평소와 다른 점은 없었어요."

N은 증언한다.

……자전거 체인이 풀렸는데, 남편에게 고쳐달라는 말을 깜박하는 바람에 오늘은 슈퍼마켓까지 걸어가야 한다고 했어요. 만약 그때 자전거를 타고 갔으면 그런 사건에 휩쓸리지 않았을 거라는 생각이 지금도 이따금 들곤 해요.

왜 그때 체인 정도는 내가 고쳐줄 수 있다고 하지 않았을까 하는 후회가…….

N에게 말한 대로 그로부터 한 시간 후, 오후 4시 반이 지난 시각에 우타코는 걸어서 슈퍼마켓으로 향한다.

그 모습을 단지 광장에서 물놀이하는 아이들을 돌보던 주부 둘이 목격한다.

우타코가 사는 단지에서 슈퍼마켓까지의 거리는 약 1.3킬로미터.

약간의 개인차는 있지만 성인 여성이 걸어서 12분 정도 걸리는 거리다.

게다가 슈퍼마켓까지 가는 길에는 버스가 다니는 도로가 있다.

물론 평일 낮이었기에 사람이나 자동차 왕래가 많은 길은 아니었지만, 아무리 그렇더라도 목격자도 없이 한 인간이 감쪽같이 사라져버렸다는 건 타이밍이 안 좋았다고밖에 할 수 없다.

이상이 우타코가 실종된 당일의 행적이다.

그날 자택 부엌에는 저녁에 먹으려고 소스에 재워둔 닭고기가 남아 있었다.

요컨대 우타코가 본인의 의사로 자취를 감췄다고 보기에는 여러 정황상 너무나 위화감이 느껴진다.

그리고 사카마키를 비롯한 경찰의 조사가 진행되면서 놀라운 정보가 들어온다.

사건이 일어나기 한 해 전, 췌장암이 발견된 우타코가 여생이 1년밖에 안 남았다는 선고를 들었다는 것이다.

이것은 보도를 통해 사건을 알게 된 그녀의 주치의가 통보한 사실이다.

"워낙에 큰 병이라 일단은 남편분에게만 설명을 드리려고 했지만 후지타니 우타코 씨가 상당히 직감이 뛰어나신 분이라,

'선생님, 그냥 저에게 말씀해주세요. 전 이미 각오가 됐어요. 제 남편은 아주 다정한 사람이고, 지나칠 만큼 다정해서 틀림없이 저보다 더 큰 충격을 받을 거예요. 그러니 선생님, 남편에게는 비밀로 해주세요. 그 사람을 슬프게 하고 싶지 않아요.'

그렇게 말씀하셔서 결국 제가 본인에게 직접 알리게

된 겁니다."

실제로 남편 고타로는 우타코가 암 선고를 받은 사실을 사건이 발생할 때까지 까맣게 몰랐다.

사카마키로부터 이 사실을 전해 들은 고타로는 한동안 말문이 막혔다가,

"하지만 그게 제 아내가 갑자기 사라진 이유가 될 수 있을까요?"

라고 물으며 더더욱 혼란스러워했다.

현실적으로 그럴 가능성은 매우 낮다는 것이 사카마키와 수사반이 내린 판단이기도 했다.

물론 인간이 갑자기 자기 인생을 비관하는 경우도 있을 수 있다. 그러나 만에 하나 슈퍼마켓에 가는 길에 충동적으로 사라지자는 결심이 들었다 치더라도 그 후의 행적은 반드시 나오게 마련이다.

예를 들면 역으로 향했다거나, 버스를 탔다거나.

그러나 사카마키와 형사들이 뜨거운 태양 아래서 땀을 비 오듯 흘리며 수사하고, 소다 맛 아이스바를 몇 개씩 먹어치우며 탐문을 계속해도 그런 목격 정보는 단 하나도 나오지 않았다.

오히려 마치 땀샘이 고장이라도 난 것처럼 땀을 줄줄 흘리면 흘릴수록, 소다 맛 아이스바가 입안에서 녹아 사

라지면 사라질수록 후지타니 우타코가 슈퍼마켓으로 향하는 어느 지점에서 감쪽같이 증발해버렸다고 볼 수밖에 없는 정황만 쌓여갔다.

땀범벅이 되어 탐문을 계속하는 사카마키와 형사들의 모습을 보며 뉴타운 단지의 주부들도 서서히 마음의 문을 열었다.

같은 단지에서 자신과 똑같이 살아가던 전업주부가 별안간 실종된 것이다. 나에게도 언제 닥칠지 모르는 일이라며 불안해하는 게 당연했다.

처음 탐문에서는 가볍게 이웃과의 관계 정도를 물었는데, 굳이 따지자면 후지타니 우타코는 모두에게 호감을 사는 이미지였다.

단지로 이사 온 지 얼마 안 되긴 했지만 부녀회 행사에도 열심히 참여하고, 급한 일로 사이타마 지역에 있는 친정에 가야 했던 이웃 주부의 아이를 한동안 돌봐준 적도 있다고 했다.

한편 우타코에게는 자녀가 없었다.

자녀 이야기가 나오면서부터 이웃 주부들의 입이 가벼워지기 시작했다.

(뉴스를 보고 가장 놀란 건 후지타니 부인의 나이였어요.)

(저도 그래요.)

(남편분이 아직 젊어서 분명 아내가 살짝 연상일 거라고 예상은 했지만······.)

(설마하니 띠동갑 이상으로 연상일 줄이야.)

(그러게요, 정말 깜짝 놀랐다니까요.)

(그런데 후지타니 부인, 젊어 보였잖아요. 기껏해야 서른대여섯 정도?)

(뭐, 아이가 없는 건 이런저런 사정도 있을 테고.)

실제로 사카마키와 형사들이 실종 당시의 우타코 사진을 확인해봐도, 단지 주부들이 입을 모아 하는 이야기처럼 그녀는 실제 나이보다 상당히 젊어 보였다. 좀 더 덧붙이자면 매력이 철철 넘친다고 표현할 수밖에 없을 정도로 아름다운 여성이었다.

우타코는 고타로와 결혼하기 전에 도쿄의 우구이스다니에 있는 일본식 요릿집 '우타이'에서 종업원으로 일했다.

그 '우타이'의 사장이 들려준 얘기에 따르면 고타로가 우타코에게 반해서 가게에 뻔질나게 드나들었고, 처음에는 나이 차이도 있어서 우타코가 남자의 마음을 받아들이지 않았지만 결국 고타로의 열의에 못 이기는 척 결혼을 결심했다고 한다.

마흔이 훌쩍 넘은 나이에 한 결혼이었다.

고타로와 혼인신고를 하기 전에 결혼한 이력은 없었기에 당시로 치면 상당히 늦은 결혼이었다.

사카마키와 형사들은 그보다 이전의 우타코의 과거를 알아보기로 했다.

그러나 고타로에게 물어봐도 무슨 이유에서인지 입이 무거웠다.

"저도 '우타이'에서 만난 게 처음이라 그 전의 일은 잘 모릅니다."

부부 사이였으니 그런 이야기는 당연히 나눴을 텐데요.

사카마키와 형사들이 집요하게 물고 늘어지자,

"물론 물어본 적은 있죠."

라며 고타로도 무겁게 입을 열었다.

……어딘지는 모르지만, 시골 출신이라고 했어요.

그런데 어딘지는 알려주지 않았어요.

아무튼 고향에서 안 좋은 일을 당해서 도쿄로 도망쳐 왔다.

도망친 후로는 '우타이' 같은 가게를 전전하며 근근이 살아왔다고 했습니다.

그러나 고타로의 그 증언에는 두 가지 거짓이 섞여 있다는 것이 나중에 증명되었다.

먼저 우타코의 출생지다. 이것은 호적을 찾아보면 바

로 판명이 난다.

우타코의 본적은 도쿄 분쿄구(區)였다. 부모인 아버지 가쓰타로와 어머니 하쓰에 모두 이미 세상을 떴지만 사망 날짜는 확실하지 않았다.

그러나 당시에는 그리 드문 경우가 아니었다.

아마도 우타코의 부모는 공습 때 사망했을 테고, 전후의 혼란이 수습된 후에야 호적이 필요했을 때 본인이나 친척 중 누군가가 서둘러서 사망신고를 했을 것이다.

혼인신고를 거친 고타로가 이런 사실을 몰랐을 리가 없다.

그리고 고타로가 한 또 하나의 거짓말은 다음과 같다.

실종된 우타코의 사진이 각종 보도를 통해 세간에 막 나돌기 시작했을 때였다.

사카마키의 수사반으로 한 가지 놀라운 제보가 들어왔다.

앞서 말했듯이 우타코는 젊지는 않아도 매력이 철철 넘치는 아름다운 여성이었다. 그래서인지 사진을 크게 다루는 잡지도 많았다.

"거참…… 주간지 사진을 보고 어찌나 놀랐는지."

제보자는 W라는 남성이었다.

후지타니 우타코 씨라는 사람 말인데, 이미 5년도 더

지난 일이지만 우리 가게에서 일했던 여자가 틀림없어요, 라고.

그리고 W가 당시에 경영했던 가게는 도쿄 요시하라에 있는 성인 마사지 업소 '하나카고'였던 것이다.

아, 물론 우리 가게에서 일한 사실과 이번 실종 사건이 무슨 관계가 있다고 생각하진 않습니다만…….

그래도 혹시 도움이 좀 될까 해서요.

주간지 기사에서 보기로는 지금은 뉴타운에 사는 사모님이 됐다고 하니 본인이 성인 업소에서 일했던 사실은 숨겼을 테고, 물론 우리도 그런 과거를 다른 사람에게 떠벌릴 생각도 없습니다.

그렇지만 뭐든 도움이 될까 싶어서…….

어쨌거나 착한 아가씨였어요. 하나에 씨.

아 네, 우리 가게에서는 하나에라는 이름을 썼는데, 뭐 그런 장사이다 보니 본명 같은 건 저도 모르죠.

같은 지역인 요시하라의 다른 가게에서 옮겨 왔고, 우리 가게에서는 한 5년 정도 일했을까요.

나이는 좀 들었지만 용모가 워낙 뛰어나지 않습니까. 손님 접대도 잘해서 그만둔다고 했을 때는 붙잡기까지 했어요.

젊은 시절에 좋아했던 남자한테 속아서 어렵게 모은

돈을 다 날렸다는 얘기를 술에 취해서 했는데, 그래도 다시 열심히 저축했을 겁니다.

가게를 관둘 때는 내가 걱정했더니 1, 2년쯤 먹고살 돈은 있다면서 웃더라니까요.

여기까지도 사카마키와 형사들에게는 상당히 충격적인 정보였는데, W의 이야기는 더욱 흥미로워졌다.

……사실은 그녀의 남편인 후지타니 고타로 씨 말이죠. 그 사람도 저희가 잘 알아요.

본인에게 이미 들으셨을지 모르지만 고타로 씨가 일하는 이불 도매상이 우리 가게에 드나드는 납품 업체였거든요.

그래서 고타로 씨도 우리 가게에 자주 오셨죠.

W에 따르면 업무상 가게를 찾은 고타로가 우타코를 보고 첫눈에 반했다고 한다.

"그러다가 고타로 씨가 손님으로 우리 가게를 오게 된 거예요."

……거래하는 납품 업체의 직원이긴 해도 어쨌거나 남자고, 돈만 내면 손님이니까요.

우리 쪽에서도 오지 말라는 말은 못 하죠. 그래도 일단 하나에 씨에게 확인은 했습니다.

손님으로 대하기 불편하면 무슨 이유든 붙여서 거절해

도 된다고.

그런데 하나에 씨가 "아뇨, 괜찮아요. 이상한 사람은 아니니까"라고 하더라고요.

하긴 하나에 씨도 자기한테 홀딱 반한 젊은 남자가 귀엽긴 했겠죠.

이런 사실을 은폐한 걸로 봐서 우타코의 실종에 고타로가 연루했을 거라는 의심이 생겨날 수도 있었으나,

"말하고 싶지 않았어요. ……그런 가게에서 일했던 과거 따윈 아내도 분명 아무한테도 밝히고 싶지 않았을 테니까."

입술을 깨물며 그렇게 말하는 고타로의 모습을 보니 거짓은 없어 보였다.

물론 사카마키와 형사들은 우타코가 일했다는 도쿄 우구이스다니의 요릿집 '우타이'도 찾아갔다.

가게 주인이나 동료 여자 직원들이 증언한 사실은 다음과 같았는데, 이는 '하나카고'의 주인 W가 한 이야기와도 앞뒤가 들어맞았다.

(고타로 씨가 우타코 씨를 보려고 가게에 자주 왔었거든요.)

(처음에는 뭐랄까, 나이 차이도 있고 해서 우타코 씨도 곤혹스러워하는 것 같았지만.)

(확실하게 거절하면 되지 않느냐고 우리가 말하긴 했어요.)

(고타로 씨의 성장 과정에 동정이 가는 면이 있었을 거예요.)

(뭐, 우타코 씨도 가족 복은 거의 없었던 것 같고. 물론 아는 건 없지만 말이에요. 어딘가 시골 출신이라는 건 알지만, 자기 얘기는 전혀 안 했거든요.)

(고타로 씨는 부모님이 일찍 돌아가셔서 친척 집을 이리저리 전전하면서 컸던 모양이에요.)

(그런 사람이 당신과 같이 있으면 마음이 놓인다며 꼬드기면 매몰차게 내칠 수 있는 여자가 과연 있을까요?)

(하지만 따지고 보면 그렇게 젊은 남자가 자기한테 홀딱 반했으니 우타코 씨도 내심 기뻤겠죠.)

(고타로 씨의 끈질긴 구애가 통한 셈이라고 할까요.)

(마지막에는 우타코 씨도 기쁜 것 같았어요. 가정을 꾸리게 될지도 모르겠다며 수줍게 말하더군요.)

(그런데 어떻게 됐는지 알아요? 마치 두 사람을 축복이라도 하듯 다마 뉴타운 입주자 모집 추첨에서 고타로 씨가 당첨됐다는 소식이 들리더라니까요.)

(아아, 이제 드디어 두 사람이 행복해지겠구나. 왠지 우리까지 덩달아 기뻤어요.)

사람의 입이란 좀처럼 막을 수가 없는 법이다.

우타코가 감추고 고타로가 덮어두려 했던 그 비밀도 역시나 눈 깜짝할 새에 세상 사람들에게는 절호의 먹잇감이 되었다.

우타코가 예전에 요시하라의 업소에서 일했다는 기사가 나오자 단지 주부들 사이에서는 점점 적나라한 이야기가 나오기 시작했다.

그 무렵에는 이미 우타코를 아는 단지 주부들과 사카마키 사이에 안면을 튼 정도를 넘어선 관계가 형성되었다 보니, 주부들도 하루빨리 사건이 해결되길 진심으로 소망했던 모양이다.

주부들을 대표해서 왔다며 주부 두 명이 사카마키가 근무하는 다마 남부 경찰서까지 직접 찾아왔던 것이다.

"남의 집 사정이야 밖에서는 절대 속속들이 알 수 없겠죠. 지금부터 우리가 하는 얘기도 단순한 추측일 뿐인데……."

그러면서 두 주부는 우타코와 고타로 부부에 관한 이야기를 풀어놓기 시작했다.

……저는 부녀회 회장을 맡고 있어서 사소한 상담 같은 걸 받을 때가 있어요.

형사님도 아시는 M 부인, 후지타니 씨의 옆집에 사는

분인데요.

그 M 부인이 아무래도 우타코 씨가 남편에게 폭행을 당하는 것 같다는 상담을 저에게 한 적이 있어요.

부녀회 회장은 다음과 같이 이야기를 이어갔다.

M 부인의 상담을 받은 그녀는 우타코 씨에게 에둘러서 물어보았다고 한다.

사실은 우리 남편이 옛날에는 술버릇이 고약해서 취하면 나에게 발길질을 하기도 했다고.

나는 바로 친정으로 도망갔는데, 그러자 남편이 선물을 사 들고 허겁지겁 사과하러 왔더라고.

농담처럼 던진 얘기가 분위기를 누그러뜨렸는지 우타코도 실은 남편이 가끔 거칠게 행동할 때가 있다고 솔직하게 대답한 모양이다.

"그래도 저희 남편은 저보다 연하라 어리광을 부리는 면이 있어요. 그냥 그 정도일 뿐이지 절대 내가 미워서 그러는 건 아니에요."

우타코가 고타로에게 폭행을 당한 건 사실이었던 것 같다.

언젠가는 눈가에 멍이 든 우타코를 걱정한 주부들이 어떻게 된 일이냐고 물어본 적이 있는데,

"정말 창피한 얘기예요. 자전거를 타다 넘어졌지 뭐예

요. 얼굴이 그대로 가드레일에 부딪히는 바람에."

라고 우타코가 거짓말을 했다.

그 말이 거짓말인 이유는 전날 밤에 옆집에 사는 M 부인이 고타로의 고함과 용서를 비는 우타코의 목소리를 똑똑히 들었기 때문이다.

물론 사카마키와 형사들은 이러한 증언과 관련해서 고타로를 매섭게 다그치며 심문했다.

고타로는 자신의 폭력을 전적으로 인정하지는 않았지만, 일 때문에 지쳐서 기분이 나쁠 때는 엉망으로 취해서 그렇게 행동한 적이 있을지도 모른다는 식으로 얼버무렸다.

"제가 중학교도 제대로 못 나온 사람이라 회사에서 대학을 갓 졸업한 신입 사원과 얘기를 나눈 날에는 사소한 일에도 짜증을 낸 적은 있었습니다"라고.

그러나 그 당시는 술에 취해서 아내에게 주먹을 휘두르는 남편이 그리 드물지 않았던 시절이었다.

우타코가 남편의 폭력을 견디지 못해 가출했다는 추측도 가능하긴 했지만, 아무리 그렇더라도 단지에서 슈퍼마켓으로 출발한 후에 버스든 전철이든 어딘가로 이동했다는 목격 정보가 전혀 나오지 않는 것은 여전히 이상했다.

8

 자, 그렇게 사카마키를 비롯한 형사들의 수사가 결국 막다른 벽에 부딪힌 무렵이었다.

 실종 당일은 아니지만, 우타코로 추정되는 여성과 어느 남성이 도쿄 아카사카의 고층 호텔 커피숍에서 만났다는 제보가 들어왔다.

 제보를 제공한 사람은 당시 오픈한 지 얼마 안 된 아카사카의 호텔 커피숍에서 일하던 웨이트리스 Y였다.

 Y는 한 번이 아니라 두 번이나 그 두 사람이 동일한 커피숍에서 만났다고 증언했다.

 "아무튼 도쿄를 한눈에 내려다볼 수 있는 인기 많은 커피숍이라 아침부터 밤까지 정신을 못 차릴 정도로 바빠요. 그래도 그 손님 두 분만은 또렷하게 기억에 남아 있어요."

 그 이유는 Y가 처음 두 사람을 봤을 때 인상 깊었던 점이 있어서였다.

……우선 첫 번째는 사투리예요. 남성분이 지쿠호(일본 규슈 후쿠오카의 중앙부를 가리키는 지역명) 사투리를 썼어요.

덧붙이자면, Y도 후쿠오카의 지쿠호 출신이었다.

……그런데 저처럼 지쿠호에서 나고 자란 토박이가 듣기에는 그 남성의 지쿠호 사투리는 왠지 좀 위화감이 느껴졌어요. 예를 들면 전학생이 그 지방 말투에 차츰 익숙해진 정도의 느낌이랄까요.

……그래서 말을 걸거나 물어보진 않았어요.

만약 그 남성의 말투가 완벽한 지쿠호 사투리였다면 저도 지쿠호 출신이라면서 말을 걸었을지 모르지만, 어디 다른 지역의 방언일지 모르겠다는 생각이 들어서였죠.

Y는 그들이 인상적이었던 두 번째 이유로 두 사람이 다마 뉴타운 얘기를 나누고 있었던 점을 들었다.

Y는 결혼하면 다마 뉴타운에서 살고 싶은 꿈이 있었다.

Y에 따르면 두 사람은 어린 시절 소꿉친구처럼 보였다고 한다. 오랜만에 재회해서 흐르는 시간을 아쉬워하며 즐겁게 대화를 나누는 분위기였다면서.

참고로 남성이 연상으로 보였다.

평소에도 그런 고급 호텔을 자주 드나드는 듯한 관록이 느껴졌고, 무엇보다 비싸 보이는 양복이 아주 잘 어울리는 사람이었다.

그 후 Y는 그 두 사람을 호텔 커피숍에서 다시 한번 보게 된다.

그런데 처음과 달리 두 사람이 앉은 자리는 Y가 담당하는 테이블은 아니었다.

Y에게 그 두 사람의 기억이 선명하게 남았던 세 번째 이유가 드디어 우메다 소고와 이어지게 된다.

"두 사람을 봤던 바로 그날이었어요."

Y는 마치 기적이라도 체험한 것처럼 흥분한 기색으로 형사들에게 말했다.

……그날 점심시간에 호텔 휴게실에 있던 신문을 우연히 읽었거든요.

그 신문에 규슈 우메다마루 백화점의 젊은 창업자를 소개하는 기사가 실렸는데, 거기에 방금 커피숍에서 봤던 남성의 사진이 나온 거예요.

저도 규슈 출신이다 보니 새해나 백중 같은 명절 때 고향에 가면 조카들을 데리고 우메다마루 백화점에 자주 가곤 했거든요.

고향의 백화점이 신문에 대대적으로 보도된 것도 자랑스러웠고, 무엇보다 그 창업자가 조금 전까지 제가 일하는 커피숍에 있었던 거잖아요.

물론 처음에는 그냥 닮은 사람일 거라고 생각했죠.

그런데 사진을 자세히 볼수록 몸짓이나 웃는 모습까지 비슷했어요.

그리고 무엇보다 그 남성이 굉장히 신사적이었던지라 규슈의 젊은 백화점 왕이라고 불리기에 손색이 없겠다 싶었죠.

Y에게 제보를 받은 사카마키와 형사들은 부리나케 신문 기사를 찾아봤다.

우메다 소고를 소개한 기사는 바로 찾을 수 있었다. 기사를 확인하니 두 사람이 Y가 근무하는 커피숍에 온 것은 우타코가 연기처럼 증발한 시점보다 넉 달 전쯤이었다는 사실이 밝혀졌다.

안타깝게도 Y가 두 사람을 처음 본 날짜까지는 특정할 수 없었지만, Y의 기억에 따르면 그로부터 대략 2주 정도 전이라고 했다.

그렇다면 두 사람은 한 달 사이에 두 번이나 같은 커피숍에서 만났다는 얘기다.

호텔 로비 CCTV에 두 사람의 모습은 찍히지 않았고 커피숍 내부에는 아직 CCTV가 없던 때였다.

사카마키와 형사들은 당장 후쿠오카에 있는 우메다 소고를 찾아갔다.

그 당시 소고는 후쿠오카 덴진에 있는 우메다마루 백화점 본점에 마련된 사장실에서 참신한 경영 능력을 발휘하고 있었고, 자택은 백화점 본점에서 자동차로 10분쯤 떨어진 오호리 공원 근처의 고급 주택가에 위치해 있었다.

사카마키와 형사들이 방문한 곳은 백화점 본점의 응접실이다.

한참을 기다린 끝에 비서의 안내를 받아 들어간 사장실에서 만난 우메다 소고의 첫인상을 사카마키는 아직도 또렷하게 기억한다.

아카사카의 고층 호텔 웨이트리스는 소고가 매우 신사적이고 관록이 느껴졌으며 젊은 백화점 왕에 걸맞은 모습이었다고 증언했지만, 사카마키가 받은 인상은 꽤 달랐다.

그야말로 야생동물.

조금만 방심하면 금방이라도 달려들어 목을 물어뜯을 듯한 사나움이 눈동자에 깃들어 있는 남자였다.

그래도 도쿄에서 찾아온 사카마키와 형사들을 맞이하는 소고의 말투는 차분하고 부드러웠다.

"무슨 일로 오셨을까요?"

형사들을 맞은 소고는 그렇게 물으며 여유를 보였다.

"혹시 회사 세무나 경영과 관련된 일이면 담당자도 부

르겠습니다만."

사카마키는 먼저 두 사람이 목격된 아카사카의 고층 호텔에 간 적이 있느냐고 물었다.

이미 호텔 측에 확인해서 소고나 우메다마루 백화점 관계자가 지금까지 그곳에 숙박하거나 회식을 예약한 적은 없다고 조사를 마친 상황이었다.

"호텔 이름은 들어봤습니다."

소고가 대답했다.

곧이어 형사들이 우타코의 사진을 보여주었다.

"혹시 이 여성을 본 적이 있으신가요?"

소고는 꽤 시간을 들여 사진을 찬찬히 살펴본 후,

"아아."

하는 소리를 흘렸다.

그러나 이어서 나온 말은 지극히 평범한 대답이었다.

"아마도 도쿄에서 실종됐다는 주부 같은데요."

"그럼 모르시는 분입니까?"

"네, 그 이상은."

소고는 매우 침착했다.

어쩌면 그 후 사카마키가 몇 년에 걸쳐서 소고 범인설에 집착한 이유가 있다면, 그때 소고가 보인 부자연스러울 정도로 침착한 태도 때문이었는지도 모른다.

그대로 혐의 사실을 덮어둔 채로 심문을 이어가기는 어려워 보였다.

사카마키와 형사들은 소고와 실종 여성이 만났다는 목격 정보가 들어왔다는 사실을 밝혔다.

그리고 소고가 목격된 시기에 어디에서 무엇을 했는지 알려달라고 솔직하게 부탁했다.

소고는 매우 협조적이었다.

일단 전화로 비서를 부르더니, "경리 부장과 총무 부장은 사무실로 돌아가도 된다고 전해주게"라고 지시를 내렸다.

정말로 경영상의 문제로 사카마키와 형사들이 도쿄에서 찾아왔다고 추측한 듯했다.

다망하고 젊은 백화점 왕의 일정은 놀라울 정도로 빈틈없이 비서가 관리하고 있었다.

일정에 따르면 우타코가 아카사카의 호텔에서 소고로 추정되는 남성을 만났던 바로 그 시기에 소고는 도쿄 출장 중이었다.

기간은 4박 5일이었고 출장 업무는 두 가지였다.

하나는 후쿠오카가 본점인 은행이 신설한 도쿄 지점 개업 기념 파티에 참가한 후 그곳 임원들과 시즈오카현 가와나 지역에서 열리는 골프 모임에 참가하는 건이었다.

다른 하나는 우메다마루 백화점의 도쿄 진출 가능성을 타진하는 투자회사와의 회의였다.

도쿄 일정은 매우 빠듯해서 그야말로 아침부터 밤까지 분 단위로 예정이 잡혀 있었다.

다만 그 출장은 평소와 다른 점이 한 가지 있었다.

평소에는 늘 동행하는 비서를 데려가지 않고 소고 혼자 도쿄로 향했던 것이다.

담당 비서가 급성 맹장염으로 갑자기 입원했기 때문이었다.

또한 도쿄 일정이 축하 파티와 골프 모임 정도이다 보니 무리하게 신입 비서를 데려가는 게 오히려 더 거치적거릴 거라는 소고의 판단도 있었다.

출장 시기와 커피숍의 웨이트리스가 두 사람을 처음 목격한 시점이 겹치지 않는다고 장담할 수는 없었다.

게다가 출장지인 도쿄의 일정이 빠듯하긴 했지만 오후에 약 한 시간가량 우타코와 만날 시간을 낼 수 없었던 것도 아니다.

실제로 일정 사이에 두 시간쯤 시간이 비는 날이 이틀 있었고, 시간대상 아카사카의 커피숍에서 목격된 시간과 들어맞았다.

다만 문제는 날짜가 분명하게 밝혀진 두 번째 목격 정

보와 가장 중요한 우타코의 실종 당일이다.

먼저 소고의 기사가 신문에 실린 두 번째 날의 경우, 소고는 그날 후쿠오카에 있었다.

그런데 하필 그날은 컨디션이 좋지 않아 하루 종일 집에서 휴식을 취했다고 한다.

그는 몸 상태가 좋지 않을 때면 감기약과 비타민제를 대량으로 먹고 커튼을 친 컴컴한 방에서 온종일 자면서 식사도 거른 채 큰대자로 누워 쉰다고 한다. 그리고 이런 회복법을 쓰면, 다음 날에는 예외 없이 피로가 말끔히 사라져서 다시 털고 일어날 수 있다고 했다.

두 번째 목격된 날에도 소고는 똑같은 상황이었다고 증언했다.

가정부도 그런 날은 조심스러워서 2층 침실에 올라가지 않지만, 그렇다고 소고가 외출하는 걸 본 기억도 없다고 말했다.

그리고 드디어 실종 당일이다.

그날은 우연하게도 소고의 외아들인 가즈오의 열 번째 생일이었다.

두 사람은 후쿠오카 교외에 있는 구로사와 계곡으로 2박 3일 캠핑을 떠났다.

당연히 아들 가즈오도 그때 일을 또렷하게 기억하고

있었다.

갓 열 살이 된 친아들의 증언이라 알리바이로서는 빈약했지만, 그 취약성이 오히려 더 증언의 강도를 높여주는 요인이기도 했다.

두 사람이 자주 캠핑하러 간다는 구로사와 계곡은 캠핑 시설이 갖춰진 장소는 아니다. 주변 3킬로미터 근방에는 민가조차 없는 깊은 산속이다.

대신 그만큼 조용하고 강물이 아름다운 곳이다. 만약 소고가 그날 도쿄로 상경했다고 가정한다면 외딴 숲에다 어린 아들을 혼자 이틀씩이나 남겨뒀다는 말이 된다.

거기까지 수사를 마친 사카마키와 형사들은 일단 도쿄로 돌아왔다.

의심을 하자고 들면 모든 것이 의심스러웠다.

아카사카 호텔의 목격 정보 중 첫 번째 날은 추측이긴 하지만 소고가 도쿄에 있었을 가능성이 있다.

두 번째 날에는 몸이 안 좋아서 계속 방 안에만 있었다고 하는데 이를 증언할 수 있는 사람은 가정부뿐이다. 또한 당시 개통한 지 얼마 안 된, 도쿄와 후쿠오카를 잇는 신칸센을 이용하면 편도 일곱 시간이니 하루 동안 오갈 수 없는 거리도 아니었다.

게다가 소고가 아들에게 거짓 증언을 시켰을 가능성이

100퍼센트 없다고 단언할 수도 없다.

사카마키와 형사들은 기도하는 심정으로 온갖 가능성을 면밀하게 검토했다.

그러나 실마리를 잡기 위해 소고의 과거를 조사하면 할수록 후지타니 우타코와의 접점은 무엇 하나 떠오르지 않았다.

유일한 가능성은 우타코가 유흥업소에서 일했던 시기에 소고가 그녀의 손님이었다는 것일 텐데, 설령 그렇다고 해도 이미 그 일에서 손을 뗀 지 여러 해가 지났고, 게다가 다른 남자와 결혼까지 한 우타코에게 사회적 지위도 높은 소고가 이제 와서 무슨 볼일이 있겠는가.

결국 사카마키와 형사들이 납득할 만한 동기는 나오지 않았다. 애당초 호적만 봐도 후지타니 우타코는 소고와 달리 도쿄 출신이고 도쿄에서 성장했다.

한편 우메다 소고에게는 이러한 과거가 있었다.

전쟁 중에 태어나 종전 후에는 포목 도매상에서 허드렛일부터 시작해서 자수성가했다는 예의 그 성공담이다.

젊은 나이에 창업한 우메다마루 백화점의 전신인 슈퍼마켓을 규슈 사가현 시내에서 성공시킨 후, 독자적인 유통 시스템과 독특한 고객 관리로 해마다 사업을 확장해 가며 불과 10년 만에 후쿠오카의 일등지인 덴진에 우메다마루 백화점을 세웠다.

자 그럼, 과연 그의 출생은 어떤가 살펴보니 '우메다마루'라는 명칭과 관련이 있었다.

후쿠오카의 야하타시(市)에 우메다 회조점이라는, 지금으로 치면 항만 운송 기업을 경영하던 집안이 있었는데 소고는 그 집의 차남으로 태어났다.

우메다 회조점은 주로 세토내해로 물자를 운반했으며 결코 큰 규모는 아니어서 소유한 배도 우메다마루라는 중형 운반선 한 척뿐인 영세기업이었다.

그러나 엄연히 십여 명의 종업원을 고용한 개인 사업이었고, 소고는 태어난 지 얼마 안 돼 병으로 세상을 떠난 장남을 대신해 귀하게 자랐다.

그러나 전쟁으로 모든 것이 바뀌었다.

먼저 선원들이 하나둘 징집되었고 유일하게 소유했던 우메다마루도 군용으로 접수된 후 불과 반년 만에 미국 구축함의 포격을 받아 시모노세키 앞바다에서 침몰해버린 것이다.

게다가 후쿠오카 야하타 지역을 파괴한 B29 폭격기의 공습으로 소고는 부모와 두 여동생, 하물며 나고 자란 집까지 모조리 잃고 말았다.

전쟁이 끝난 후 어린 소고는 사가현에서 혼자 살고 있

던 외할머니에게 의지했으나 만주로 모두 건너간 친가 친척들과는 연락이 끊겼다. 그러던 중 외할머니까지 돌아가시자 열세 살 나이에 천애 고아 신세가 되었고, 급기야 사사현 시내의 포목 도매상에서 허드렛일을 하며 그곳에 살았다.

의지할 데라곤 없는 소고이긴 했지만, 다행히 그 포목 도매상 주인이 '우메다 회조점'과 인연이 있었던 사람이었다.

언젠가 도매상 주인이 발행한 수표가 부도 위기를 맞았을 때 소고의 아버지가 그 기한을 미뤄주는 은혜를 베풀었다고 한다.

은인이 남기고 간 자식이라며 소고를 거둬줬던 포목 도매상 주인은 허드렛일을 하는 소고에게 주판을 쓰는 방법부터 경영의 기초까지 열심히 가르치며 여러모로 마음을 써주었다. 훗날 그가 큰 성공을 거두는 발판을 마련해준 셈이다.

이런 정황들로 알 수 있듯이 소고는 전쟁으로 모든 걸 빼앗긴 당시의 불행한 아이들 중 하나였다.

그런 비극 속에서 비교적 행운의 길을 걸어올 수 있었던 까닭은 소고를 낳고 기른 부모의 인덕 덕분일 터.

자, 그런데 여기까지 이야기를 더듬어봐도 소고와 우

타코 사이에는 접점이 없다는 게 명백해진다.

두 사람이 나고 자란 곳은 각각 규슈와 도쿄.

게다가 소고한테 도쿄에 사는 친척이 있는 것도 아니었고, 우타코 측에서도 규슈와 인연이 있다는 정보는 나오지 않았다.

만약 두 사람에게 접점이 있다면 역시나 가장 가능성이 높은 것은 우타코가 일했던 유흥업소인 것이다.

당연히 사카마키를 비롯한 형사들은 우타코가 일했던 '하나카고'를 수사했다.

그런 계통의 가게에는 놀라울 정도로 기억력이 좋은, 여자들을 관리하는 할멈이 있게 마련인데 역시나 '하나카고'에도 그런 사람이 있었다.

"딱 한 번 온 손님이라면 자신은 없어. 하지만 두 번, 세 번 하나에를 찾은 손님 중에는 이 남자가 없었어. 그건 자신 있게 말할 수 있네."

그리고 우타코가 그 전에 일했던 가게도 '하나카고' 주인이 힘써준 덕분에 찾아낼 수 있었는데, 그곳에서도 소고를 기억하는 사람은 없었다. 우타코가 그 가게를 그만둔 이유는 딱히 무슨 일이 있어서가 아니라 가게 규모 축소 때문에 한창때가 지난 사람부터 차례대로 그만뒀을 뿐이라고 차갑게 응대했다.

사카마키와 형사들은 결국 막다른 골목에 부딪혔다.

그러나 사카마키는 당시 수사 회의에서 다음과 같은 발언을 했다.

"현재 상황에서는 아무런 증거도 없습니다만, 저는 우메다 소고가 이 사건과 연관이 있다고 믿어 의심치 않습니다"라고.

상사가 그 이유를 묻자 사카마키는 이렇게 대답했다.

"그건 저도 정말 모르겠습니다."

사카마키는 형사들의 실소 속에서 머리를 긁적거렸다.

……그렇지만 두 사람을 조사하면 할수록 두 사람한테서 같은 냄새가 납니다.

그것이 어떤 냄새인지도 잘 모르겠습니다. 하지만 분명 같은 냄새가 난단 말이죠.

물론 그 정도 형사의 직감만으로 근대적인 경찰 조직이 움직일 리는 없었다.

"규슈의 젊은 백화점 왕에게 주부 실종 사건 혐의가?"

그런 제목의 폭로성 기사가 어느 주간지에 실린 것은 바로 그 무렵이었다.

수사 관계자에게서 이야기가 새어 나갔던 것인데, 우메다 소고가 중요 참고인으로 수사선상에 거론되고 있다는 충격적인 사실이 퍼졌다.

첫 기사를 뒤따르듯 그다음 주에는 몇몇 잡지가 사건 특집을 편성했다.

실종된 주부가 요시하라의 업소에서 일했다는 정보가 나온 이후, 좀처럼 새롭게 들어오는 정보가 없어 일시적으로 기세가 꺾였던 보도 경쟁은 장작불을 지핀 듯 고조됐다.

세상은 무섭게 끓어올랐지만 소고는 냉정한 방식으로 대처했다.

자기 이야기를 기사로 낸 신문사와 출판사를 곧바로 명예훼손으로 고발한 것이다.

결국 소고에 대한 사카마키와 형사들의 조사도 더 진전되기는 어려워졌다. 자연스럽게 과열 보도도 차츰 사그라들었다.

물론 그 후에도 사카마키와 형사들은 필사적으로 사건 수사를 계속했다.

다마 남부 경찰서가 생긴 이래 전국적인 주목을 받은 최초의 사건이었다. 미궁으로 빠지게 놔둘 수는 없었다.

그러나 수사를 하면 할수록 드러나는 사실은 우타코의 남편 고타로의 고약한 술버릇과 아내를 향한 가혹한 폭력성이었다.

심지어 고타로가 범인이길 바라는 형사까지 나올 정도

로 문제가 많은 남자였다.

그러나 고타로에게는 완벽한 알리바이가 있었다.

설령 공범이 있다고 한들, 그렇게까지 해서 우타코를 극심히 괴롭힐 만한 동기도 발견되지 않았다.

9

정신을 차려보니 창밖에는 거센 폭풍우가 위협적으로 몰아치고 있었다.

창문을 후려치는 광풍이 훨씬 더 거칠어져 대형 태풍이 바로 코앞까지 다가온 것이 느껴졌다.

사카마키의 이야기가 끝난 순간, 사람들의 귀에는 암벽에 부딪혀 부서지는 파도 소리가 울려퍼졌다.

모두가 사카마키의 얘기에 푹 빠져 있는 동안 실내가 꽤 어둑어둑해져 있었다. 기요코가 서둘러 이리저리 다니며 불을 켰다.

밖은 캄캄했으나 이제 막 오후 4시를 지난 시각이었다.

"그 사건 얘기는 전에도 들은 적이 있지만, 새삼 다시 들어보니 후지타니 우타코 씨라는 그 여성이 뭐랄까, 굉장히 생생하게 느껴지네요."

맨 처음 입을 연 사람은 도요히로였다.

우메다 가문의 다른 가족들도 도요히로와 비슷한 감상이었는지, 뒤이어 입을 연 요코가 낮게 가라앉은 목소리로 말했다.

"결국은 우리 아버님과도 우메다 가문과도 전혀 관계가 없는 여성인데 왠지 남처럼 느껴지지 않는 이유는 뭘까요?"

기요코가 실내등을 모두 켜자, 도갓타가 자리에서 일어섰다.

"여러분!"

엄숙해진 분위기를 바꾸려는 투로 외쳤다.

……우메다 어르신은 '만 년을 사랑하다'는 내 과거에 있다, 라고 쓰셨습니다.

우리는 우메다 어르신이 언급한 그 과거가 혹시 '다마 뉴타운 주부 실종 사건'은 아닐까 하는 추측에서, 방금 사카마키 전직 경위님께 사건의 자세한 내막을 들어본 거고요.

그래서 여러분께 좀 여쭙고 싶습니다. 지금 우메다 가족분들은 새삼 다시, 다른 분들은 아마 처음 듣는 얘기였을 텐데요. 사카마키 씨의 얘기를 듣고 뭔가 떠오르거나 짚이는 게 있는 분은 없나요?

도갓타의 질문에 모두가 두리번거리며 얼굴을 마주 보

았지만 아무도 손을 들지 않았다.

그래도 도갓타는 참을성 있게 기다렸다.

마치 누군가의 비명과도 같은 바람 소리만 소름 끼치게 연회장에 울려퍼졌다.

그 무시무시한 바람 소리에도 익숙해졌을 무렵이었다.

"저기."

조심스럽게 손을 든 사람은 간호사인 무나카타였다.

"말씀하시죠."

도갓타가 재촉했다.

"으음, 실은 무슨 생각이 떠오른 건 아니고."

그렇게 미리 밑밥을 깐 무나카타가 고개를 갸웃거리며 말을 이었다.

"어르신께서 유언장에 쓴 과거가 방금 사카마키 씨가 말씀하신 사건이라고 가정하면 말이죠."

신중한 말투에서 무나카타의 진정성이 느껴졌다.

……그럴 경우, 아무리 생각해도 어르신께서 과거에 대한 뭔가를 고백하시려는 거고, 그렇다면 역시 그 실종 사건의 범인은 어르신이었다는 이야기로 흘러갈 것 같은 생각이 들어요.

물론 어르신이 쓴 과거가 그 사건을 뜻하는 게 맞다면 그렇단 말입니다만.

무나카타의 말은 일리가 있었다.

사카마키의 얘기를 듣는 동안 다들 그렇게 예상했을 테지만, 이제 와서 진실을 밝힌들 무슨 소용이 있겠나 싶어 의아했을 것이다.

"저도 지금 무나카타 씨가 하신 말씀에 동의합니다."

도갓타가 말을 받았다.

……어디까지나 우메다 어르신이 말하는 과거가 그 실종 사건이 아닐까 하는 우리의 추측이 맞다면 말이죠.

"그런데 달리 짐작이 가는 다른 과거도 없잖아요?"

요코가 살짝 안달이 난 목소리로 끼어들었다.

"아, 네. 지금 상황에서는 그렇죠."

냉정하게 대답한 도갓타에게 사카마키가 바로 질문을 던졌다.

"도갓타 씨는 방금 내 얘기를 듣고 뭔가 석연치 않은 점은 없었나요?"

모두의 시선이 일제히 도갓타에게 쏠렸다.

"저는……."

도갓타가 잠시 말을 머뭇거렸다.

대단한 영감이 떠오른 건 아니지만 왠지 좀 위화감이 드는 부분이 몇 가지 있었다.

"그럼, 먼저 사실 확인부터 하겠습니다."

도갓타가 딱딱한 투로 묻기 시작했다.

……실은 이 섬에 왔을 때부터 조금 의문이었던 점이 있습니다.

도갓타가 홀의 거대한 계단 벽에 걸린 가족 초상화를 손으로 가리켰다.

"저 커다란 초상화 말입니다."

……무례한 질문을 드려서 죄송합니다만, 저 가족 초상화에는 우메다 어르신의 부인이 안 계십니다.

일찍 돌아가신 걸까요?

"아아."

도갓타의 질문에 곧바로 반응을 보인 사람은 가즈오였다.

"……저는 실은 양아들이에요. 아버지의 친아들이 아닙니다."

"네? 양아들이요?"

"네. 아버지는 평생 독신이셨습니다."

"네?"

도갓타는 너무 놀라서 무심결에 신음을 흘렸다.

평생 독신이었다는 말과 눈앞에 있는 행복한 가정의 전형인 우메다 가족이 좀처럼 연결되지 않았기 때문이다.

"도갓타 씨, 미안해요. 옛날부터 비밀로 했던 일도 아닌지라 군이 설명할 필요도 없을 것 같아서."

이어서 말을 받은 사람은 도요히로였다.

……아버지는 어린 나이에 할아버지의 양아들이 됐어요.

도요히로가 더 자세히 설명해주었다.

간단히 요약하자면 당시 가즈오의 친아버지는 소고의 전담 운전기사였다고 한다.

그때는 이미 가즈오의 친어머니가 이미 세상을 뜬 후여서, 혼자 아이를 키우기 힘들 거라는 소고의 배려로 가즈오는 학교 수업을 마치면 친아버지가 대기하고 있는 소고의 저택으로 귀가했다.

소고는 "내 집이라 생각하고, 편하게 지내렴"이라고 가즈오에게 말해주었다고 한다. 실제로 가즈오는 소고의 집에서 아무 거리낌 없이 편하게 지냈다. 가정부들도 그런 가즈오를 귀여워했다.

……그렇죠, 아버지?

도요히로의 질문을 받은 가즈오가,

"어, 으응."

하며 허둥지둥 고개를 끄덕였다.

그런데 그의 표정은 줄곧 어딘가 먼 곳을 보고 있는 것 같았다.

아버지는…… 아, 지금 말하는 아버지는 운전기사였던

친아버지가 아니라 우메다 소고 얘기입니다만.

　아버지는 친아버지와 나에게 정말로 따뜻하게 마음을 써주셨어요.

　정신을 차린 듯이 가즈오가 이야기를 시작했다.

　……덕분에 저는 그 넓은 저택을 마치 내 집처럼 이리저리 뛰어다녔고, 거기서 일했던 가정부들이 맛있는 간식을 만들어주기도 했죠…….

　그런데 친아버지가 돌아가신 겁니다.

　급성 심근경색이었습니다. 원래부터 심장이 약했던 모양이에요.

　가즈오가 이야기를 이어갔다.

　아버지의 장례식은 소고가 정성을 다해 치러주었다.

　장례 이후 유일한 혈육이었던 아버지를 잃은 가즈오는 아동보호시설에 보내지기로 결정이 났다. 그때 소고가 양아들로 맞아들이겠다고 한 것이다.

　그 당시 소고는 독신이었다. 게다가 가즈오와는 먼 친척 관계조차 아니었다.

　요즘 세상에는 상상하기 힘든 양자 결연이지만, 당시에는 관련 법규가 느슨한 데다 입양자가 우메다마루 백화점의 젊은 창업자쯤 되니 가즈오의 장래를 염려하던 관공서 직원도 이의를 제기하지 않았다.

그 후 가즈오가 소고의 슬하에서 건강하게 성장한 것은 현재 가즈오의 모습만 봐도 충분히 짐작이 간다.

"사실 아버지는 엄하긴 했어도 진짜 친아들처럼 잘 키워주셨어요. 그뿐인가요, 그 시절 평범한 아버지와 비교하면 오히려 너그러운 분이셨을 겁니다."

가즈오가 절절한 감정이 담긴 목소리로 말했다.

"으음, 그런데 말입니다."

도갓타가 그쯤에서 질문을 던졌다.

……우메다 어르신이 평생 독신이었던 데에는, 뭐랄까요…… 무슨 까닭이라도?

물론 지금이야 딱히 이상할 건 없지만, 그 당시를 생각하면 우메다 어르신 같은 위치에 계신 분이 줄곧 독신이었다는 게 뭐랄까…… 좀 위화감이 느껴져서…….

도갓타의 솔직한 질문에 가즈오가 웃으며 대답했다.

"여자를 싫어한 건 아니에요."

……아버지는 하카타의 유흥가는 물론이고 오사카의 기타신치, 교토의 기온까지, 그야말로 항구마다 여자가 있는 마도로스 같았으니까.

다만 맞선 같은 건 거절했던 듯해요.

언젠가 오래 사귄 기온의 게이샤가 우리 집에 놀러 온 적이 있었죠.

그 사람이 나한테 살짝 귀띔해줬는데, 어느 날 아버지가 이런 말을 했다고 하더군요.

"난 말이지, 어린아이라는 존재가 너무 무서워. 그런데 하물며 자기 자식이라니, 생각만 해도 소름이 끼친다니까"라고.

그래서 그 게이샤가 이렇게 받아쳤다고 하더군요.

"아이들 상대로 사업을 해서 그럴까요?"

"뭐, 그럴 수도 있겠지."

"그래도 너무 지나친 생각 아닌가요?"

"그래, 아마 지나친 생각이겠지. 막상 가즈오를 보면 정말 귀엽거든."

게이샤에게 들었던 그 얘기를 가즈오는 아직도 생생하게 기억한다.

가즈오가 양자라는 이야기가 나오자, 그 자리에는 또다시 침묵이 흘렀다.

이번 사건의 해결과는 아무런 연관이 없을 것 같았기 때문이다.

"저, 사카마키 씨."

도갓타가 사카마키에게 말을 건넸다.

"……지금 가즈오 씨가 우메다 어르신은 여자를 싫어하지 않았다, 오히려 항구마다 여자가 있는 마도로스 같았다고 말씀하셨는데, 당시 수사에서 어르신과 만난 여성들의 이야기도 들어보셨나요?"

"네, 물론이죠."

……우메다 어르신이 요시와라에 출입했다는 증거를 모으기 위해 탐문 수사도 했어요.

물론 우메다 어르신의 관계자를 다 조사했다고 할 순 없지만 후쿠오카 외곽의 유흥가, 오사카의 기타신치, 교토의 기온, 그리고 도쿄 신바시에서 활동하는 게이샤까지 한 차례 돌면서 이야기를 쭉 들어봤죠.

그러나 결론적으로 말씀드리면, 어디에서나 한결같이 우메다 어르신은 돈을 아주 깔끔하게 쓰는 사람이고 누구나 모델로 삼고 싶을 만큼 주색을 즐길 줄 아는 사람이라는 얘기뿐이었어요.

어딘가에 숨겨둔 자식이 있다는 소문 같은 것도 전혀 없었죠.

유흥가에서 들은 이야기이니 믿을 만한 정보라고 생각합니다.

무엇보다 중요한 건 그렇게 주색을 즐기며 돌아다닌 우메다 어르신이었지만, 후지타니 우타코가 일했던 도쿄의 요시와라 유곽에 다녔다는 이야기는 어디에서도 나오지 않았다는 겁니다.

이것 역시 뱀의 길은 뱀이 안다고, 그런 얘기가 그쪽 사람들에게서 나오지 않았다면 우메다 어르신은 역시 요시와라와는 관계가 없다고 볼 수밖에 없겠죠.

 사카마키가 말을 마치자 그 자리에는 또다시 침묵이 내려앉았다.

 모두 무엇을 어디서부터 어떻게 풀어가야 할지 도무지 갈피를 못 잡겠다는 표정이었다.

 "으음, 도갓타 씨."

 다시금 길어질 것 같은 침묵을 깨뜨린 사람은 도요히로였다.

 ……방금 사카마키 씨의 얘기를 듣고 뭔가 떠오르거나 새롭게 알아챈 건 없나요?

 마치 한 가닥 희망의 끈이라도 부여잡듯 모두의 시선이 또다시 도갓타에게 쏠렸다.

 "있긴 한데……."

 도갓타가 애매하게 말끝을 흐렸다.

 "뭐죠?"

 도요히로가 조급한 목소리로 물었다.

 "흠, 그게."

 ……하긴, 그냥 우연이라고 생각하면 우연일 수도 있겠지만.

아니, 시대적 상황을 고려하면 이상한 일은 아닐지 모르지만 유독 많다 싶어서요.

"많다고요? 그건 무슨 뜻이죠?"

"아, 네. 그러니까."

도갓타는 내심 위화감을 느꼈던 점을 모두에게 털어놓기로 했다.

"먼저 우메다 어르신 얘깁니다."

……공습으로 가족을 잃었어요.

그 후 외할머니의 보살핌을 받았던 것 같은데, 그 외할머니도 돌아가셨죠.

다음은 후지타니 우타코 씨예요.

그분의 부모님 얘기는 별로 안 나오긴 했지만, 아마도 가족과의 유대는 거의 없었겠죠.

전쟁 후 그런 일에 종사한 걸 보면 의지할 만한 친척이 없었을 거라는 추측은 타당할 것 같습니다.

게다가 그녀의 남편인 고타로 씨를 보세요. 이분도 별로 좋은 남편은 아니었던 것 같은데, 그건 별개로 치더라도 부모를 일찍 여의고 친척 집을 전전했다는 증언이 있었습니다.

간단히 말하면, 이 사건의 관계자가 모두 천애 고아 신세였다는 거지요.

물론 시대적인 영향도 있겠죠.

분명 당시에는 그런 분들이 일본 전역에 수천수만 명은 있었을 겁니다.

다만 세 명 정도까지면 저도 이해할 만합니다.

그런데 이번에는 놀랍게도 가즈오 씨의 부모님까지 돌아가셨다는 거 아닙니까.

그렇다면 역시 너무 많아요.

뭐랄까요, 부자연스러울 정도로 너무 많다는 게 제가 느낀 위화감입니다.

도갓타는 몰아치듯 단숨에 말을 쏟아내더니 자기 말에 맞장구라도 치듯,

"그래요, 많아요."

하며 고개를 크게 끄덕거렸다.

"뭐, 시대적인 상황도 결코 무시할 순 없겠죠."

사카마키가 옆에서 고개를 끄덕였다.

"네, 물론 저도 그건 이해합니다."

······사실 저는 아까도 말씀드렸듯이, 본가에서 영화관을 운영했고 젊은 시절에는 배우를 꿈꿨던 적도 있다 보니 살짝 병적일 정도로 영화광입니다.

기본적으로 동서고금의 영화는 뭐든 닥치는 대로 보는 잡식성인데, 옛날 일본 영화도 아주 좋아하고, 그중에서

도 이른바 사회파 미스터리 명작은 대사까지 외울 정도로 몇 번씩 다시 보곤 했습니다.

도갓타의 이야기가 갑자기 샛길로 빠지자 그 흐름을 탐색하듯 모두가 도갓타 쪽으로 몸을 내밀었다.

……사카마키 씨의 얘기를 들으면서 반가운 마음이 들었던 까닭은 분명 그 무렵의 영화가 떠올랐기 때문일 겁니다.

아, 맞아요. 특히 그 뭐냐, 한여름에 탐문 수사를 했던 얘기를 들려주셨을 때, 사카마키 씨가 드셨다고 했던 소다 맛 아이스바는 〈모래 그릇〉이라는 영화에서 형사 역을 맡은 단바 데쓰로와 모리타 겐사쿠도 맛있게 먹는 장면이 나오지 않습니까. 그 장면이 떠올라서 얘기만 들어도 제 이마에 땀이 번지는 것 같았어요.

아니, 소다 맛 아이스바가 아니라 참외였나?

도갓타의 말에, 요코가 "아!" 하며 짧은 신음을 흘렸다.

……사실 저도 사카마키 씨의 얘기를 들으면서 아까 그 영화 세 편이 떠올랐어요.

아까 우리가 지하 영사실에서 봤던 영화 세 편 말이에요.

그렇다면 아버님이 일부러 그 영화 세 편을 꺼내두신 걸까요?

도갓타는 과연 일리가 있다는 듯이 고개를 크게 끄덕

거렸다.

"아니, 잠깐만요."

그런데 이쯤에서 노노카가 끼어들었다.

……엄마랑 몇몇 분은 그 영화들을 잘 아시는 것 같지만, 저는 본 적이 없어서 뭐가 어떻게 연결되는지 전혀 모르겠어요.

입을 삐죽 내미는 노노카 옆에서 역시나 영화 내용을 모르는 젊은 사람들이 고개를 끄덕끄덕했다.

10

"그럼, 잠깐 말씀드려도 될까요?"

자리에서 일어선 요코가 모두를 둘러보았다.

그러고는 모두가 앉아 있는 연회장 테이블과 창가 사이를 오가기 시작했다.

지금까지와는 분위기가 조금 달라 보이는 이유는 안경을 쓰고 손에는 수첩과 연필을 쥐고 있었기 때문이다.

꼼꼼하다고나 할까, 호기심이 강하다고나 할까. 지금까지의 과정을 수첩에 빠짐없이 적어놓은 듯했다.

그 모습은 흡사 난제를 풀어나가는 명탐정 같았다.

아니, 그보다는 오디션에서 신인 배우의 90퍼센트가 하는 빤한 연기였지만 본인은 더없이 진지했다.

"영사실에 있었던 영화 세 편. 그 세 편의 작품에 관해 저 나름대로 생각을 해봤어요."

요코가 연필 끝으로 수첩을 가볍게 톡톡 내리쳤다.

……그러다 살짝 알아차린 게 있어요.

"알아차리셨다는 건?"

도갓타가 물었다.

"그 세 편의 영화 말인데, 다 같은 주제 아닌가요?"

요코의 말을 듣고 도갓타는 바로 동의했다.

실은 도갓타도 똑같은 생각을 하고 있었기 때문이다.

"역시 도갓타 씨도 알아채셨군요?"

"네."

"그 세 편의 영화는 모두 선의가 살인으로 이어지는 이야기예요."

마치 인생의 큰 진리라도 알아낸 것처럼 요코가 집게손가락을 치켜세웠다.

……먼저 〈모래 그릇〉을 보죠.

대단히 감동적인 영화인데, 마지막에 가토 고가 대극장에서 연주하는 피아노는 정말이지 눈물 없이 들을 수가 없어요.

가토 고는 어린 시절에 아버지와 강제로 생이별을 당해요. 당시에는 전염병으로 오해받았던 병에 걸린 아버지와 생이별하는 장면에서…… 아아, 지금까지도 그 배우의 날카로운 눈빛이 눈앞에 생생해요.

요코는 마치 자기가 연기한 것처럼 배우의 날카로운

눈빛을 흉내 냈다.

아버지와 외동아들. 가난하긴 해도 순례를 다니며 더 없이 사이좋게 살아가는 나날들이었죠. 물론 순례 중에 들른 마을에서 아이들이 던진 돌에 맞기도 하고 심하게 괴롭힘을 당하기도 하지만요.

그러다 갑자기 위독해진 아버지가 어느 마을의 길가에 쓰러져 죽고 말아요.

그 마을 파출소의 마음씨 좋은 순경, 그 역할을 맡은 사람이 바로 쇼와 시대에 그 유명했던 명배우 오가타 겐이었죠.

무참하게 생이별당한 아버지와 아들이 너무 안쓰러웠던 나머지 순경은 그 남자의 아이를 거둬들여 키우기로 해요. 그런데 가토 고가 연기한 남자아이는 사랑하는 아버지가 그리워서 집을 나가버리죠.

세월이 흐르고 남자아이는 유명한 음악가로 성공해요. 곧 결혼할 약혼자는 정치가의 딸이고.

그런데 그때 가토 고의 인생은 모조리 거짓으로 도배되어 있었어요. 전후 혼란기에나 있을 법한 속임수와 인생의 명암이 아로새겨져 있는 거짓이랄까요. 그때 한 은인이 그를 찾아와요. 하지만 그에게는 그 사람이 지금 자신의 삶을, 안간힘을 다해 간신히 손에 넣은 지금의 행복을 빼앗는 공포의 대상일 뿐이었죠.

그래서 사건이 벌어진 거예요.

그는 결국 자신의 과거를 죽여버려요.

여기까지 단숨에 얘기를 쏟아낸 요코는 마치 자기가 중대한 역할을 연기한 것처럼 의자에 털썩 주저앉았다.

박진감 넘치는 요코의 연기에 무심코 빠져들었던 사람들도 그제야 겨우 깊은숨을 몰아쉬었다.

그리고 이번에는 도갓타가 일어섰다.

마치 요코에게 바통이라도 건네받은 듯이, 그녀에게 질세라 진지하게 연기를 시작했다.

"네, 실은 요코 씨가 눈치채신 그대로입니다."

……나란히 놓여 있던 〈기아 해협〉이라는 영화도 〈인간의 증명〉도 완전히 똑같은 구조거든요.

먼저 〈기아 해협〉부터 말씀드리면 섬뜩하면서도 소름 돋는 미쿠니 렌타로의 명연기가 유명하긴 한데, 아까도 말씀드렸듯이 히다리 사치코라는 명배우가 있었기에 명작으로 손꼽힐 수 있었던 겁니다.

전후 혼란기, 복역을 갓 마친 미쿠니 렌타로는 한 남자를 죽이고 거금을 손에 넣습니다. 그 거금을 들고 찾아간 곳이 바로 창녀 역을 맡은 히다리 사치코가 일하는 사창가였습니다.

엉망으로 자란 지저분한 수염에 더러운 옷과 머리칼.

그녀는 한눈에 봐도 가난한 퇴역 군인임이 확실한 그를 따뜻하게 맞아줍니다. 목욕을 돕고 길게 자란 발톱까지 깎아주죠. 그리고 그녀가 베푼 친절에는 아무런 계산도 없었습니다.

혹여 감정이 있었다면 분명 나라를 위해 열심히 싸운 사람에 대한 동정심이었겠죠.

그 다정한 마음이 남자에게도 전해졌겠죠. 남자는 살인을 저지르고 가로챈 거금의 일부를, 따뜻한 한 끼 식사와 하룻밤을 보내게 해준 은혜에 대한 보답으로 그녀에게 건네게 됩니다.

그녀는 별생각 없이 그 돈을 받지만, 남자가 떠난 후에야 돈의 액수를 보고 소스라치게 놀랍니다.

여자의 인생을 백팔십도 바꿀 수 있을 만한 거금이었기 때문이죠.

그리고 세월은 흐릅니다.

사창가의 삶을 청산하고 건실하게 살아가던 그녀는 어느 날 우연히 교토의 마이즈루를 방문합니다. 그때 자신의 인생을 바꿔준 남자가 마이즈루에서 사업에 성공해서 지방의 저명인사가 됐다는 소식을 어느 신문을 보고 알게 된 겁니다.

여자는 그저 한마디 감사 인사를 하고 싶었을 뿐입니다. 당신 덕분에 내 인생이 바뀌었다고. 그러나 남자에게는 여자의 방문이 협박일 뿐이었죠. 젊은 날에 자기가 저질렀던 살인이라는 죄가 찾아온 거나 다름없었습니다.

여기까지 단숨에 이야기를 쏟아낸 후 도갓타도 요코처럼 의자에 털썩 주저앉았다.

마치 히다리 사치코의 가늘고 흰 목에 스치기라도한 것처럼.

어깨를 들썩이며 가쁜 숨을 몰아쉬는 두 사람에게,

"저, 그럼 〈인간의 증명〉도 마찬가지잖아요."

라며 불쑥 말을 건네는 목소리가 들렸다.

조심스러워하며 머뭇거리기는 했지만 그 목소리가 들려온 곳은 벽 쪽에 있는 의자였고, 그 의자에는 지금까지 조용했던 기요코가 앉아 있었다.

모두의 시선이 동시에 그녀에게 쏠렸다.

순간 기요코는 사람들의 시선에 움츠러들면서도 뭔가에 홀린 듯이 자리에서 일어섰다.

……〈인간의 증명〉은 저한테 추억의 영화예요.

세상을 떠난 제 남편이 처음 보여줬던 영화가 바로 그

영화였거든요.

당시 우리가 살던 마을에는 영화관도 없었기 때문에 남편이 저를 데리고 나가사키현의 사세보까지 갔었어요.

너무 슬픈 영화였지만 출연한 여성 배우들이 하나같이 무척 아름다웠고, 영화에 나오는 도쿄 거리가 어찌나 화려하던지…….

영화를 보고 나서 우리는 백화점에 가서 식사를 했어요.

지금 생각해보니 우메다마루 백화점의 레스토랑이었네요.

아까 지하 영사실에 있었던 DVD를 보자마자 영화 속 여러 장면들이 떠올랐어요.

그 영화의 주인공은 세계적으로 유명한 패션 디자이너 여성이었죠.

그 역할을 맡았던 배우 이름은 까맣게 잊어버렸지만, 정말 기품이 넘치는 배우였는데…….

"오카다 마리코 씨예요."

요코가 바로 알려주었다.

……사실은 제가요, 오카다 마리코 씨랑 딱 한 번 같이 연기한 적이 있어요.

돌이켜보면 그 경험이 끝내 배우로서는 인정받지 못한 저의 유일한 자랑거리죠.

요코가 옛일을 그리워하는 듯한 목소리로 나지막이 중얼거렸다.

"〈인간의 증명〉이라는 그 영화도 어머니를 만나고 싶어 하는 아들의 순수한 마음이 비극을 불러오는 이야기잖아요. 그렇죠, 도갓타 씨?"

기요코가 갑자기 물어서 도갓타는,

"아, 그랬죠."

하며 고개를 끄덕였다.

기요코가 절절한 감정이 가득 담긴 목소리로 말을 이었다.

······이야기의 발단은 한 흑인 청년이 아카사카 고급 호텔의 엘리베이터에서 살해당한 거예요.

그 영화에서는 어느 시 한 구절이 아주 중요한 역할을 하죠.

정말 아름다운 시예요. 제가 지금까지 기억할 정도로.

그건 이런 시였어요.

"어머니, 제 모자는 어떻게 됐을까요?

맞아요, 여름날 우스이에서 기리즈미로 가던 길에 계곡에 떨어뜨린 그 밀짚모자 말이에요.

어머니, 그건 제가 정말 좋아했던 모자였어요. 전 그때 정말 속상했어요. 하지만 갑자기 바람이 불어왔잖아요."

살해당한 흑인 청년은 일본이 전쟁에 패한 후에 미군과 일본인 여성 사이에서 태어난 혼혈아였어요.

전쟁이 끝난 후 그는 아버지와 함께 미국으로 돌아갔죠. 그리고 훌륭하게 잘 자라서 엄마를 만나고 싶은 마음에 일본으로 찾아온 거예요.

어머니, 제 모자는 어떻게 됐을까요?

그런 시구절이 담긴 시집을 들고서.

단 한 번만이라도 엄마를 만나보고 싶어서. 단 한 번만이라도 엄마와 함께 갔던 추억의 기리즈미 고원 얘기를 나누고 싶어서.

그러나 이미 크게 성공한 그의 어머니에게는 그의 존재가, 또 그가 입에 올린 시구절이 단지 협박일 뿐이었죠. 그래서 그녀는 그 아름다운 시를 철저히 없애버렸던 거예요.

여기까지 단숨에 이야기를 쏟아낸 기요코도 힘이 다했다는 듯 의자에 털썩 주저앉았다.

옆에 있던 무나카타가 그녀의 어깨를 부축할 정도라서 연회장에는 묘한 공기가 감돌았다.

마치 요코와 도갓타, 그리고 기요코 세 사람이 같은 무대에서 동시에 다른 연극을 열연한 것처럼 그 자리에는 흥분과 피로감이 남아 있었다.

기요코의 가쁜 숨이 가라앉길 기다리던 도갓타가 자리에서 일어섰다.

"억측일지 모르지만 분명 지금 우리가 느낀 감정은 같을 겁니다."

……만약 그 세 편의 영화와 이번 우메다 어르신의 실종에 어떤 연결 고리가 있다고 가정한다면, 우메다 어르신이 우리에게 하려는 고백은 한 가지뿐이죠.

45년 전 실제로는 무슨 일이 벌어졌는가. 어르신은 우리에게 그 얘기를 전하고 싶은 겁니다.

11

"자, 잠깐만요!"

왠지 모를 묘한 공기가 감도는 와중에 돌연 제정신이 든 것처럼 외친 사람은 도요히로였다.

……그러면 마치 우리 할아버지가 후지타니 우타코 씨를 살해한 것처럼 들리잖아요!

지금 뭐 하는 거예요, 엄마까지 한통속이 돼서!

물론 도갓타 씨가 그렇게 추측하는 것까지는 저도 이해가 됩니다.

하지만 엄마와 기요코 씨까지 거기에 동조하는 건 좀 지나치잖아요.

도요히로는 몹시 화가 난 기색이었다.

조금 전까지 이곳 연회장에서 세 사람이 세 편의 영화에 대해 열변을 토한 것이 당황스러운 듯했다.

"아니, 아니, 물론 저도 우메다 어르신이 진범이라고 결론 내린 건 아닙니다."

〈기아 해협〉 열연의 흥분이 가시지 않은 도갓타가 여전히 상기된 얼굴로 대답했다.

"하지만 지금 얘기는 그런 뜻 아닌가요?"

도요히로가 득달같이 물고 늘어졌다.

……요컨대 후지타니 우타코 씨는 우리 할아버지가 과거에 저지른 어떤 범죄를 알고 있었다.

그것을 구실 삼아 협박했을지도 모른다.

물론 지금 얘기한 영화 내용으로 보자면 협박하려는 의도는 아니었겠죠. 어쩌면 보고 싶어서 만나러 왔을 수도 있어요.

그런데 그 방문이 할아버지에게는 협박일 뿐이었다.

그래서 우리 할아버지가…… 뭐, 그런 식으로 얘기가 진행되는 거 아닙니까?

"아뇨, 그러니까 저는 거기까지 단정 지은 게 아니라……."

도갓타가 얼버무리려 했지만 도요히로의 흥분은 가라앉지 않았다.

"아니, 애당초 말입니다."

……그 영화 세 편도 그냥 우연히 영사실에 놓여 있었을 뿐인지도 모르잖아요?

"네, 당연히 그럴 수도 있죠."

도요히로의 말에도 일리가 있어 도갓타는 동의할 수밖에 없었다.

"그리고 다른 무엇보다 사카마키 씨를 초대했다고 해서 할아버지의 유언장에 적힌 과거가 반드시 '다마 뉴타운 주부 실종 사건'이라고 확신할 수도 없는 거 아닙니까?"

……게다가 그 사건은 이미 45년 전 일이에요.

뭐, 좋아요. 만에 하나 할아버지가 범인이라고 칩시다. 이제 와서 그게 뭐 어떻다는 겁니까?

이미 공소시효도 지났을 테고, 그 당시 관계자들도 대부분 사망했을 거라고요.

도갓타와 두 여성의 열기 띤 영화 설명이 전염됐는지 도요히로까지 온갖 몸짓을 섞어가며 상당한 열연을 펼쳤다.

"제 말 좀 들어보시라고요, 도갓타 씨."

자기도 흥분이 조금 과하다 싶었는지 도요히로가 목소리를 살짝 낮췄다.

……우리가 지금 알고 싶은 건 45년 전에 일어난 실종 사건의 진상이 아니에요.

지금 여기서 벌어진 일이란 말입니다.

왜 우리 할아버지가 그런 유서를 남기고 사라졌는가,

그걸 알고 싶은 거라고요.

"물론 지당하신 말씀입니다."

도갓타가 순순히 사과했다.

"그렇지만."

여전히 〈모래 그릇〉 열연의 여운이 가시지 않은 듯한 요코가 구조선을 띄워주었다.

……도요히로, 그럼 넌 뭐 별달리 짚이는 거라도 있다는 말이니?

응? 우리만 비난받는 건 불합리하잖아.

"아니 뭐, 짚이는 게 있는 건 아니고……."

도요히로의 기세가 순식간에 꺾였지만, 애써 맞서듯 곧바로 받아쳤다.

……아, 그러니까 이렇게 안절부절못하는 거잖아!

자칫 모자 간의 싸움으로 번질 듯한 아슬아슬한 분위기에서 슬며시 끼어든 사람은 사카마키였다.

"저기."

사카마키도 별로 자신은 없는 듯이 천천히 일어섰다.

아쉽게도 저는 그 세 작품을 본 적은 없습니다만…….

당시에 저는 업무적으로 범죄나 살인을 숱하게 접해야 하는 처지라 최소한 여가 시간만큼이라도 그런 것들과 완전히 동떨어진 삶을 살고 싶었기 때문이죠.

그런데 방금 요코 씨가 들려주신 〈모래 그릇〉의 내용을 듣다가 불현듯 떠오른 생각이 있습니다.

사카마키의 말에 갑자기 모두의 관심이 쏠렸다.

……생이별을 했다는 아버지와 아들 말인데요, 헤어지기 전에는 순례 중이었다고 하셨죠?

사카마키가 묻자 마치 자기 차례라는 듯이 요코가 자리에서 일어섰다.

"네, 맞아요."

……두 사람은 숨이 턱턱 막히는 여름에도 살을 에는 추위가 몰아치는 겨울에도 서로 꼭 붙어서 방방곡곡을 떠돌아다녔어요.

가는 마을마다 사람들에게 괴롭힘을 당하는 나날이었지만, 가끔은 꽃이 활짝 피어나는 평온한 봄날도 있었죠.

그토록 가난하고 고통스러운 삶인데도 왠지 영화 속 두 사람은 늘 행복해 보이는 거예요. 저는 그런 두 사람의 모습을 정말 눈물 없이는 볼 수가 없었어요.

그 아버지와 아들은 살아서 함께하는 것만으로 이 세상 누구보다 행복하다는 사실을 분명 알았을 거예요.

그쯤에서 요코가 눈물을 글썽였다.

"아, 네. 그랬었죠. 친절한 설명 감사합니다."

얘기를 진전시키고 싶은 사카마키가 다시 시작될 것

같은 요코의 열연을 막았다.

……그래서 말인데요, 제가 불현듯 떠올린 건 바로 그 순례입니다.

저랑 알게 된 무렵에 우메다 어르신도 분명 순례를 다녔던 기억이 납니다만.

"네, 맞습니다."

사카마키의 어렴풋한 기억을 바로 확인해준 사람은 가즈오였다.

……한때는 열심히 다니셨죠. 정확히 말하면 아버지는 순례자라기보다 슈겐도(신도와 불교가 결합된 일본의 전통적인 산악신앙. 산에서의 고행을 통해 깨달음을 얻고자 함) 수행자였지만.

정말 열심히 할 때는 며칠씩 산속에 틀어박혀서 혹독한 고행도 불사했어요.

대화를 이어받은 가즈오가 말을 이어갔다.

……아무래도 나이가 든 후로는 험난한 영산(靈山)에 올라가시진 않았지만 말입니다.

그래도 젊은 시절에는, 그 왜 오미네산이라는 영산이 있지 않습니까. 슈겐도 수행자에게는 성지 같은 곳인데 거기도 해마다 다니셨어요. 맞다, 그러고 보니 이 노라시마섬도 원래는 그런 흐름에서 사들인 거였어요.

"네? 그 말씀은?"

가즈오의 말을 물고 늘어진 사람은 도갓타였다.

"아, 네. 아버지는 이 옆에 있는 조금 더 작은 섬을 먼저 샀었습니다."

……슈겐도 수행을 하려고.

저쪽이에요, 여기에서도 보입니다. 바로 저 섬이에요. 유키시마섬이라는 이름을 가진 섬인데 지금도 아버지 소유의 섬이죠.

가즈오가 손으로 창밖을 가리켰다.

폭풍우 속에서 거칠게 파도치는 바다 너머로 안개에 휩싸인 작은 섬이 흐릿하게 보였다.

꽤 가까워 보였다.

유키시마섬을 바라보는 도갓타에게 가즈오가 설명을 이어갔다.

……노라시마섬보다 작은 무인도인데, 여기랑 달리 모래사장이 없어서 처음에는 잔교를 만들기도 어려웠죠.

하긴 아버지는 불편해야 수행하는 데는 더 좋다고 하시긴 했어요.

"슈겐도 수행이라고 하시면, 저 낭떠러지에 거꾸로 매달린다거나 하는……?"

도갓타가 잇달아 질문을 던졌다.

"네, 맞아요."

……그래서 당시에는 나룻배를 타고 섬으로 가서 그야말로 기듯이 낭떠러지를 올라가시곤 했던 모양입니다.

다른 사람은 아무도 섬에 못 오게 하고, 단식을 하기도 하고.

뭐, 아마 그러면서 사업 구상도 했겠죠. 어느 잡지 인터뷰에서 그런 얘기를 하셨으니까.

하지만 해안에 배를 대는 과정이 매번 목숨을 건 모험이었고, 거친 파도로 배가 암초에 파손될 위험도 컸기 때문에 결국은 섬의 바위 지대에 호안공사를 해서 작은 보트는 댈 수 있도록 해놨지만 말입니다.

"참고로 여쭙니다만, 지금도 우메다 어르신이 저 섬에 가는 일이 있나요?"

도갓타가 창밖의 폭풍우 너머에 떠 있는 작은 섬을 가리키며 물었다.

"네. 거의 매일 가세요."

그렇게 대답한 사람은 지금까지 줄곧 말이 없었던 미카미였다.

"매일?"

도갓타가 물었다.

"네, 물론 바다가 거칠지만 않다면요. 제가 아침 일찍 보트로 데려다드린 다음 점심 전에 모시러 가는 게 일과였습니다."

"자, 잠깐만요!"

도갓타는 '그렇다면 우메다 어르신이 저 섬에 있을지도 모른다'는 생각이 퍼뜩 들었다.

그러나 그런 속내를 바로 알아챈 듯한 미카미가,

"하지만 어제는 무리예요. 파도가 그렇게 험했는데."

라고 대답하더니, 다시 말을 이었다.

······게다가 보트도 이쪽에 있고.

설마 헤엄쳐서 건너갔을 리는 없으니까.

"그럼 평소에 우메다 어르신은 저쪽 섬에서 뭘 하셨나요?"

도갓타가 물었다.

"섬에는 사당이 있어요. 특별히 유명한 목수 장인에게 의뢰해서 문을 만들었죠······."

그렇게 대답한 사람은 가즈오였다.

그러니 아마 슈겐도 수행까지는 아니더라도 참배 정도는 했을 겁니다.

"가즈오 씨는 저 섬에 가보신 적이 있나요?"

도갓타가 물었다.

"네, 몇 번쯤."

……섬의 대부분이 낭떠러지와 잡목림이라 사람이 걸을 수 있는 곳은 거의 없지만 말이죠.

다만 섬의 서쪽에 자그마하게 탁 트인 공간이 있고, 거기에 폭포가 있어요.

높이가 대략 50미터쯤 될까. 아름다운 폭포예요.

아버지는 그 폭포가 마음에 들어서 섬을 샀던 모양인데, 폭포 앞에 사당이 있지요.

최근에는 가보질 않아서 지금은 비바람에 어떻게 됐을지…….

도갓타가 일어서서 창가로 다가갔다.

폭풍우 때문에 시야는 흐렸지만 거친 바다 너머로 흐릿하게 유키시마섬이 보였다.

역시 멀지 않았다.

"그렇다면 말입니다……."

도갓타가 섬을 바라보며 딱히 누구에게랄 것도 없이 말을 건넸다.

……어젯밤 우메다 어르신이 저 섬으로 가는 건 역시 불가능한 일이었을까요?

돌아보니 모두가 의아하다는 듯 고개를 갸웃거렸다.

"불가능하겠죠. 아까 미카미 씨가 말했듯이 보트가 여기 남아 있으니까요. 그럼 헤엄쳐서 건너갔다는 말인가요?"

가즈오가 웃어넘기려 했다.

……그건 그렇고 아버지가 왜 저 섬에 있다고 생각하신 거죠?

도갓타가 금방이라도 폭풍우에 삼켜질 듯한 작은 섬에서 눈길을 돌렸다.

그리고 조금 자신이 없는 목소리로 말했다.

"제 얘기, 웃지 말고 들어주세요."

어젯밤 미수 축하 파티의 드레스 코드 말인데요.

흰색을 입으라고 했던…….

도요히로 씨의 말에 따르면, 우메다 어르신은 지금까지 한 번도 드레스 코드를 맞추자는 등의 말을 하신 적이 없다고 했어요.

그런데 어찌 된 영문인지 이번에는 그런 얘기를 꺼낸 거죠.

저는 계속 기묘하다는 생각을 떨칠 수가 없었습니다.

그러다 지금 불현듯 생각이 났어요.

슈겐도의 수행자는 영산에 들어갈 때 반드시 흰옷을 입잖아요?

게다가 저 섬의 이름은 유키시마섬(雪島)이에요. 한자로 눈 설(雪) 자를 쓰지요.

도갓타의 말에 여기저기서 "아아" 하는 짧은 감탄사가 흘러나왔다.

"물론 그 흰옷에는 특별한 의미가 담겨 있죠."

도갓타가 말을 이었다.

……흰색은 이른바 죽음을 의미하는 색입니다.

말하자면 슈겐도의 수행이란 간접적으로 죽음과 환생을 체험하는 것이죠.

산에서의 수행을 통해 한번 죽었다 다시 환생해서 속세로 돌아오는 겁니다.

도갓타의 설명이 모두에게 전해진 듯했다.

다 함께 폭풍우 속의 작은 섬을 바라보았다.

"그럼, 이번에 할아버지가 뭐든 하얀 걸 착용하고 오라는 드레스 코드를 만든 건 우리를 저 섬으로 부르려는 의도였다는 겁니까?"

도요히로의 성급한 짐작에 바로 대답할 수 없었던 도갓타는 애매하게 말을 얼버무렸다.

"그런 쪽으로도 생각해볼 수 있다는 말입니다."

"잠깐만요."

그때 노노카가 소리를 높였다.

……그렇다면 할아버지는 역시 살아 있어요!

안 그래요? 죽음과 환생을 체험하는 거라면서요!

새롭게 태어나서 다시 나오는 거잖아요!

할아버지는 저 섬에 있어요!

그러나 노노카가 그렇게 외친 순간이었다.

바다 밑바닥까지 퍼 올리는 듯한 거대한 파도가 솟구치면서 저택 창가까지 물보라가 날아들었다.

그와 동시에 굉음을 일으킨 돌풍이 저택을 통째로 쓰러뜨릴 듯이 휘몰아쳤다.

요코와 기요코가 내지른 비명과 어딘가에서 유리창이 깨지는 소리가 거의 동시에 겹치며 울려퍼졌다.

마치 저택의 유리창이 모조리 산산조각 난 듯한 무시무시한 소리에 사람들은 자기도 모르게 몸을 움츠렸다.

다행히 깨진 창은 안뜰로 이어지는 홀의 커다란 유리창 하나뿐인 듯했다.

바로 그때 홀에서 마치 회오리 같은 폭풍이 불어닥치며 연회장을 휩쓸어버렸다. 그 바람에 커튼은 찢길 듯이 퍼덕이며 휘감겼고, 의자들은 잇달아 바닥에 나뒹굴었다.

"모두 부엌으로 피해!"

그렇게 외친 사람은 미카미였을까, 도요히로였을까…… 연회장을 휩쓸고 간 거센 바람에는 빗줄기까지 섞여 있었다.

모두 젖은 바닥을 기듯이 하며 부엌으로 피신했다.

마지막으로 들어온 미카미가 문을 닫자 귀를 틀어막고 싶을 정도로 거친 바람 소리만 남았다.

모두 좁은 부엌 바닥에 웅크려 앉았다.

문 너머에서는 연회장과 홀에 있는 물건들이 바람에 쓰러지고 바닥에 나뒹구는 굉음이 들려왔다.

"홀의 유리창이 깨졌으면 이젠 손쓸 방법이 없겠군."

가즈오가 나지막이 중얼거렸다.

……홀과 2층을 차단할 문도 없으니, 막고 싶어도 더 이상 방법이 없어.

"하지만 여기 계속 갇혀 있을 수도 없잖아요."

도요히로가 벽을 짚으며 일어섰다.

제가 잠깐 살펴보고 올게요.

유리가 얼마나 심하게 깨졌는지……. 어쩌면 연회장 문으로 막을 수 있을지 모르니까.

부엌 밖으로 나가려는 도요히로에게,

"혼자 가면 위험해요."

라고 미카미가 무뚝뚝하게 말하더니 같이 나가려고 했다.

바로 그 순간 미카미가 갑자기 발걸음을 멈추더니 나지막이 중얼거렸다.

"음, 조금 지나친 생각 같지만."

그때 홀에서 뭔가가 또 깨졌는지 높고 날카로운 파열음이 울려퍼졌다.

"뭐가 지나친 생각이라는 거죠?"

도갓타가 미카미에게 질문을 던졌다.

"으음, 그게."

어르신 혼자서는 절대 불가능한 일이라고 생각하지만…… 섬에 갈 때 타는 보트가 남아 있다고 아까 말씀드렸는데, 보트용 덮개까지 벗기고 확인한 건 아닙니다.

멀리서 봤을 때는 평상시처럼 보트에 덮개가 씌워져 있는 것처럼 보였는데, 지금 여러분의 얘기를 듣다 보니 덮개 모양이 조금 이상했던 것 같은 느낌도 듭니다.

"그럼 보트가 없을지도 모른다는 얘긴가요?"

도갓타가 다급하게 물었다.

……우메다 어르신이 그 보트를 타고 저쪽 섬으로 갔을지도 모른다는 건가요?

"어떤 보트죠?"

질문을 던진 사람은 노노카였다.

"오래된 모터보트예요."

"할아버지가 그 보트를 운전할 수 있나요?"

"네, 면허는 있으니까. 예전에는 늘 직접 운전하셨습니다."

그렇지만 혼자서는 그 보트를 띄우기도 힘들 테고, 무엇보다 어제처럼 파도가 거친 날에는 워낙 작은 보트라 바로 전복…….

그쯤에서 말을 끊은 미카미가 말했다.

……아무튼 지금 보트가 정말 있는지 다시 확인하고 오겠습니다.

미카미가 부엌문을 연 순간 습한 바람이 안으로 휙 들어왔다. 거센 바람에 조리대에 늘어서 있던 양념통들이 어지럽게 쓰러지며 흩어졌다.

부엌에서 튀어 나간 미카미에게,

"잠깐 기다려!"

라고 소리치며 도요히로도 곧바로 따라갔다.

"그럼, 저도!"

도갓타도 엉겁결에 그 뒤를 따라갔다.

연회장은 이미 비바람에 엉망인 상태였다. 강풍에 맞서듯 버티며 세 사람은 엉거주춤한 자세로 홀로 향했다.

굵은 벚나무 가지가 홀 바닥에 나뒹굴고 있었다.

그 가지가 홀 유리창을 깨뜨렸겠지.

다행히 깨진 유리창은 하나뿐이었지만 워낙에 큰 통창이라 굵은 가지와 젖은 나뭇잎까지 홀 안으로 휩쓸려 들어와서 바닥은 이제 발 디딜 틈조차 없었다.

"어차피 우산을 써도 소용없을 테니 그냥 이대로 갑시다."

미카미가 도요히로의 등을 떠밀며 안뜰로 나갔다.

"자, 잠깐만요!"

도갓타도 그 뒤를 따라갔다.

후려치듯 퍼붓는 빗속을 뚫고 안뜰의 산책길을 지나 잔교 방향으로 향했다.

아름다웠던 산책길의 꽃들은 마치 군중의 발에 짓밟힌 것처럼 엉망진창이 되어 있었다.

세 사람은 서로 팔을 움켜잡듯 부여잡고 잔교를 향해 계단을 내려갔다.

도갓타는 발이 미끄러지는 바람에 가파른 계단에서 몇 번이나 굴러떨어질 뻔했다. 그럴 때마다 나머지 두 사람이 필사적으로 팔을 잡아주었다.

바다는 사납게 날뛰었다.

잔교를 집어삼킬 듯한 높은 파도가 쉴 새 없이 휘몰아쳤다.

세 사람은 바위에 매달리듯이 하며 가까스로 바위 지대를 지나갔다.

바위 지대 앞쪽에 파란 비닐 덮개가 보였다.

일단 밧줄로 고정된 상태이긴 했지만 강풍에 펄럭펄럭

휘날려서 금방이라도 찢어질 것 같았다.

"아, 아니야! 보트가 아니었어요!"

미카미가 소리쳤다.

흠뻑 젖은 미카미의 입속으로 빗물이 들이쳤다.

미카미가 거칠게 밧줄을 풀었다.

완전히 풀어낸 순간, 파란 비닐 덮개가 강풍에 휘날리며 폭우가 쏟아지는 구름 낀 하늘로 솟구쳐 올랐다.

거센 빗줄기를 맞으며 세 사람은 그 자리에 우두커니 서 있었다.

장대비 속에서 세 사람의 눈에 보이는 것은 바다에 밀려온 나무들뿐이었다. 파란 비닐 덮개 밑에 있는 건 그 나무들이 전부였다.

게다가 일부러 보트 모양으로 모아둔 듯했다.

"보트가 아니었어……."

딱히 누가 먼저랄 것도 없이 동시에 그런 말이 흘러나왔다.

세 사람의 뒤에서는 잔교를 집어삼킬 듯이 거친 파도가 으르렁거렸다.

12

"아무리 파도가 잔잔한 항로가 있다고 해도 이런 폭풍우 속에서 배를 띄우는 건 위험해요!"

날카롭게 소리친 사람은 온몸이 흠뻑 젖은 요코였다.

장소는 작은 단독주택이라 해도 될 만큼 잘 지어놓은 보트하우스 안이었다.

요코 주위에는 역시나 비를 흠뻑 맞으며 저택에서 여기까지 모여든 나머지 사람들의 모습도 보였다.

잔교에서 저택으로 돌아간 도갓타 일행은 어젯밤에 우메다 어르신이 낡은 모터보트를 타고 바다로 나갔을 가능성이 있다고 모두에게 알렸다.

지금까지 나온 이야기를 연결해보면 그렇게 추측하는 게 당연했다. 게다가 아직은 짐작일 뿐이지만, 만약 드레스 코드였던 흰색이 뭔가를 의미했다면 그 낡은 모터보트의 목적지도 자연스럽게 상상이 갔다.

"그럼, 아버지가 지금 저 섬에 있단 말인가?"

놀랐다기보다는 살짝 화가 난 듯한 가즈오가 창문 너머로 눈길을 돌렸다.

"저도 몰라요."

도요히로 역시 은근히 화가 난 기색이었다.

"어젯밤에도 바다는 상당히 거칠었어."

아무리 아버지가 건강하다고 해도 그 연세에 험한 밤바다로 나가면…….

가즈오가 상상한 광경이 다른 사람들의 뇌리에도 떠올랐겠지.

"아아."

기요코가 비통한 탄식을 흘렸다.

"아까 미카미 씨에게 여쭤봤는데."

도갓타가 끼어들었다.

……이 섬에서 저쪽 섬까지는 별로 멀지 않다고 합니다. 눈에 보이는 것보다 훨씬 가깝다던데요.

게다가 두 섬의 곶이 절묘하게 튀어나와 있어서, 물론 바다로 나가야 하긴 하지만 파도가 그래도 조금은 잔잔할 거라고…….

도갓타의 말을 듣자마자 가즈오는 갑자기 힘이 다 빠져버린 듯이 의자에 털썩 주저앉았다.

그리고 혼잣말처럼 나지막이 중얼거렸다.

"아버지는 틀림없이 건너갔을 거야."

…… 필사적인 각오로,

오로지 당신 혼자 몸으로.

저렇게 무시무시한 바다로 나갔을 거야.

그의 말투는 너무나 서글펐고, 가즈오 자신이 어떤 각오를 다진 것처럼 들리기도 했다.

"가즈오 씨는 뭔가 아시는 거죠?"

도갓타가 그렇게 물은 순간이었다.

자리에서 벌떡 일어선 가즈오가 중얼거렸다.

"아버지가 기다리고 있을 게 틀림없어. 난 가야겠어!"

"아빠, 가야겠다뇨?"

"저 섬에요?"

"지금?"

도갓타와 함께 놀라서 당황한 사람은 요코와 노노카였다.

"아빠, 그건 안 돼요. 위험하다니까요."

그러나 이미 각오를 다진 듯한 가즈오는 동작을 멈추지 않았다.

이런 태풍 속에서 배를 띄우는 건 위험해요.

새된 목소리로 날카롭게 외치는 아내의 만류에도 아랑

곳하지 않고 가즈오는 벌써 보트하우스에 묶어둔 열 명 정원의 배를 띄우려고 했다.

가즈오도 선박 면허가 있는지, 배를 능숙하게 다루는 듯했지만 아무래도 흥분한 탓인지 손과 몸이 몹시 떨렸다.

"제가 같이 가겠습니다."

그때 앞으로 나선 사람은 미카미였다.

미카미는 떨리는 가즈오의 팔을 지그시 잡고, 먼저 배에 오르도록 트랩을 걸어주었다.

"아니, 미카미 자네까지 위험에 빠뜨릴 순 없네. 이건 우리 가족 일이야."

그러나 미카미는 출항 준비를 척척 해나갔다.

"저는 어르신께서 구해주셨습니다."

출항 준비를 하면서 미카미가 띄엄띄엄 말했다.

……무국적자였던 저를 중학교에 다닐 수 있게 해준 분이 바로 어르신입니다.

"정말로 저쪽으로 건너갈 수 있겠어?"

폭풍우가 휘몰아치는 바다를 건너기로 결심한 듯한 미카미에게 도요히로가 걱정스럽게 물었다.

"조류만 타면 어떻게든 될 겁니다."

……물론 거대한 파도가 옆에서 밀어닥치면 끝이겠지만.

그때 도갓타는 처음으로 미카미가 미소 짓는 모습을

보았다.

"그럼 나도 같이 갈래."

도요히로가 마치 그 미소가 거슬린다는 듯이 미카미의 뺨을 가볍게 때리고는 말했다.

"잠깐만 기다려요!"

그쯤에서 도갓타는 당장이라도 폭풍우 치는 바다로 나갈 것 같은 세 사람을 불러 세웠다.

섬으로 불어닥치는 태풍 때문인지 자신이 묘한 고양감에 사로잡혀 있다는 걸 자각할 수 있었다.

냉정하게 생각하자는 말을 건네려 했지만, 세 사람을 부추기듯 거친 말이 튀어나오고 말았다.

"가즈오 씨, 대체 왜 이러시는 겁니까?"

"왜 이러고 말 것도 없어요! 아버지가 기다린다니까!"

……아버지는 인생의 마지막 순간에 뭔가를 전하려는 거라고!

저는 아들로서 그 말을 들을 의무가 있어요.

저는 친아들처럼 정성을 다해 키워준 아버지가 마지막 순간에 전하려는 말을 들어야 할 크나큰 은혜를 입었단 말입니다!

"아니, 그러니까 가즈오 씨가 그렇게 생각하는 근거를 알려달라고요!"

가즈오의 흥분은 더욱 고조되었다.

……사실 저는 가즈오 씨의 모습이 계속 마음에 걸렸습니다.

사카마키 씨가 과거의 실종 사건 얘기를 꺼냈을 때 가즈오 씨가 눈에 띄게 이상해졌거든요.

뭔가가 떠오른 거죠?

아니면 계속 뭔가를 숨겨온 건가요?

가즈오 씨, 당신의 아버지 우메다 소고 씨는 우리에게 대체 무슨 고백을 하려는 건가요?

잠깐 바람이 잦아든 탓일지도 모른다. 도갓타의 마지막 질문이 보트하우스 구석구석까지 울려퍼졌다.

다음 순간 가즈오가 트랩에 올렸던 발을 내렸다.

"도갓타 씨……."

조금 안정을 되찾은 가즈오가 도갓타를 불렀다.

"네."

도갓타가 조용히 고개를 끄덕였다.

"아버지가 우리한테 고백하려는 게 뭔지, 그건 저도 잘 모릅니다."

……다만 아버지는 지금 기다리고 있어요.

그것만은 확실합니다.

저는 아들이니까 알 수 있어요.

"가즈오 씨, 당신은 정말로 45년 전에 아버지와 둘이 캠핑하러 갔나요?"

갑작스러운 도갓타의 질문에,

"어?"

하는 비명처럼 짤막한 소리가 흘러나왔다.

그 소리를 낸 사람은 이미 45년 전 해당 알리바이를 어린 가즈오에게 확인한 당사자인 사카마키였다.

그런 사카마키를 가즈오가 뚫어져라 쳐다보며 입을 열었다.

"2박 3일 여행 일정이었습니다."

……제가 갓 열 살이 되었을 때죠.

그리고 친아버지가 돌아가신 지 얼마 안 된 시기이기도 했어요.

밤의 숲은 정말 무섭더군요.

온갖 희귀한 소리가 들렸어요.

어딘가에서 울어대는 동물 소리. 강물 흘러가는 소리. 나뭇가지 부러지는 소리. 바람 소리.

그래요. 마치 지금처럼.

날씨가 무척 좋은 날이었는데, 혼자 지낸 그 밤의 숲은 오늘 불어닥친 태풍이랑 똑같았어요.

귀를 틀어막고 싶을 만큼 무시무시한 소리로 가득했으

니까.

"……가즈오 씨, 지금 혼자라고 하셨나요?"

질문한 사람은 사카마키였다.

"사카마키 씨, 그 시절이 그립군요."

……정말 그리워요.

저는 또렷하게 기억합니다. 당신에게 심문받았던 날을.

실은 그날 저는 아버지를 처음으로 '아빠'라고 불렀습니다.

당신이 "꼬마야, 아빠랑 계속 같이 있었니?"라고 물었을 때, 저는 "네, 아빠랑 계속 같이 있었어요"라고 대답했죠. '사장님 아저씨'가 아니라.

옆에는 아버지가 서 있었어요.

아버지는 살짝 놀란 표정을 지었지만, 그렇게 대답한 제 머리를 힘주어 쓰다듬어주셨습니다. 그 손길이 몹시 떨렸던 걸 저는 지금도 생생히 기억합니다.

그때 저는 아버지와 약속했어요.

그 숲속에서 아버지가 데리러 올 때까지 꼬박 사흘을 혼자 잘 버텨내겠다고.

예기치 못한 가즈오의 돌발적인 발언에 모두 마른침을 삼켰다.

그도 그럴 것이 45년 전에 가즈오가 사카마키에게 위증을 했다는 고백이었기 때문이다.

모두의 시선이 사카마키에게 모아졌다.

그가 과연 무슨 말을 할지 기다렸다.

그러나 한참을 기다려도 사카마키의 표정은 변함이 없었다. 일생일대의 고백을 한 가즈오를 그저 물끄러미 바라볼 뿐이었다.

모두의 초조함이 극에 달했을 때였다.

"가즈오 씨."

드디어 사카마키가 입을 열었다.

……한 가지 묻고 싶은 게 있어요, 라고.

왜 이제 와서 그 사실을 털어놓게 됐는지, 그걸 알고 싶다고.

사카마키의 질문에 가즈오가 조용히 대답했다.

"아마도 지금, 아버지는 생을 마감하려는 걸 겁니다."

……우리에게 대단히 중요한 뭔가를 밝힌 후, 틀림없이 죽을 생각일 겁니다.

그렇게 장담할 수 있는 이유는 아버지가 지금 유키시마섬에서 우리를 기다리고 있기 때문입니다.

아까도 말했듯이 그 섬은 아버지가 슈겐도 수행을 하기 위해 사들인 섬입니다.

옛날에 아버지는 이런 말을 한 적이 있어요.

"내 수행의 최종 목표는 즉신불(슈겐도에서 전근대에 행한 인신 공양 방법으로, 승려가 자신의 육체를 미라로 만들어 불상으로 남기는 것)이 되는 거야"라고.

다들 아시죠, 즉신불이라는 수행을.

수행자는 흙 속에 들어가 염불을 외며 계속 종을 울리죠. 그리고 그 종소리가 끊겼을 때, 속세 사람들은 그가 부처가 될 거라는 걸 압니다.

아버지는 이제 모든 걸 고백하려는 겁니다. 틀림없어요.

어떤 죄를 저질렀든 간에 인생의 마지막 순간에 참회하려는 겁니다.

그렇다면 아들인 저도 똑같이 참회해야 마땅합니다.

거기까지 말을 마친 가즈오는 표정이 조금 부드러워졌다.

마치 45년의 세월을 거슬러 올라간 듯한, 더할 나위 없이 천진무구한 표정이었다.

"아버지는 제게 그 숲에서 사흘 동안 혼자 지내달라고 말하더군요."

……꼭 데리러 올 테니 믿어달라고.

그리고 만약 나중에 누군가가 그 숲에서 있었던 일을 물으면, 거짓말을 해달라고.

그 숲에서 사흘 동안 계속 둘이 같이 있었다고.

아버지는 매우 중요한 볼일이 있다고 했어요.

그래서 너를 혼자 두고 갈 수밖에 없다고.

그렇지만 이것만은 믿어달라. 아버지는 절대 나쁜 일을 하려는 게 아니다. 너의 아버지로서 맹세한다.

그러니 너도 내 아들로서 믿어주길 바란다고.

가즈오의 이야기가 끝나자 사카마키가 갑자기 웃음을 터뜨렸다. 더없이 온화한 웃음소리였다. 당연히 그 자리의 분위기와도 어울리지 않았다.

모두 그 웃음소리에 어안이 벙벙해서 사카마키의 다음 말을 기다렸다.

"45년이나 지나서야 드디어 수수께끼가 풀렸군요."

그렇게 말하는 사카마키의 목소리는 어딘지 모르게 기쁜 기색이었다.

……형사 생활을 오래 하다 보면, 도무지 이해가 안 되는 사건이 몇 차례 생기죠.

저는 형사로서 누가 거짓말을 하면 대부분 알아챌 수 있다는 자부심이 있습니다.

그런데 다마 뉴타운에서 일어난 사건만큼은 계속 뭔가가 마음에 걸리고 석연치 않았어요.

누군가가 거짓말을 하고 있다. 그건 직감적으로 알겠는데, 그 사람이 대체 누구인지 알 수가 없는 겁니다.

그런 까닭에 제가 우메다 어르신과 계속 관계를 이어왔을지도 모릅니다.

아, 물론 관직에서 이미 은퇴한 몸이니 진심으로 범인을 찾으려고 했던 건 아닙니다.

그것과는 별개로 우메다 어르신과는 정말로 좋은 교우 관계를 이어왔다고 생각합니다. 다만, 정체 모를 뭔가가 나를 우메다 어르신에게서 벗어나지 못하게 했던 것도 사실이에요.

그리고 방금 들은 진실이 이런 위화감의 원천이었겠죠.

지금 가즈오 씨의 얘기를 듣고 많은 생각이 들었습니다. 물론 거짓말을 한 사람은 가즈오 씨 혼자가 아닙니다. 아니, 우메다 어르신이 본인의 거짓말을 숨기기 위해 가즈오 씨에게도 거짓 증언을 시킨 거죠.

그런데 저는 우메다 어르신이 거짓말을 하고 있다는 사실은 그 당시부터 어렴풋이 알아차렸던 것 같습니다.

이제 와서 이렇게 말해봐야 패배자의 억지에 불과하겠지만, 만약 거짓말을 한 사람이 그 사람뿐이었다면 당시의 저는 설령 법정 다툼이 되더라도 우메다 어르신의 수사를 고집스럽게 진척해갔을 겁니다.

그런데 가즈오 씨, 거기에 당신이 있었어요. 이제 갓 열 살밖에 안 된 당신이 맑은 눈동자로 나에게 증언했어요.

"아빠랑 계속 같이 있었어요"라고.

나는 그 거짓말은 꿰뚫어 보지 못했어요.

나를 45년 동안이나 줄곧 속인 사람은 가즈오 씨, 바로 당신이었어요. 아버지를 잃은 지 얼마 안 된 소년의 그 맑은 눈동자에 속았던 겁니다.

차분하게 풀어놓는 사카마키의 이야기를 모두 조용히 듣고 있었다.

머나먼 옛일이 생생하게 떠올랐는지 가즈오의 눈에는 눈물이 글썽였다.

사카마키가 그의 어깨에 손을 얹었다.

"가즈오 씨."

……그렇다면 45년 전에 후지타니 우타코라는 여성을 살해한 사람은 당신의 아버지가 틀림없겠군요.

온화한 사카마키의 말투가 오히려 비참함을 부각했다.

살해했다는 말에 침묵하는 모두를 사카마키가 천천히 둘러보았다.

사카마키에게 반론을 제기하는 사람은 아무도 없었다.

"여러분, 저는 지금 가즈오 씨에게 진실을 들었습니다."

사카마키가 차분하게 이야기를 이어갔다.

……그렇다면 후지타니 우타코라는 여성을 살해한 사람은 그분이 틀림없겠죠.

그리고 그는 분명 인생의 마지막 순간을 눈앞에 둔 지금, 저에게 죄를 털어놓고 싶어 할 거란 생각이 듭니다.

어쩌면 그분의 마음속 한구석에 그런 마음이 늘 있었을지도 모릅니다.

그래서 해마다 사건이 발생했던 시기가 되면,

"무슨 새로운 증거라도 찾으셨을까요?"

하며 가벼운 농담을 던졌을지도 모릅니다.

그러니 지금부터는 그 역할을 저에게 맡겨주시겠습니까? 이렇게 늙어빠지긴 했지만, 그분도 분명 그러길 바랄 겁니다.

제가 이번에 이 자리에 초대받은 이유도 틀림없이 그것 때문이라고 생각합니다.

사카마키의 말투에서는 어렴풋이 고뇌가 느껴졌다.

매우 소중히 여겨왔던 것을 자기 손으로 짓이기려는 듯한, 차마 눈 뜨고는 볼 수 없을 만큼 가혹한 슬픔이 묻어났다.

"어쨌든 저는 갑니다. 아버지가 기다리고 있어요."

그렇게 중얼거리고는 가즈오가 배에 올라탔다.

"그럼 저도 갈래요."

도요히로가 바로 따라나섰고, 그 뒤를 아무 말도 없이 미카미가 따랐다.

사카마키까지 그들을 따라가려 했다.

"사카마키 씨!"

도갓타가 무심코 그의 팔을 잡아당겼다.

……지금 제정신이에요?

밖을 좀 보세요. 태풍이 저 지경이에요.

보트하우스의 얇은 유리창이 당장이라도 깨질 듯이 바람에 무섭게 덜컹거렸다.

우르릉거리는 거친 파도가 흡사 땅울림처럼 보트하우스 바닥까지 전해졌다.

그런데 사카마키는 도갓타의 손을 뿌리쳤다.

"도갓타 씨."

……난 지금 기분이 너무 이상해요.

사카마키가 의미심장한 미소를 지었다.

태풍이 휘몰아치는 저 바다로 나가서 죽는다 해도 아무 상관 없다고 할까요…….

아무런 여한도 없을 것 같습니다.

긴 인생의 마지막 순간이 만약 지금이라면, 오히려 누군가에게 엄청난 축복을 받은 기분까지 든단 말이죠.

어쩌면 지금 우메다 어르신도 그런 심정으로 우리를

기다리고 있을지 모릅니다.

사카마키가 배에 올라탔다.

먼저 탄 가즈오가 그의 팔을 잡아주었다.

도갓타는 뒤쪽을 돌아보았다.

요코와 나머지 사람들은 남자들의 행동에 몹시 당황해서 안절부절 어찌할 바를 몰랐다.

"이젠 어쩔 수가 없군."

도갓타는 한마디를 툭 뱉은 후 배로 뛰어올랐다.

뛰어 올라탄 순간 미카미가 그의 몸을 잡아주었다.

"잠깐, 기다려요!"

그러자 이번에는 바로 뒤에서 노노카가 뛰어올랐다.

딸을 끌어안은 가즈오가,

"노노카, 넌 여기 있어!"

라며 밀어내려 했지만, 노노카는 용감하게 외쳤다.

"할아버지랑 이렇게 헤어지긴 싫어요! 그리고 우메다가의 3대 후계자로서 저도 같이 갈 의무가 있어요!"

"노노카……."

마치 딸을 되찾겠다는 듯이, 이번에는 요코까지 배로 올라왔다.

섬에 불어닥친 태풍 때문인지도 모른다. 아니면 거칠게 요동치는 파도 때문인지도. 그 자리에 있는 모두가 몹시 흥분한 상태였다.

미카미가 배에 올라탄 사람들에게 구명조끼를 나눠주었다

"이곳 파도의 흐름은 잘 압니다. 제가 반드시 저쪽 섬에 배를 대겠습니다."

미카미의 말이 힘차게 울려퍼졌다.

그 목소리가 팔을 잡아끈 건 아니겠지만,

"저, 그럼 저도……."

하며 기요코가 트랩을 타고 올라왔다.

아무래도 기요코까지 데려갈 수는 없다는 듯이,

"아니, 기요코 씨는 여기 계세요. 이건 우리 가족 문제니까."

하며 가즈오가 말렸다.

그러나 기요코가 곧바로 그 손을 힘껏 밀어냈다.

"저도 어르신의 임종까지 지킬 각오로 이 섬에서 일하기로 결심한 거예요!"

……가즈오 씨도 잘 아시잖아요.

어르신은 제 조카의 생명의 은인이세요.

기요코가 도갓타 일행도 이해할 수 있게 설명을 시작했다.

……저에게는 쌍둥이 여동생이 있는데, 그 애의 외동

딸이 태어날 때부터 심장 질환을 앓았어요.

병을 고치려면 미국으로 갈 수밖에 없었죠. 그런데 미국에서 치료를 받으려면 3000만 엔이나 하는 거금이 필요했어요.

그 큰돈을 어르신이 내주셨죠. 온 세상 아이들을 구할 수는 없다. 그렇지만 눈앞에서 고통받는 아이에게 손을 내밀지 않는다면, 그건 결코 인간다운 삶이 아니라면서.

미국에서 무사히 수술을 마친 조카는 지금 건강하게 학교에 다니고 있어요.

물론 다른 아이들처럼 운동장을 뛰어다닐 순 없지만 매일 미소 띤 얼굴을 보여줘요.

저는 어르신의 임종을 지킬 각오로 이 일을 하기로 했어요.

그러니 이 배에 탈 자격이 있다고 생각해요.

더 이상 기요코의 승선을 반대하는 사람은 없었다.

미카미가 기요코에게도 구명조끼를 건넸다.

그 순간, 간호사 무나카타가 트랩으로 뛰어 올라왔다.

"잠깐만요! 그럼 저도 같이 갈래요."

"당신도?"

도갓타가 물었다.

아, 무나카타도 우메다 어르신에게 은혜를 입었구나,

생각하면서.

그러나 곧이어 무나카타의 입에서 나온 말에 맥이 탁 풀렸다.

"저는 아직 특별한 은혜를 입은 건 없지만……."

뭐랄까…… 하지만 여러분, 저만 아무런 은혜도 못 입었는데 어르신께서 그냥 세상을 떠나버리면 좀 서운하잖아요.

어디까지가 진심인지는 몰라도 진지한 표정으로 말하는 무나카타 때문에 다들 무심코 웃음이 터졌다.

"아버지가 왜 무나카타 씨를 전담 간호사로 뒀는지 알겠군."

가즈오가 웃었다.

……우리 아버지는 자네처럼 유머가 있는 사람을 좋아하거든.

이제 무나카타도 배에서 내릴 마음이 없는 게 분명했다.

가즈오가 눈짓하자 미카미가 무나카타에게도 구명조끼를 건네주었다.

"이제 여러분은 선실로 들어가세요."

……심하게 흔들리긴 하겠지만, 파도의 흐름만 잘 타면 절대 전복될 일은 없을 테니까.

미카미가 시키는 대로 모두 선실로 들어갔다. 제각각 바닥에 앉아 서로의 팔을 구명 밧줄처럼 꼬았다.

　보트하우스의 문이 서서히 열린 것은 바로 그때였다.

　어두컴컴한 하늘과 바다가 모두의 눈앞에 펼쳐졌다. 파도는 용솟음치듯 높이 치솟았다. 바람은 비구름을 찢어발기듯 세차게 휘몰아쳤다.

　갑판에서 배의 조종을 맡은 사람은 가즈오와 미카미였다.

　엔진의 울림이 모두의 엉덩이에 전해졌다. 배가 천천히 보트하우스를 벗어났다.

　선실은 벌써부터 심하게 흔들리기 시작했다. 모두 팔에 힘을 주고 필사적으로 버텼다.

13

 그러나 배는 보트하우스를 벗어나자마자 바로 옆에서 덮친 거대한 파도에 부딪혔다.

 그대로 뒤집혀버릴 것처럼 충격이 강해서 파도에 떠오른 쪽에 있던 사람들은 마치 창틀에 매달리는 모양새로 간신히 몸을 지탱했다.

 파도가 밀어닥칠 때마다 비명이 솟구쳤다.

 배 안으로도 비바람과 부서진 파도 물살이 가차없이 들어왔다. 배의 키를 움켜쥔 가즈오와 미카미는 눈도 제대로 뜰 수 없을 만큼 거센 폭풍우 속에서도 어떻게든 배를 목적지인 섬까지 몰기 위해 고함을 쳐가며 의논했다.

 가까스로 앞바다로 나가자, 이번에는 정면에서 밀려오는 거대한 파도에 배가 거의 수직으로 치솟는 위기에 직면했다.

 선실의 모두가 바닥에 나뒹굴어 소파나 벽에 그대로

내동댕이쳐졌다.

수직으로 솟구쳤던 배는 다음 순간, 마치 해수면을 내려치듯 아래로 곧장 곤두박질쳤다.

이젠 모두 소리조차 지를 수 없었다.

죽을힘을 다해 뭔가를 부여잡고 죽을힘을 다해 견뎌내며 이를 악물 수밖에 없었다.

한편 갑판의 상황도 위태로웠다. 문득 옆을 보니 키를 잡고 있던 가즈오가 바다로 나동그라질 듯하여 미카미는 안간힘을 다해 그의 몸을 잡아당겼다.

이제는 모두가 이 배에 올라탄 것을 후회하는 정도를 넘어서서 일찌감치 자신의 죽음을 예감했을 터였다.

다만 그런 와중에도 모두가 정신을 놓지 않았던 까닭은 우메다 옹이 있을 게 분명한 섬이 눈앞에 또렷이 보이기 시작해서였다.

높은 파도를 타고 넘을 때마다 그 거리가 확연하게 좁혀졌다.

얼마쯤 지나고 나자 배는 미카미가 말했던 파도의 흐름을 탄 듯했다.

파도에 사정없이 농락당하던 선체가 엔진의 힘으로 조금씩 나아가는 감각이 일행이 엎드린 선실 바닥으로도 전해졌다.

그러나 눈앞의 섬이 가까워지자 또다시 높은 파도가 솟구쳤다.

이 거센 파도를 이번에도 과연 견뎌낼 수 있을까.

"이미 내친걸음이긴 하지만, 상황이 이 지경입니다!"

도갓타가 갑자기 크게 소리를 질렀다.

소금기 가득한 바람이 입속으로 들이쳤다.

……저는 아직 의문이 풀리지 않은 게 있어요!

도갓타가 말을 이었다.

어쨌든 무슨 말이든 해야지, 가만히 버티고만 있으면 이 무모한 모험의 비극적인 결말만 자꾸 떠올랐기 때문이다.

"도요히로 씨!"

도갓타가 바닥에 납작 엎드린 도요히로를 불렀다.

……당신은 아직 확실하게 대답하지 않았어요!

어째서 어젯밤 우메다 어르신의 방에 갔던 거죠? 당신과 미카미 씨가 우메다 어르신의 방을 찾아간 것은 기요코 씨가 똑똑히 목격했어요.

무슨 용건으로 찾아갔는지 말해주시겠습니까?

도갓타의 엉뚱한 질문에 사람들은 살짝 어안이 벙벙했다.

설령 정말 의문스러웠다고 해도 굳이 이런 긴박한 상황

에? 그게 지금 무슨 상관이냐는 게 모두의 속내였겠지.

그건 꼭 지금이 아니라도 되잖아요!

아마도 도요히로가 그렇게 받아치겠거니, 다들 상상한 순간이었다.

"아, 진짜 미치겠네! 그래, 어차피 침몰할지도 몰라!"

도요히로가 소리쳤다.

……말할게요! 말하면 되잖아!

그 순간 죽을힘을 다해 배의 키를 잡고 있던 미카미가 돌아보는 모습이 도갓타의 시선에 잡혔다.

"조지! 이젠 말해버린다!"

도요히로가 미카미의 이름을 불렀다.

"어젯밤에 미카미랑 내가 할아버지 방에 갔던 건 재산 분배를 상의하기 위해서였어요!"

도요히로가 목소리를 더욱 높였다.

……부탁드릴 게 있었거든요.

할아버지가 돌아가신 후에 우리 집 재산이 얼마나 되는지는 모르겠지만, 이 노라시마섬은 우리에게 물려주면 좋겠다.

그런 부탁을 하려고 갔던 겁니다!

"우리라뇨?"

도갓타는 그렇게 물었지만, 사실 그다음은 어렴풋이

짐작이 갔다.

"나랑 미카미요!"

……나는 미카미를 사랑해요. 그리고 미카미도 분명 나를 사랑한다고 믿어요!

폭풍우 속의 고백이었다.

도쿄에서 같이 살자고 여러 번 얘기했지만, 미카미는 도시가 너무 싫어서 노라시마섬 같은 곳에서 일생을 보내고 싶다고 했어요.

난 이 사람이 있는 곳이라면 어디든 상관없어요.

그래서 다른 재산은 다 포기할 테니, 이 섬만은 우리에게 물려주면 좋겠다.

그런 부탁을 하러 갔었다고요!

도요히로의 뜻밖의 고백에 기요코와 무나카타, 그리고 사카마키 세 사람은 몹시 놀란 듯했지만, 솔직히 말하면 당장이라도 날아갈 듯한 자기 몸을 지탱하기도 힘겨워서 놀란 표정을 지을 만한 여유조차 없었다.

한편 우메다 가족들은 노노카는 물론이고 부모인 가즈오와 요코도 도요히로의 성 정체성은 어렴풋이 알아챘었는지 딱히 놀라는 기색도 아니었다. 하지만 그가 사랑하는 사람이 설마 미카미인 줄은 몰랐던 눈치였다.

"그, 그럼, 진작 말했으면 됐잖아!"

요코가 도요히로의 팔에 매달리며 역정을 냈다.

……요즘 같은 세상에 누가 그런 걸 반대하겠니!

우리를 우습게 보지 마.

우리는 그렇게 고지식한 사람들이 아니야. 버블 세대를 우습게 보지 말라고!

요코의 말을 듣고 웃음을 터뜨린 사람은 당사자인 도요히로였다.

새삼 말할 필요도 없겠지만, 모두 한쪽 다리는 물론 허리까지 죽음의 수렁에 빠져 있는 상황이었다.

"하하하하!"

배가 전복될지도 모른다는 공포를 떨쳐내려는 듯이 도요히로가 더욱 크게 웃어젖혔다.

……지금 엄마가 한 말과 똑같은 말을 어젯밤에 할아버지도 하셨어요.

미카미와 저의 관계를 설명하고,

"할아버지 세대는 이해하기 힘들겠지만."

이라고 말하는 순간,

"할아버지 세대를 우습게 보면 안 돼"라고 하셨죠.

……이렇게 늙어빠진 할아버지도 사랑이 어떤 건지는 잘 안단다, 라면서.

저는요, 그 말씀을 듣고 너무 기뻐서 눈물까지 흘렸어요.

그랬더니 할아버지가 이렇게 물으셨죠.

"도요히로, 넌 진심으로 미카미를 좋아하는구나?"

그래서 저는 "네"라고 대답했어요. 그랬더니 할아버지가 "미카미, 자네도?"라고 물었고, 그도 대답했죠.

"네, 소중한 사람입니다."

그러자 할아버지가 이런 말을 했어요.

"나에게도 소중한 사람이 있었지."

……그러니 너희는 서로를 잘 지켜라.

거듭 말하지만, 솔직히 파도에 농락당하는 배 안의 상황상 남의 연애 이야기를 진지하게 들어줄 여유는 전혀 없었다.

그건 도갓타도 마찬가지였으나 왠지 도요히로의 마지막 말이 마음에 걸렸다.

"그러니 너희는 서로를 잘 지키라고?"

……우메다 어르신이 그렇게 말했다고요?

도갓타가 무심코 물었다.

"네, 할아버지가 그렇게 말씀하셨어요."

……너희는 서로를 잘 지켜라.

너희는 서로에게 소중한 사람을 마지막까지 잘 지켜내라고.

바로 그때였다. 또다시 배가 크게 요동쳤다. 지금까지

의 흔들림보다 훨씬 크고 강해서 사람들의 몸이 순식간에 내동댕이쳐졌다.

파도의 흐름에서 벗어난 배가 또다시 험한 파도에 부딪혀 수직으로 솟구쳤다.

솟구친 선체가 곧이어 해수면을 내리치듯 급강하했다.

사람들은 이제 비명조차 지르지 못하고 서로 뒤엉키면서 선실 바닥에 이리저리 나뒹굴었다.

그러면서도 모두 죽을힘을 다해 난간이나 문손잡이를 부여잡고 버텼지만, 결국 기력이 다한 듯한 기요코가 굴러서 선실 밖으로 튕겨 나갔다.

모두 그녀의 팔다리로 손을 뻗었다.

그러나 파도가 거듭 휘몰아쳤다.

또다시 뱃머리가 치솟았다가 해수면으로 곤두박질쳤다.

비에 젖은 갑판에서는 가즈오와 미카미가 키에 매달려 있었다.

바로 그때 기요코가 갑판으로 굴러 나왔다.

"기요코 씨!"

마지막까지 기요코의 팔을 붙잡고 있었던 요코가 소리쳤지만 기요코는 이미 젖은 갑판에 농락당하듯 좌우로 미끄러지며 이리저리 나뒹굴었다.

미카미가 구해주려고 손을 뻗었지만, 다른 한 손으로

는 키를 붙잡고 있어서 잡힐 듯 말 듯 손이 닿지 않았다.

기요코는 이제 소리조차 못 내고 선체 여기저기에 부딪힐 뿐이었다.

그리고 다음 파도가 습격한 순간이었다.

"안 돼!"

요코가 비명을 지른 게 먼저인지, 갑판에서 미끄러진 기요코가 파도에 휩쓸리며 거친 바다로 삼켜진 게 먼저인지…….

"아아―――!"

"기요코 씨!"

"앗!"

여기저기서 비명이 솟구쳤다.

기요코가 빠진 바다는 절망적인 광경이었다.

그 무시무시한 광경 속에서 거대한 파도에 삼켜진 기요코의 구명조끼만 오렌지색으로 빛났다.

반대로 말하면, 그것 말고는 이 세상에 색이라곤 없는 것 같았다.

이젠 틀렸어…….

모두가 그렇게 절망한 순간이었다.

크게 휘청이는 선실에서 도요히로가 기어 나가는가 싶더니, 물속에서 허우적거리는 기요코를 따라 색이 사라진 절망적인 바다로 곧장 뛰어들었다.

"도요히로!"

"오빠!"

요코와 노노카의 목소리는 비통하기 그지없었다.

순식간에 벌어진 도요히로의 무모한 행동에 도갓타마저 말문이 막혔다.

그런데 다음 순간이었다.

도요히로를 뒤따르듯 이번에는 미카미까지 그 절망적인 바다로 뛰어들었다.

도갓타는 엉겁결에 머리를 감싸 쥐었다. 이래서는 기요코만이 아니라 도요히로와 미카미까지도 이 절망적인 광경의 일부가 될 게 뻔했다. 그래도 도갓타는 엉금엉금 기듯이 갑판으로 나갔다. 비바람은 더욱 거세졌지만, 목적지인 섬은 바로 코앞까지 다가와 있었다. 도갓타는 난간에 몸을 얽어매듯 버티며 거친 바다로 눈길을 돌렸다.

도요히로와 미카타가 어느새 기요코를 양쪽에서 안고 있었지만, 그 모습은 높은 파도에 몇 번이나 삼켜지며 사라졌다.

미카미가 뭐라고 소리를 질렀다.

도갓타는 귀를 기울였다. 일렁이는 폭풍우에 뒤섞여 목소리가 들려왔다.

"그냥 섬으로 가세요!"

미카미가 소리쳤다.

도갓타가 가즈오에게 그 말을 전했다.

혼자 키를 움켜쥔 가즈오가 고개를 끄덕이긴 했지만, 이미 핏기가 가신 그 얼굴은 몹시 창백했다.

사카마키가 도갓타를 따라 선실에서 나온 것은 바로 그때였다.

그러고는 몸을 사리지 않고 뱃머리에 있는 구명 튜브를 바다로 있는 힘껏 던지려 했다.

이제 자신은 어떻게 되든 상관없다는 듯한, 매우 용감한 모습이었다.

사카마키가 온 힘을 다해 던져준 구명 튜브를 향해 미카미가 헤엄쳐 왔다.

다행히 구명 튜브는 미카미의 손에 닿았고, 그는 서둘러 도요히로와 기요코가 있는 곳으로 돌아갔다.

가즈오는 배의 속도를 더욱 높였다.

선체가 파도 위에서 이리저리 몸부림치는 동안 섬의 잔교가 바로 코앞까지 다가온 게 보였다.

배가 작은 안곡으로 들어서자, 선체의 흔들림이 조금 가라앉았다.

도갓타가 뒤를 돌아보았다.

배와 연결된 밧줄 끝에 매달린 튜브를 세 사람이 단단히 움켜잡고 있었다.

그런데도 배를 잔교에 대기까지는 상당한 시간이 필요했다. 배가 몇 번이나 섬 어귀에 부딪혔고, 그럴 때마다 도갓타 일행은 선실 바닥에서 튀어 오르며 나뒹굴었다. 그런 와중에도 가즈오는 잔교로 뛰어내려 가까스로 밧줄을 감았다.

요코와 노노카도 사카마키와 무나카타의 손을 잡고 간신히 잔교로 뛰어내렸고, 도갓타도 그 뒤를 따랐다.

잔교에 내려선 모두는 더 이상 일어설 힘도 없을 정도로 다리가 심하게 후들거렸다.

그런데도 누가 먼저랄 것도 없이 부리나케 일어서서 바다에 빠진 세 사람이 움켜잡고 있는 튜브 밧줄을 끌어당기기 시작했다.

튜브에 매달린 세 사람의 얼굴은 몹시 창백해 죽은 것 같아 보였다. 하지만 서서히 가까워지자, 그들의 거친 숨소리가 생생히 들려왔다.

잔교에서 도갓타 일행이 뻗은 팔을 붙잡은 세 사람의 손에서는 아직 힘이 느껴졌다.

바다로부터 세 사람을 끌어 올린 도갓타 일행은 잔교를 거의 기다시피 해서 섬으로 올라왔다. 잠시 섬의 잡목림 밑에서 비를 피했고, 그동안 다행히 다들 정신을 차렸다. 미친 듯이 날뛰는 바다 너머로 조금 전까지 일행이 있었던 노라시마섬이 보였다.

불이 환하게 밝혀진 저택이 마치 유령선처럼 바다 위에 떠 있었다.

14

 잡목림을 내리치는 폭풍우의 기세는 이쪽 섬도 다르지 않았다. 오히려 섬이 더 작은 만큼 유키시마섬 쪽 바다는 노라시마섬보다 심하게 미친 듯 요동쳤다.
 일행이 타고 온 배는 이미 바위들에 좌초되었다.
 이제 숲속으로 들어가도 비를 피할 장소는 없었다. 무슨 말을 하려고 입을 여는 것조차 힘들 정도로 쏟아졌다.
 "우메다 어르신이 여기 계신다면, 어디에 계실까요?"
 도갓타가 비를 삼키듯이 크게 소리쳤다.
 "이 길 끝에 폭포가 있어요."
 대답한 사람은 미카미였다.
 거기에 사당이 있는데, 이 섬에서 비바람을 피할 곳은 거기밖에 없을 겁니다.
 평소에 저는 어르신을 거기까지 모셔다드리고 나면 일단 다시 노라시마섬으로 돌아갔습니다.

"그럼 일단 가봅시다. 여기서 계속 비를 맞고 있으면 체온만 떨어질 테니까요."

도갓타의 말에 모두가 지칠 대로 지친 몸을 힘겹게 일으켰다. 그리고 서로의 등을 밀어주며 풀숲 사이로 난 가파른 오솔길을 헤쳐 나갔다.

가는 도중에 콘크리트로 된 작은 건물이 나타났다.

저건 뭐죠? 도갓타가 그렇게 묻자,

"화장실입니다."

하고 미카미가 알려주었다.

……화장실이긴 해도 물론 수세식 시설 같은 건 없지만요, 라고.

극도의 긴장감이 풀려서일까.

몇몇 사람들이 화장실에 가고 싶다는 말을 꺼냈다.

화장실은 남성용 소변기, 그리고 안쪽에 문이 달린 칸 하나가 전부였다. 여성들이 차례로 그 칸을 사용하는 동안, 도갓타를 비롯한 남성들은 소변기에서 볼일을 봤다.

사당까지의 거리는 예상보다 가까웠다.

딱 한 번, 길 한가운데 쓰러진 나무 때문에 지나가기가 힘들었지만 모두 무사히 통과했다.

사당은 상상했던 것보다 훨씬 잘 지어놓은 건물이었다.

나지막한 돌담으로 둘러싸인 건물은 억새로 지붕을 엮

었으며 아담한 헛간 정도 크기였다.

그리고 미카미의 말대로 그 뒤쪽에 폭포가 보였다.

하지만 폭우 탓에 그저 산맥을 허물며 쏟아지는 흙탕물 같아서 아름다운 폭포와는 거리가 멀었다.

다행히 그 흙탕물의 물길은 사당을 향하지 않고 더 안쪽으로 흘러갔다.

조바심이 난 듯이 서둘러 사당으로 뛰어간 사람은 가즈오였다.

자물쇠를 채워둔 낮은 울타리를 뛰어넘어 돌계단을 오르더니, 묵직해 보이는 사당의 문을 열어젖혔다.

"아버지!"

그렇게 소리친 가즈오의 외침도 순식간에 흙탕물이 쏟아지는 소리에 삼켜지고 말았다.

가즈오가 사당으로 들어갔다.

도갓타 일행도 곧바로 그 뒤를 따라 들어가려 했지만, 낙담한 가즈오가 다시 밖으로 나왔다.

"없어."

도갓타도 사당 안으로 들어가보았다. 휑한 널마루에는 먼지가 쌓여 있고, 가즈오가 디딘 젖은 발자국 외에 사람의 흔적이라곤 전혀 없었다.

안쪽 제단에는 돌로 만든 불상 세 개가 늘어서 있었다.

공들여 만든 불상은 아닌 듯했지만, 오히려 아마추어가 깎은 듯한 거친 손길에서 성스러운 기운이 느껴졌다. 공양물을 바치는 쟁반은 텅 비어 있었다. 다만 쟁반만큼은 고급스러운 칠기였다.

"할아버지가 여기서 하룻밤을 보냈다면, 뭔가 좀 더 흔적이 남아 있어야 해."

쥐구멍까지 찾을 기세로 구석구석 샅샅이 살펴본 도요히로가 중얼거렸다.

그 순간 열어뒀던 사당의 묵직한 문이 큰 소리를 내며 쾅 닫혔다.

순식간에 내부가 컴컴해지며 모두의 거친 숨소리만 들렸다.

"여기 안 계시면, 달리 짚이는 장소가 있나요?"

도갓타가 그렇게 물으면서 사당의 문을 열었다. 환해진 건 아니지만, 이제 옆 사람 얼굴 정도는 알아볼 수 있었다.

그러나 도갓타의 질문에 대답하는 사람은 없었다.

결국 섬만 바뀌었을 뿐, 또다시 시작 지점으로 되돌아온 것이다.

우메다 옹이 어디에도 보이지 않는다는…….

오늘 아침처럼 모두의 시선이 다시금 미친 듯 날뛰는 바다로 향하려는 순간이었다.

"그런데 말입니다."

도갓타가 과감히 목소리를 높였다. 다만 딱히 누구에게 질문을 던지려는 건 아니었다.

……조금 전에 사용한 화장실 밑에는 뭐가 있으려나요?

"화장실 밑이요?"

미카미가 일단 말을 받긴 했지만, 고개만 갸웃거릴 뿐 오히려 도갓타를 빤히 바라보며 말했다.

"아무것도 없을 텐데요."

"왜 그러시죠?"

도요히로가 물었다.

"아니 그게, 제가 아까 볼일을 보고 나서 손을 씻었는데요."

"음, 저도 씻긴 했죠."

"네, 그때였는데, 세면대 배수구로 흘러든 물이 아래로 떨어지는 소리를 들었어요."

"배수관으로 떨어졌단 말인가요?"

"아니요, 좀 더 깊은 곳으로."

"이렇게 비가 억수같이 퍼붓는데 그런 소리까지 들으셨다고요?"

"이유는 모르겠지만, 또르르 또르르 하는 아주 청량한 소리가 났거든요."

도갓타가 그렇게 답하고는 돌연 "앗!" 하며 뭔가를 알아챈 듯이 소리를 질렀다.

……아, 그래, 그거야, 틀림없어!

이제 알겠어. 그래서 또르르 또르르 하는 소리가 크게 울려퍼진 거로군.

여러분, 혹시 화장실 밑에 큰 동굴 같은 게 있는 거 아닐까요?

그렇지 않다면, 소리가 그렇게 울리지는 않을 테니까요.

다른 사람들은 도갓타가 들은 소리를 못 들었는지 반응이 뜨뜻미지근했다.

"그럼 잠깐 가봐야겠습니다."

가만있을 수가 없다는 듯이 도갓타가 사당을 나섰다.

아까보다는 빗줄기가 조금 약해져 있었다.

화장실까지 달려간 후, 세면대 수도꼭지를 열었다 바로 다시 잠갔다.

어느새 일행 모두가 도갓타의 뒤에 서 있었고, 함께 숨죽이며 귀를 기울였다.

수도꼭지에서 흘러내린 물이 배수구로 빨려 들고 5초쯤 지난 후였을까.

또르르, 또르르.

맑은 물소리가 울려퍼졌다.

"아, 정말 들리네요."

옆에서 귀를 기울이고 있던 도요히로가 중얼거렸다.

"그렇죠?"

도갓타가 수도꼭지를 다시 한번 열었다 바로 잠갔다.

이번에도 5초쯤 지나자, 역시나 또르르 또르르 하는 똑같은 소리가 들렸다.

넓은 동굴에서 물방울이 떨어질 때 나는 소리 같았다.

"틀림없이 빈 공간이 있을 것 같군요. 이런 간이 화장실 구조치고는 부자연스러운 소리예요."

도요히로가 그렇게 말하며 배수구에 귀를 더 바짝 댔다.

"으음, 이 주변에 뭔가 부자연스러운…… 인공적인 구조물은 없나요?"

도갓타가 물었다.

다들 아는 게 없는지 한동안 답변이 없었다. 그러다 미카미가 불현듯 뭔가를 떠올렸는지 "아!" 하고 소리쳤다.

……인공적인 구조물이라면, 공사가 중단된 채 남아 있는 계단이 있긴 합니다.

"공사가 중단된 계단이요?"

"네. 콘크리트 계단이에요."

……아까 우리가 올라온 오솔길 말고 사당으로 통하는 계단을 따로 만들려고 했던 것 같은데, 결국 필요 없다 싶

었는지 공사가 멈춰버린 채로 어중간하게 남아 있어요.

열다섯 계단쯤 될까요.

숲속에 어디로도 이어지지 않는 계단이 방치된 채 남아 있다니, 그건 좀 기묘한 느낌이 드는데요.

도갓타는 바로 미카미에게 그 장소로 안내해달라고 요청했다.

그곳은 화장실과 아주 가까웠다. 지금까지는 숲에 잠식되듯 가려져 있었지만, 폭우가 쏟아져서인지 어디로도 이어지지 않는 콘크리트 계단이 선명히 모습을 드러내고 있었다.

도갓타가 쓰러진 나무를 넘어 그 계단에 발을 디뎠다.

그리고 다음 순간 "앗!" 하고 소리를 질렀다.

정확히 눈높이에, 밑에서부터 세면 여섯 번째 계단 언저리에 파인 홈을 발견했기 때문이었다. 그건 옆으로 밀 수 있는 장치로 보였다.

도갓타가 홈 틈새로 손가락을 밀어넣었다.

언뜻 보기에는 묵직해 보였는데, 마치 고급 여관의 미닫이문처럼 부드럽게 열렸다.

일부러 누군가 만든 문인 게 분명해 보였다. 녹도 슬지 않은 상태였다.

그리고 문 안쪽에서 나타난 것은 또다시 계단이었다.

안쪽 계단은 서너 개뿐이었고 그 너머로는 바위가 깔린 동굴이 보였다. 동굴은 더 깊은 어딘가로 이어졌다.

동굴이면 캄캄해야 할 텐데 어딘가에 뚫린 공간이라도 있는지 앞쪽까지 훤히 보였다.

"아버지!"

도갓타 옆에서 얼굴을 내밀고 있던 가즈오가 동굴 안쪽을 향해 소리쳤다.

그 울림으로 동굴의 넓이와 깊이가 어느 정도 짐작이 갔다.

상당히 큰 동굴이었다.

일단은 도갓타를 선두로 그 짧은 계단을 내려간 후, 바위가 깔린 곳을 기다시피 하며 안쪽으로 들어갔다.

얼마 안 가 통로처럼 보이는 장소가 나타났다.

바닥 포장은 안 됐지만 바위가 깎여 있어 걷기 편했다.

"이런 장소가 있는 줄 처음 알았습니다."

옆에서 걷던 가즈오가 중얼거렸다.

그러더니 또다시 안쪽을 향해 소리쳤다.

"아버지!"

그러나 이번에도 소리만 동굴 안에 울려퍼질 뿐, 대답은 없었다.

"이 길은 사당의 폭포 쪽으로 이어지는군요."

도갓타가 손으로 앞을 가리켰다.

아직 한참 앞인 듯했지만, 폭포 소리가 희미하게 들렸다.

"그러고 보니 어릴 적에 몇 번인가 이 섬에 놀러 온 적이 있는데."

뒤에서 도요히로의 목소리가 들렸다.

……언젠가 폭포가 조금 잠잠해졌을 때, 폭포 안쪽으로 들어가려고 했던 적이 있어요.

그랬더니 할아버지가 웬일로 호되게 야단을 치셨죠.

폭포 안쪽에 동굴 같은 게 보여서 들어가보고 싶었는데.

지금 돌이켜보면 그때 화내던 할아버지의 모습은 예사롭지 않았던 것 같아요.

"저 안쪽 동굴은 신이 계시는 곳이니, 절대 들어가면 안 돼"라고 하셨죠.

"약속할 수 있지?"라면서 제 양쪽 귀를 찢을 듯이 세게 쥐었어요.

"그럼, 이 길은 틀림없이 폭포 안쪽과 연결되겠군요. 그쪽에서 들어오는 빛 때문에 이렇게 밝은 걸 겁니다."

도갓타가 대답했다.

"어?"

맨 앞에서 걷던 가즈오가 걸음을 멈춘 것은 바로 그때였다.

앞을 보니 작은 구멍이 파여 있고, 그곳에 자그마한 지장보살이 안치되어 있었다.

혼자 구멍으로 들어간 가즈오가,

"이런 물건이……."

하며 무슨 서류 파일 같은 걸 들고 나왔다.

……우리 집 호적등본이에요.

내용을 확인한 가즈오가 중얼거렸다.

확인해보니 그의 말대로 호적등본이었다. 이미 사망한 우메다 옹의 부모님과 우메다 소고, 그리고 양자 결연이라는 형태로 연을 맺은 가즈오의 이름이 적혀 있었고, 가즈오가 결혼할 때 요코를 호적에 올린 기록까지 나왔다.

본적지는 후쿠오카 야하타시인데, 아마도 우메다 옹의 부친이 경영했던 회조점의 주소지겠지.

"어, 이건 뭐지?"

그때 가즈오가 같은 파일 안에서 또 다른 호적등본 한 장을 끄집어냈다.

"이건 누구 거야?"

가즈오가 고개를 갸웃거렸다.

본적지 주소는 도쿄의 무코지마구(區)라고 되어 있었다.

옛날 지명과 번지수라 아마도 현재는 그 지명도 번지수도 남아 있을 것 같지 않았다.

중요한 것은 성명란이었는데,

스나다 이스케

스나다 우메

라는 이름 밑에 장남 가쓰이치, 차남 고지라고 쓰여 있었고, 두 사람 다 이미 사망한 상태였다.

"장남 가쓰이치는 한 살 때 병사(病死). 차남 고지는 도쿄 대공습으로 사망했다는 메모가 적혀 있군요."

서류를 들여다본 도갓타가 중얼거렸다.

그때 요코가 갑자기 "앗!" 하고 소리를 질렀다.

……저기요, 도갓타 씨.

역시 그 세 편의 영화랑 관계가 있는 거 아닐까요.

도갓타 씨도 기억나죠?

그 왜, 〈모래 그릇〉의 주인공이 전염병에 걸린 아버지와 강제로 생이별한 다음, 전쟁 후의 혼란을 틈타서 남의 호적을 훔치잖아요. 이미 모두 죽은 가족의 생존자 아들이라고 관청에 신고해서.

흥분한 기색으로 거기까지 말한 요코가,

"음……."

하며 목소리를 살짝 낮췄다.

……혹시 아버님이 호적을 훔쳤다고 가정한다면, 이 호적등본에서 공습 때 사망했다는 스나다 고지라는 아이

가 실제 아버님이었다고 생각할 수 있지 않을까요?

안 그래요? 스나다 고지라는 아이가 그 영화에서처럼 우메다 가문의 외아들인 소고로 살아왔다고 볼 수도 있잖아요?

도갓타도 요코의 추리에는 동의했다.

그러나 이 정도 정보만으로는 어디까지나 상상에 불과했다.

"우메다 어르신의 부모님은 일찍 돌아가셨다고 하셨죠?"

도갓타가 가즈오에게 물었다.

"네, 그렇다고 들었습니다."

……친척도 다 돌아가셨고, 전쟁 후에 살아남은 사람은 아버지뿐이었다고 했어요. 그래서 어린 나이에 사가 현에 있는 포목 도매상에서 허드렛일을 시작한 거라고.

"그렇다면 방금 요코 씨가 말한 대로 사실 우메다 소고라는 사람은 이미 죽었고, 우메다 어르신이 대신해 살아왔을 가능성도 있겠군요."

도갓타는 조금 흥분되기 시작했다.

아니, 이 상황에서는 그렇게 해석하는 게 호적등본 두 개가 여기 나란히 놓여 있는 가장 타당한 이유 같습니다만.

"네, 하지만……."

그쯤에서 요코가 끼어들었다.

……본적지가 둘 다 규슈 사가현이었다면 앞뒤가 맞는 얘기일 수도 있겠지만, 스나다 고지라는 이 사람은 도쿄 출신이잖아요.

요코의 의문을 풀어줄 수 있는 사람은 물론 아무도 없었다.

"그런데 엄마, 잠깐만요."

그때 입을 연 사람은 도요히로였다.

엄마랑 여러분은 그 영화 영향 때문인지 아까부터 할아버지를 호적 도둑인 것처럼 몰아가는데…….

만에 하나 할아버지가 정말로 그런 일을 했다면, 후지타니 우타코 씨를 죽인 범인은 우리 할아버지라는 얘기가 되잖아요?

할아버지의 진짜 정체를 알게 된 후지타니 우타코 씨한테 협박이라도 당해서 일을 저질렀다는 식의 영화잖아요? 세 편 모두?

도요히로의 말투에는 살짝 분노가 어려 있었다.

"그렇게 화내지 마. 엄마가 그런 말까지 한 건 아니잖니."

……그리고 세 편 모두 협박당했다는 내용이 아니야. 좋은 뜻으로 만나러 갔는데 상대는 그렇게 받아들이지 않았다는 이야기지.

어쨌든 정황상, 아버님이 스나다 고지일지도 몰라…….

요코가 거기까지 말했을 때였다.

"저, 잠깐만요."

오랜만에 무나카타가 입을 열었다.

그렇다면…….

설마 이 동굴 안쪽에 죽은 후지타니 우타코 씨가 묻혀 있다는 쪽으로 얘기가 흘러가는 건 아니겠죠?

조금 전 가까스로 목숨을 부지한 위험천만한 항해와 동굴의 분위기 때문에 무나카타는 잔뜩 겁에 질려 있었다. 따라온 걸 후회하는 기색이 역력했다.

"아, 진짜!"

그때였다. 가즈오가 더는 참을 수 없다는 듯이 소리를 질렀다.

……어쨌거나 아버지를 찾아내면, 다 설명하겠지!

조바심이 난 가즈오의 목소리가 동굴에 온통 울려퍼졌다.

……만약 아버지가 정말로 그 후지타니 우타코라는 사람을 죽였다 해도 분명 그럴 만한 이유가 있었을 거야.

아버지는 지금 그 이유를 우리에게 알려주려는 거라고!

근거 없는 무책임한 추리 따윈 더 못 듣겠다는 듯이 가즈오는 다시 앞장서서 동굴 안쪽으로 걸어가려 했다.

그런데 그 용감한 발걸음을 또다시 멈춰 세우는 일이

벌어졌다.

별안간 눈앞에 나타난 하얀 암벽에서 오래된 흑백필름 영상이 흘러나오기 시작한 것이다.

석회동굴은 아닌데, 어찌 된 영문인지 그 바위 표면만 색이 밝았다.

그래서인지 화질이 좋지 않은 거친 영상인데도 꽤 선명하게 보였다.

그 흑백필름 영상에는 소리가 없었다.

달그락거리며 돌아가는 필름 소리만 동굴 안에 울려퍼졌다.

놀라서 우두커니 선 도갓타 일행은 그 영상에 빨려 들어갈 듯 넋을 놓고 바라보았다.

이런 장소에서 상영되는 오래된 흑백필름 영상은 그 자체만으로도 섬뜩한 인상을 풍기게 마련인데, 왠지 그런 느낌은 들지 않았다.

그도 그럴 것이 영상에 찍힌 피사체는 거의 벌거벗다시피 한 어린 소년들이었는데, 카메라를 향해 수줍어하면서도 이따금 미소를 지어 보였고, 개중에는 얼굴을 익살스러운 표정으로 찌푸리며 장난을 치는 아이도 있었다.

"뭐지, 저건?"

요코가 무심코 중얼거렸다.

······흙투성이가 된 아이들의 모습이나 옷으로 보아 전쟁이 끝난 직후에 촬영된 영상 같았다.

한동안 아이들 한 명 한 명을 가까이 촬영하던 카메라가 갑자기 뒤로 쭉 빠지며 아이들의 전체 영상을 잡았다.

그 순간 누군가의 입에서,

"아아······."

하는 오열과도 같은 깊은 탄식이 흘러나왔다.

지금까지 영상에 나왔던 아이들이 짐승 우리 같은 곳에 갇혀 있었기 때문이다.

결코 넓지 않은 그 우리 틈새로 얼굴이나 손을 내밀고, 자기들을 찍는 카메라를 향해 미소를 짓거나 장난을 쳤던 것이다.

우리 안에 갇힌 소년들은 하나같이 몹시 더러웠다.

제대로 된 셔츠나 바지를 입은 아이는 단 한 명도 없었고, 그 앳된 얼굴과 엉망으로 자란 머리칼은 콧물과 땀과 먼지로 얼룩져 이루 말할 수 없이 꾀죄죄했다.

인간의 자식이라기보다는 짐승 새끼 같았다. 만약 짐승이 웃을 수 있다면 말이다.

오래된 흑백필름 영상을 넋 놓고 바라보던 모두의 귀에 내레이션이 들려온 것은 바로 그때였다.

동굴 안이라 소리가 울려서 알아듣기 쉽진 않았지만,

그래도 정신을 집중하니 눈앞에 펼쳐진 영상과 내레이션이 하나로 어우러졌다.

여러분은 전쟁고아라고 불렸던 아이들을 아시나요?

태평양전쟁에서 부모를 잃고, 전쟁 후 폐허가 된 도시에 그대로 방치된 아이들이 12만 명이 넘었다고 합니다.

전쟁이 끝난 직후 도쿄의 우에노역에는 가족을 잃은 고아들이 넘쳐났습니다.

이들은 역 대기실이나 계단에서 생활했는데, 비쩍 말라서 영양실조로 죽어간 아이도 적지 않았습니다.

죽은 아이들은 역무원이 밖으로 옮겼습니다.

그리고 죽은 아이가 자고 일어났던 곳에는 어느새 또 다른 비쩍 마른 아이가 나타나 그 자리를 메웠습니다.

아이들은 어른들의 심부름 같은 걸 하며 음식을 구해 가까스로 목숨을 부지했지만 하루하루 죽음의 공포에 떨어야만 하는 고통스러운 삶을 살았습니다.

개중에는 너무 배가 고파 도둑질을 하는 아이도 생겨났습니다.

구걸, 소매치기, 매춘…….

아이들은 살아남기 위해서라면 뭐든 했습니다.

주인 없는 들개를 잡아먹고, 고작 수제비 한 그릇 때문에 몸까지 팔았습니다.

처음에는 역에서 지내는 아이들을 안쓰럽게 바라보던 어른들도 차츰 그들을 못마땅하게 여기며 꺼리기 시작했습니다.

전쟁을 일으킨 건 어른입니다.

그리고 희생양이 된 것은 역에 사는 아이들입니다.

그런데도 어른들은 가엾은 아이들을 깔보고 멸시한 것입니다.

언제부터인가 아이들은 부랑아라 불리게 되었습니다.

들개, 벌레 같은 놈들.

그런 뉘앙스를 풍기는 호칭이었습니다.

국가에서는 아무런 대책이 없었습니다.

그렇다 보니 그 당시 일본을 통치했던 GHQ(연합군 최고사령부)에서 부랑아들을 없애는 정책을 세우라는 명령을 내렸습니다.

그러자 어른들이 취한 행동은 역에 사는 아이들을 모조리 잡아서 감옥 같은 강제수용소에 격리하는 조치였습니다.

이것이 이른바 '일제 검거'라고 불렸던, 졸렬하기 짝이 없는 대책이었습니다.

어른들에게 쫓겨 우왕좌왕 도망치는 아이들의 모습이

일반인들의 눈에는 과연 어떻게 비쳤을까요?

어느 전쟁고아는 이렇게 증언했습니다.

……일제 섬서에 안 잡치려고 도망치고 있을 때, 갑자기 젊은 남자가 내 손을 잡았습니다.

저는 그 사람이 저를 구해줄 거라고 믿었죠.

그런데 그 사람은,

"잡았다! 여기 있어요, 여기!"

하고 소리를 질렀습니다.

옆에 있던 그 남자의 아내도,

"빨리요! 또 도망친단 말이에요!"

하며 경찰관을 불러댔습니다.

두 사람은 대단히 자랑스러워하는 목소리였습니다. 정의감이 흘러넘쳤죠.

전쟁 직후의 우에노역 영상과 인터뷰에 응하는 옛 전쟁고아의 영상이 끝나자, 동굴에는 또다시 맨 처음 영상이 흘러나왔다.

누더기를 입고 더러운 행색으로 미소를 짓거나 장난을 치는 어린 소년들이 비좁은 우리 안에 갇혀 있는 모습이었다.

아까는 너무 갑작스러워서 잘 들리지 않았던 내레이션

이 이제는 귀에 익어 또렷하게 들렸다.

 이 영상에는 도쿄의 우에노역에서 필사적으로 전후 시대를 버티며 살아낸 아이들의 모습이 담겨 있습니다.
 일제 검거에 붙잡힌 그들은 매우 비좁은 우리에 갇혔지만, 자기들을 찍는 카메라를 향해 천진난만한 미소를 지었습니다.
 우에노역에서 잡힌 그들이 끌려간 곳은 규슈였습니다.
 규슈 후쿠오카의 지쿠호 지방의 어느 재산가가 전쟁고아들을 위해 만든 시설로 보내진 것입니다.
 결코 행복한 모습이라고 할 수 없지만, 수많은 아이들이 역이나 거리에서 굶어 죽어간 상황을 생각하면 비록 우리 안에 갇혔어도 끝까지 살아남은 것만으로 그나마 다행이었을지도 모르겠습니다.

 영상은 계속 이어졌다.
 맨 처음 장면이 끝나자, 또다시 전쟁 직후 우에노역의 모습과 당시 상황을 증언하는 옛 전쟁고아의 인터뷰가 되풀이되었다.

 "저기, 아까 발견한 두 통의 호적등본 말인데요."

거듭 반복되는 영상을 바라보며 입을 연 사람은 도갓타였다.

……하나는 규슈 후쿠오카의 아하타에서 회조점을 경영했던 우메다 가족의 서류.

그리고 다른 하나는 도쿄 무코지마구의 주소가 적힌 스나다 가족의 서류.

그 두 호적을 발견한 후에 이 오래된 필름 영상이 흘러나온 겁니다.

"아마, 그렇겠죠."

도갓타의 말을 받은 사람은 가즈오였다.

……도쿄 우에노역에서 살았던 전쟁고아들은 후쿠오카의 시설로 보내졌다고 했어요.

분명 저 영상에 찍힌 아이들 중에 스나다 고지라는 소년이 있는 거겠죠.

"잠깐만요."

그쪽에서 노노카가 말을 이었다.

"그럼, 이런 얘긴가요?"

……우에노역에서 후쿠오카로 보내진 스나다 고지라는 남자아이가 우메다 소고가 되었다.

그리고 그 사람이 우리 할아버지라는 건가요?

네? 그런 거예요?

노노카의 질문에 대답하는 사람은 없었다.

그러나 이미 다들 이 상황을 설명할 방법은 그것뿐이라고 생각하고 있었다.

우메다 옹은 태평양전쟁에서 부모를 잃은 전쟁고아가 틀림없다.

전쟁 후 혼란기에 우에노역에서 가까스로 아사(餓死)를 면하고 살아남아, 일제 검거에 붙잡혀 후쿠오카의 시설로 보내진 것이다.

그 시설에서 무슨 일이 있었는지는 아직 알 수 없다.

다만 시설에서 나온 그는 후쿠오카의 야하타로 갔고 회조점을 운영하던 남자의 아들이 되어 남은 인생을 살아왔다.

"아아……."

비통한 신음이 흘러나왔다.

사카마키가 침통한 표정으로 눈을 감았다.

"괜찮으세요?"

금방이라도 쓰러질 것 같은 사카마키의 어깨를 도요히로가 잡아주었다.

"아, 괜찮아요. 미안합니다."

사카마키는 그 손을 거두게 하더니,

"이제야 풀렸어."

라고 중얼거렸다.

……45년이나 지난 이제서야 의문이 풀렸어요.

우메디 어르신과 후지타니 우타코 씨는 서로 아는 사이였어요. 우메다 어르신은 규슈 태생이 아니라 그녀와 같은 도쿄 태생이었어요.

그리고 적어도 열두세 살까지는 도쿄에, 아니, 분명 우에노역에 있었을 겁니다.

그리고 이건 추측이긴 하지만, 그곳에서 후지타니 우타코 씨를 만났겠죠.

아니, 만났어요. 분명합니다.

사람들은 또다시 오래된 흑백필름 영상으로 눈을 돌렸다.

비쩍 마른 전쟁고아들이 땅바닥에 웅크리고 앉아 마치 음식에 꼬인 파리들처럼 어른들이 던져준 뭔가를 게걸스럽게 먹고 있었다.

"안쪽으로 더 가볼까요?"

말을 꺼낸 사람은 도갓타였다.

"네, 가죠. 틀림없이 할아버지가 우리를 기다리고 있을 거예요."

이번에는 도요히로가 앞장서서 동굴 안쪽으로 들어갔다.

15

　얼마쯤 안으로 들어가자 넓은 공간이 펼쳐졌다.
　그곳으로 발을 들이는 순간 폭포 소리가 훨씬 커졌다. 여기가 폭포 안쪽인 모양인지, 위를 올려다보니 뻥 뚫린 구멍 너머로 쏟아져 내리는 흙탕물이 보였다.
　"아……."
　누군가 신음을 흘렸다.
　도갓타가 더 앞쪽으로 시선을 던지자, 마치 어젯밤의 만찬을 재현하듯 하얀 식탁보가 덮인 긴 테이블과 나란히 늘어선 의자가 보였다.
　"할아버지!"
　먼저 뛰기 시작한 사람은 노노카였다.
　곧이어 도갓타 일행도 그 뒤를 따랐다.
　모두 주위를 살펴봤지만 우메다 옹의 모습은 어디에도 보이지 않았다.

부리나케 달려간 긴 테이블에는 어젯밤처럼 요리가 차려져 있지는 않았다.

다만 무슨 까닭인지 몹시 낡은 노트 한 권이 덩그러니 놓여 있었다.

"이건 뭘까요?"

도요히로가 노트를 집어 들었다.

세월이 느껴지는 아주 낡은 노트였고, 그 표지에는 삐뚤빼뚤한 필체로 이렇게 쓰여 있었다.

'지하인의 역습.'

도요히로가 페이지를 팔랑팔랑 넘기는 순간, 낡은 종이 특유의 냄새가 공기 중을 떠돌며 도갓타한테까지 풍겨왔다.

노트는 누렇게 바랜 부분도 있지만, 겉모양새는 그럭저럭 유지된 상태였다.

누렇게 바랜 종이에는 글씨가 빽빽하게 쓰여 있었다. 몹시 서툰 글씨로 보아 아무래도 어린아이가 쓴 것 같았다.

그리고 현재는 히라가나로 쓰는 부분이 전부 가타카나로 적혀 있었기에 전쟁 이전에 교육을 받은 아이가 쓴 글씨인 듯했다.

한동안 노트에 적힌 문장을 읽어가던 도요히로가 고개를 갸웃거리며 말했다.

"이건 소설 같은 건가? ······그리고 이 '지하인의 역습'은 제목이고?"

노트를 건네받은 도갓타도 종이를 넘겨 훑어보았다.

그렇게 듣고 보니, 분명 따옴표를 넣은 대화문 같은 것이 있어 소설처럼 보이기도 했다.

도갓타가 그 노트를 가즈오에게 건네려 했다. 바로 그때였다.

"어허, 이보게. 그렇게 함부로 다루면 안 돼. 그 노트는 몹시 낡았단 말일세."

별안간 그런 소리가 동굴에 울려퍼졌다.

틀림없이 우메다 옹의 목소리였다.

울림이 커서 알아듣기 힘들었지만, 굵직한 그 소리는 그의 목소리가 분명했다.

"할아버지?"

"아버지!"

"어디 계세요?"

우메다 가족들이 암벽 곳곳을 두리번거리며 불렀다.

그러나 아무리 불러도 동굴의 울림 속에서 목소리가 겹쳐지며 젖은 암벽 속으로 사라질 뿐이었다.

그때였다. 또각또각 지팡이 짚는 소리가 울려퍼졌다.

모두 소리가 들려온 암벽을 바라보았다.

조금 높은 바위 위에서 우메다 옹이 유유히 모습을 드러냈다.

살짝 피곤해 보였지만 표정에는 미소가 깃들어 있었다.

"으음, 여기까지 잘도 찾아왔군. 자리를 준비해뒀네. 다들 거기 앉지."

우메다 옹이 바위 위에서 차분하게 말을 건넸다.

모두 당장 묻고 싶은 게 산더미같이 쌓여 있었다. 태평하게 의자에 앉을 기분이 아니었다.

그런 모두의 마음을 꿰뚫어 봤는지, 우메다 옹이 제지하듯 다시 말했다.

"일단 잠깐 앉아. 사카마키 씨랑 도갓타 씨도 거기 앉아 주시겠습니까."

모두 시키는 대로 자리에 앉았다. 우연이긴 했지만 어젯밤 파티의 자리 배치와 같았고 맨 끝에는 기요코와 무나카타, 미카미도 함께 앉았다.

"설마 이렇게 빨리 올 줄은 몰랐어."

우메다 옹이 천천히 바위에서 내려왔다.

……다른 무엇보다 태풍이 이 지경 아닌가.

혹시 내가 이 섬에 있는 걸 알아채더라도 분명 태풍이 가라앉을 때까지 기다렸다 오겠거니 했지.

바위에서 내려온 우메다 옹이 뿌듯해하는 표정으로 모

두를 둘러보았다.

"걱정했잖아요!"

더는 참을 수 없다는 듯이 가즈오가 소리를 질렀다.

……아버지가 유언장을 셰익스피어 책에 숨기고, 보석은 내 과거에 있느니 어쩌니 어린애 장난 같은 수수께끼를 남겨놓은 바람에 여기까지 오는 데 얼마나 고생했는지 알기나 해요!

불같이 화를 냈지만, 살아 있는 아버지를 눈앞에 둔 가즈오의 말투에서는 숨길 수 없는 안도감이 느껴졌다.

"어린애 같았다고?"

가즈오의 불평에 우메다 옹이 웃음을 터뜨렸다.

"그래요, 어린애 장난에도 정도가 있지."

……설마 아버지가 이런 유치한 짓을 할 줄은 꿈에도 몰랐으니까 오히려 더 혼란스러웠단 말입니다!

역시나 안도감 때문이었을까, 가즈오는 살짝 울먹이는 목소리였다.

"여기까지 제대로 찾아온 걸 보면, 분명 너희들이 제대로 추리해냈다는 뜻이겠지."

……아니, 모두 도갓타 씨와 사카마키 경위 덕분이었을 테고.

우메다 옹이 도갓타와 사카마키에게 공손히 고개를 숙

였다.

"그럼 역시 당신이 45년 전에……."

섣규하게 그 말을 입 밖에 꺼낸 사람은 사카마키였다.

그러나 우메다 옹이 바로 그 말을 가로막듯 조용히 타일렀다.

"사카마키 경위님. 다 말씀드릴 테니 잠깐만 제 이야기를 들어주시겠습니까?"

"이야기?"

무심코 중얼거린 도갓타가 손에 들고 있던 노트를 내려다봤다.

순간적으로 이 노트에서 어떤 실마리가 잡힐 듯했지만, 번뜩이는 직감을 발휘할 새도 없이 우메다 옹의 이야기가 시작되고 말았다.

"여러분은 내 유언장 두 개를 찾아냈소."

우메다 옹의 목소리는 매우 차분했다.

……그리고 이 섬으로 와줬지.

그렇다면 분명 어젯밤에 내가 말했던 셰익스피어의 시나 드레스 코드가 실마리가 됐을 테고.

방금 가즈오가 말했듯이 조금 유치한 장난이었을지도 모르지.

용서를 구하는 바이오.

우메다 옹이 어젯밤과 같은 위치에 섰다.

의자에 앉지 않고 양손을 지팡이에 얹고 서서는 또다시 천천히 모두를 둘러보았다.

"자, 이제부터 모든 걸 얘기하겠네."

줄곧 이 순간을 기다려왔는지 아니면 줄곧 이 순간을 회피해왔는지…….

솔직히 나 자신도 잘 모르겠다네.

허나 어찌 됐든 오늘이 그날이지.

그것만큼은 나도 알아요.

어젯밤과 마찬가지였다.

우메다 옹의 목소리가 쩌렁쩌렁해서 마치 극장의 가장 앞 좌석에서 일인극을 관람하는 것 같았다.

긴장된 분위기를 누그러뜨리려는 듯 우메다 옹이 어젯밤처럼 큰 소리로 껄껄 웃어젖혔다.

"아, 참."

……여러분에게 한 가지 알리고 싶은 게 있는데.

어젯밤에 생일 축하를 받았는데, 사실은 말이지, 내 진짜 생일은 오늘이에요.

가즈오, 네가 갖고 있는 그 호적등본 두 통을 보거라.

가즈오가 호적등본 두 통을 테이블에 나란히 내려놓았다.

"거기에 적힌 우메다 소고의 생년월일, 그리고 다른 한 통에 있는 스나다 고지의 생년월일을 읽어봐."

우메다 옹이 시킨 대로 가즈오가 생년월일을 읽었다.

……우메다 소고, 1935년 9월 11일.

스나다 고지, 1936년 9월 12일.

"어?"

모두 고개를 갸웃거렸다.

사람들의 반응을 즐기듯 우메다 옹이 또다시 껄껄 크게 웃어젖혔다.

"그래, 아까 자네들이 저쪽 동굴에서 추리했던 그대로야."

……사실 나는 계속 모니터로 지켜보고 있었다네.

저택 영사실에 의도적으로 남겨둔 영화 세 편의 의미를 알아차려줬을 때는 무척 뿌듯했지.

맞아, 나는 우메다 소고가 아닐세.

진짜 우메다 소고가 태어난 이듬해에 도쿄의 무코지마 구에서 스나다 고지라는 이름으로 태어난 사람이 진짜 나라네.

우연이긴 하지만 두 사람의 생일은 하루 차이야.

그러니 어젯밤에 애써 미수 축하연을 해줬지만 나의 진짜 미수 축하연은 내년 오늘인 셈이네.

다들 어렴풋이 예상은 했었지만 막상 우메다 옹의 입을 통해 그 진상을 듣자,

'그런데 왜 굳이?'

하는 지극히 당연한 의문만 머릿속에 커질 뿐이었다.

"자네들이 추리한 그대로야."

우메다 옹이 이야기를 이어갔다.

……간단히 말하면, 내가 우메다 소고라는 사람의 호적을 훔쳤지.

자, 그럼 왜 그런 짓을 했느냐?

나는 도쿄 대공습 때 어머니를 잃었어. 어머니는 내 눈앞에서 불타 죽었지.

그리고 이길 줄로만 알았던 전쟁은 끝났지.

집도 없었다네. 아무리 기다려도 전쟁에 나간 아버지는 돌아오지 않았고. 불타버린 황량한 들판을 이리저리 헤매던 내가 찾아간 곳이 바로 우에노역이었어.

아까 다들 오래된 흑백필름 영상을 봤잖아. 실은 거기 찍힌 아이가 진짜 나야. 감옥 같은 곳에서 카메라를 보며 웃는 소년 중 한 사람이 나란 말이지.

나는 우에노역에서 2년 가까이 살았어.

아니, 살았다는 표현은 전혀 어울리지 않아. 우리는 그 우에노역에서 2년 가까이 죽지 않았던 거지.

아까 영상에서도 봤겠지?

어느 날 우리는 일제 검거를 당했어.

붙잡혀서 갈 곳은 규슈의 재산가가 만들었다는 부랑아 보호시설일 줄 알았지.

그런데 그런 보호시설은 어디에도 없더군. 우리에 갇힌 채로 끌려간 장소는 우에노역보다 훨씬 더 끔찍한 곳이었어.

석탄광에서 잡역부로 사는 삶이 어떨지 상상이 되나?

정식 광부조차도 늘 생명의 위험을 감수해야 하는 일이야. 그 밑에서 잡역부로 일하는 삶이 과연 어떨지 상상할 수 있는 사람 있나? 의지할 가족이라곤 없는, 부랑아라 불리던 아이들에게 주어진 일이 어떤 건지 상상이 가나?

그래서 난 도망쳤지.

너무 힘들었으니까.

우에노역에서 버텨낸 고달팠던 날들이 그리워질 정도로 힘들었어.

같이 강제 노동을 했던 아이 중에 후쿠오카 야하타에서 끌려온 아이가 있었지. 묘하게 죽이 잘 맞아서 친해졌어. 그 아이 이름은 까맣게 잊었지만, 그 애의 친구가 우메다 소고라는 소년이었지. 나한테 그 애는 제일 친한 친구였던 우메다 소고에 관한 이런저런 이야기를 들려주더군.

둘이 뭘 하면서 놀았는지, 성격은 어땠는지. 그리고 그 아이와 가족들이 공습으로 어떻게 죽어갔는지.

석탄광에서 도망친 나는 일자리를 찾아다녔어.

하지만 그 시대에 떠돌이 고아를 고용해줄 만한 여유는 없었지.

그러던 어느 날이었어.

공습 때문에 소실된 호적을 다시 만들어준다는 얘기가 들리더군.

나는 당장 관공서로 달려갔지. 그리고 내가 우메다 소고라고 말했어. 다행히 우메다가의 호적은 아직 불타지 않고 남아 있어서 간단한 절차로 끝났지. 진짜 우메다 소고를 포함해서 회조점을 운영하던 일가가 모조리 공습으로 사망했기 때문이야.

관공서 담당자가 그 자리에서 곧장 새로운 호적등본을 내게 만들어주더군.

행운이란 때가 되면 저절로 찾아오는 법이네.

그때 관공서 담당자와 내가 나누는 대화를 옆에서 들었던 사람이 바로 나를 도와준 사가현의 포목 도매상 주인이었지.

그가 이렇게 말하더군.

"우메다마루 선장님께는 신세를 많이 졌어."

……어허, 그래, 그렇게 조그맣던 아이가 이렇게 훌쩍 컸구나.

생활이 곤란하면 오늘이라도 당장 우리 집으로 오너라.

그날부터 나는 우메다 소고로 살아왔지.

그리고 우메다 소고로 시작한 내 인생은 모두가 잘 아는 그대로야.

도갓타는 전에 조사했던 우메다 소고의 경력을 떠올려 보았다.

태평양전쟁 이전에 태어나 사가현 시내에 있는 포목 도매상에서 허드렛일부터 시작해 고생 끝에 자수성가한 사람. 젊은 나이에 창업한 작은 슈퍼마켓이 고도 성장기에 힘입어 성장했고, 독자적인 유통 시스템과 독특한 고객 관리로 사업을 확장했다.

그렇다. 어느 잡지에나 나오는 그 유명한 프로필이다.

여태까지 소고의 이야기를 묵묵히 듣고 있던 사람들 사이에서 작은 동요와도 같은 술렁임이 일기 시작한 것은 바로 그때였다.

그러자 그런 공기를 읽어냈는지, 사카마키가 입을 열었다.

"우메다 어르신."

사카마키의 목소리는 더없이 온화하고 차분했다.

……나는 당신에게 속았군요.

그것은 자신의 패배를 인정한다기보다 적을 칭찬하는 뉘앙스에 가까웠다.

"후지타니 우타코 씨 사건 말이죠?"

우메다 옹이 눈을 내리떴다.

"네."

……우리 사이에 그것 말고 다른 게 더 있겠습니까?

사카마키의 말에는 왠지 모를 쓸쓸함마저 느껴졌다.

……사실은 아까 가즈오 씨가 중대한 진실을 고백했습니다.

그날 당신은 캠프장에 없었다.

아직 어린 가즈오 씨만 홀로 숲속에 남겨두고 어딘가로 갔다고.

아니, 더 이상 돌려 말하진 않겠습니다.

당신은 도쿄로 갔어요. 그리고 후지타니 우타코 씨를 만났죠.

사카마키의 목소리에 열기가 감돌았다.

마치 두 사람은 젊은 날을 떠올리고 있는 듯했다. 45년 전, 아직 혈기 왕성했던 때의 자기 모습을.

"사카마키 경위님."

그런데 우메다 옹이 그 흐름을 끊어버렸다.

……잠시만 기다려주시겠습니까.

후지타니 우타코 씨 건에 관해서는 전부 솔직히 말씀드리겠습니다.

하지만 그 전에 이 노인네의 옛이야기를 조금만 더 들어주시지 않겠습니까.

그렇게 말한 우메다 옹이 그제야 자기 자리에 앉았다.

그리고 그 자리에 있는 사람들의 얼굴을 한 사람씩 천천히 둘러보기 시작했다.

"나머지 사람들도 좀 들어줄 수 있겠나? 이 노인네의 옛이야기를 조금만 더……."

새삼 둘러보니, 모두의 행색은 이루 말할 수 없이 참혹했다.

머리카락과 얼굴은 물론 온몸이 흠뻑 젖어 있었다. 동굴 안이 쌀쌀해서 덜덜 떠는 사람까지 있을 정도였다.

16

 불에 타서 죽은 엄마를 낯선 남자가 짐수레에 실었다.

 짐수레에는 시체가 가득 쌓여 있었다. 이제는 남자인지 여자인지, 소녀인지 노파인지도 구별할 수 없는 시체들이 마구잡이로 뒤섞여 널브러진 채였다.

 스나다 고지는 죽은 엄마가 실린 짐수레 뒤를 터벅터벅 따라갔다.

 불타버린 황량한 들판이었을 그때 풍경은 이상하게도 기억에 전혀 남아 있지 않다. 기억나는 거라곤 짐수레 밖으로 흔들거리던 엄마의 팔뿐이다.

 짐수레가 멈췄고, 남자가 엄마를 커다란 구멍 속으로 던졌다.

 별다른 힘을 들이지 않았는데도 가볍게 던져졌다.

 너무 가벼워 보여서 고지는 엄마가 혹시 구멍 너머까지 날아가지는 않을까 두려웠다.

엄마의 몸은 구멍 속으로 미끄러지며 굴러떨어졌고, 한 번도 본 적 없는 기이한 형태로 구부러졌다.

짐수레에 싣고 온 시체들을 구멍에 던지는 일을 마친 남자가 뒤를 돌아보았다.

짐수레를 계속 따라온 고지를 알아챘던 모양이다.

"꼬마야, 갈 데는 있니?"

남자가 물었다.

고지는 "없어요"라며 고개를 저었다.

고지는 자신이 어디로 가야 할지 남자가 알려줄 거라 믿었다. 그러나 남자는 "그렇구나"라고 중얼거리고는 그대로 가버렸다.

그의 표정에는 아무런 감정도 없었다.

연민도.

동정도.

미안함조차도.

그리고 그런 표정은 그날부터 고지가 살아가게 될 세상에 차고 넘쳤다.

정처 없이 걷다가 우에노역에 도착했을 때, 고지는 역무원들이 역 안에서 자기보다 어린 사내아이의 시체를 함석판에 실어 나르는 광경을 목격했다.

벌어진 옷 사이로 두드러지게 튀어나온 갈비뼈가 보였

다. 흡사 들개의 사체 같았다.

　이대로 어둑한 역 안으로 들어가면, 자기도 그런 모습으로 실려 나올 것만 같아 겁이 난 고지는 입구 계단에 주저앉았다.

　배가 고파 견딜 수가 없었다.

　금방이라도 넘어갈 듯한 어머니의 가쁜 숨을 옆에서 지켜보는 며칠 동안 옆에 있던 우물물만 마시며 버텨냈다.

　고지는 계단에서 눈을 감았다. 이대로 죽을 거라는 예감이 들었다. 무겁게 감겨버린 눈꺼풀을 다시 뜰 힘조차 없었다.

　나중에 들은 얘기에 따르면 고지는 그곳에서 꼬박 이틀 동안 계속 잠만 잤던 모양이다.

　눈을 떴을 때, 누군가의 무릎을 베고 누워 있었다.

　비쩍 마르고 앙상한 허벅지라 엄마가 아니라는 걸 금방 알 수 있었다.

　눈앞에 찐 고구마가 보였다.

　가느다란 작은 고구마였지만 고소한 고구마 냄새가 풍겼다.

　고지는 자기도 모르게 입을 벌렸다.

　"앗, 미짱, 이것 봐!"

　그때 소년의 웃음소리가 들렸다. 자기에게 무릎베개를

내어준 아이 같았다.

……봐봐, 이 녀석이 눈을 뜨기도 전에 입부터 벌렸어.

퍽이나 우스웠는지 뼈만 남은 앙상한 허벅지가 크게 흔들렸다.

고지는 입안에 넣어준 고구마를 허겁지겁 씹어 먹었다.

고구마는 눈 깜짝할 새에 사라져버렸지만 고지는 그 달콤한 뒷맛의 여운이 가실 때까지 침을 모아 몇 번이나 삼키고 또 삼켰다.

무거운 몸을 일으키자 얼굴 두 개가 보였다.

나중에 알게 됐는데, 무릎베개를 해준 아이가 고지와 동갑인 게로라는 소년이었고, 그 옆에 있던 아이는 조금 나이가 위인 미짱이라는 소녀였다.

두 아이는 이미 몇 주 전부터 우에노역에서 살고 있다고 했다.

날이 밝으면 역무원한테 쫓겨나지 않게 몸을 숨겼다가 암시장이 열리면 둘이 구걸하러 다니는데, 아무것도 못 얻은 날에는 미짱이 망을 보는 동안 게로가 고구마를 훔친다고 했다.

두 아이 다 어쩌다 여기 왔는지, 왜 이런 생활을 하는지, 부모나 형제는 어떻게 됐는지, 예전에 살았던 집은 어떻게 됐는지…… 그런 이야기는 한 번도 입 밖에 꺼내지 않았다.

그 대신 암시장의 어느 아저씨 가게가 훔치기 쉽다느니, 저녁 늦은 시간이 되면 손님이 먹다 남긴 잔반 스튜를 얻을 수 있는 곳이 있다느니 하는 얘기만 고지에게 알려주었다.

눈 깜짝할 사이에 한 주, 또 한 주가 흘렀다.

두 아이와 친구가 되었느냐고 한다면 꼭 그렇다고 할 순 없었다.

쏜살같이 지나가는 하루하루를 보내면서 매일 눈에 들어온 광경은 남은 힘마저 고갈되어 함석판에 실려 나가는 또래 아이들의 시체였다.

날이 밝으면 매정하고 무자비한 역무원들을 피해 몸을 숨기고 한 줌도 안 되는 그날 양식을 구하기 위해 이리저리 정신없이 뛰어다녀야 했다.

간단히 말해 서로 친구가 될 여유조차 없었던 셈이다.

운 좋게 음식이 얻어걸린 날에는 하루가 순식간에 지나갔다.

반대로 하염없이 주린 배를 움켜잡고 버텨야 할 때면, 마치 역의 시계가 그대로 멈춰버린 것 같았다.

그런 날 밤에는 그저 조용히 곯은 배를 부여잡고 차디찬 역 바닥에서 잠이 들곤 했다.

배가 너무 고파서 꿈에서도 음식만 보였다.

또 똑같은 꿈을 꿀까 두려웠던 고지는 옆에 누워 있는 게로와 미짱에게 말을 건넸다.

"난 군인이 되는 게 꿈이야" 하고 고지가 말했다.

"내 꿈은 소설가야" 하고 게로가 말했다.

고지는 아직 소설을 읽어본 적조차 없었다.

게로는 고지에게 자신이 읽은 소년 취향의 탐정소설이나 모험소설 얘기를 들려주었다. 때로 직접 지은 것도 있었다.

고지는 게로가 들려주는 이야기가 좋았다. 이야기를 듣는 동안만큼은 신기하게도 배고픔을 잊을 수 있었다.

그중에서도 고지가 재미있어서 몇 번이나 들려달라고 졸랐던 것이 '지하인과 탱크 부대'라는 이야기였다.

거기에 나오는 용감한 모험 얘기를 들으면 가슴이 두근두근 설렜다.

다음 장면에서는 등장인물들이 또 뭘 발견할까 기대하며 마음을 졸였고, 심장도 쿵쾅쿵쾅 뛰었다.

미짱은 그런 고지와 게로를 어린애 취급하며 웃었다.

"지하인 같은 게 있을 리가 없잖아."

"방금 그 미인은 어제 동굴에서 죽지 않았나? 얘기가 완전 엉망진창이네."

"아휴, 얘, 지하인이 어떻게 글을 읽고 쓸 줄 아니?"

미짱은 게로 이야기에 꼬치꼬치 시비를 걸며 훼방을 놓았다.

미짱이 초를 치는 타이밍은 무척 절묘해서 고지는 물론이고 이야기를 들려주는 게로까지 큰 소리로 웃어대곤 했다.

그들은 매일 어스름한 우에노역 안에서 잤다. 먼지와 쥐똥과 소변 냄새가 코를 찔렀다.

계절은 겨울로 바뀌었고 콘크리트 바닥에는 달랑 얇은 담요 한 장뿐이었다. 웃지라도 않으면 오들오들 떨리는 몸이 얼어버릴 만큼 혹독한 추위였다.

세 아이 주위에는 발 디딜 틈도 없을 정도로 많은 부랑아들이 뒤엉켜서 잠들었다. 너 나 할 것 없이 옆에 잠든 누군가의 몸에서 온기를 찾으려 했다.

즐겁게 깔깔대는 세 아이의 웃음소리를 시끄럽다고 나무라는 사람은 아무도 없었다.

세 아이에게 엄마를 찾는 다른 아이의 울음소리나 배가 아파 앓는 신음이 들리지 않듯이, 다른 아이들 또한 같은 공간에 있다 해도 세 아이의 웃음소리 따윈 들리지 않았으리라.

종전을 맞은 해의 여름이 지나자 끔찍하게 추운 겨울

이 왔고, 다시 여름이 찾아왔다.

그 여름이 가고, 또다시 지독하게 추운 겨울을 견뎌냈다.

고지와 두 아이는 여전히 우에노역에서 살아갔다. 아니, 아직 우에노역에서 죽지 않았다.

역에 사는 부랑아들의 소행이 사회문제로 떠오르고 일제 검거라 불리는 부랑아 소탕 작전이 시작된 것은 바로 그 무렵부터였다.

이미 그때는 고지도 게로도 미짱도 남 못지않은 비렁뱅이가 되었고, 소매치기도 제법 할 줄 알게 되어 어엿한 역의 부랑아였다.

그리고 아이의 눈으로도 역 밖에서는 차츰 새로운 시대가 시작되고 있다는 걸 알 수 있었다.

몸뻬가 아닌 기모노를 입은 여자들이 늘어났고(1940년대 일본 정부는 여성의 표준 노동복으로 강권해온 몸뻬를 전시 상황에서 입도록 법적으로 강제했다) 짐수레가 아닌 트럭이 먼지를 일으키며 지나다녔다.

변하지 않은 것은 역에 사는 아이들뿐이었다.

머릿속에는 여전히 그날 끼니로 때울 고구마 생각만 가득했다.

이 무렵, 지금까지는 도둑질을 눈감아주던 암시장 어른들의 태도가 가장 먼저 바뀌기 시작했다.

가게 주인은 물건을 훔치다 걸린 고지와 게로를 일어서지도 못할 만큼 목검으로 사정없이 두드려 팼다.

게로는 그때 당한 폭행으로 오른쪽 다리가 허벅지부터 휘어지는 바람에 지팡이 없이는 걸을 수 없는 몸이 되었다.

고지와 미짱이 게로의 몫까지 일해야 했다.

그러던 어느 날 고지는 심한 복통을 앓았다. 고열과 식은땀, 오한과 구토로 몇 번이나 정신을 잃었다.

어쩌다 정신이 번쩍 들면, 게로가 고통에 신음하는 고지의 곁을 지키며 배와 등을 문질러주고 있었다.

아마 고지가 정신을 잃은 동안에도 계속 그랬겠지.

너무 아파서 울기만 할 때도 계속.

마음이 따뜻한 아이였다. 게로는 정말로 마음이 따뜻한 아이였다.

며칠 후에 복통은 다행히 가라앉았지만 체력은 좀처럼 회복되지 않았다.

그래도 몸을 일으켜 평소처럼 미짱과 둘이 잔반을 얻으러 나가려고 하자, 그날은 웬일인지 미짱이 고지를 막아섰다.

"따라오지 마!"

표정이 몹시 험악했다. 그리고 어딘가 슬퍼 보였다.

"넌 조금 더 쉬어도 돼."

혼자 나가버린 미짱이 걱정되었던 고지는 미짱의 뒤를 따라갔다.

미짱이 향한 곳은 언제나 여자들이 서성거리는 길목이었다.

그곳 여자들이 남자를 상대로 뭘 하는지, 사실 고지는 그때까지는 잘 몰랐다.

그런데도 열 살인 고지는 자기 나름대로 미짱을 지금보다 훨씬 더 비참하게 만드는 일이라는 것만은 짐작할 수 있었다.

고지의 눈앞에서 미짱의 앙상한 팔을 끌고 간 사람은 젊은 퇴역 군인이었다.

그 군인은 자기야말로 이도 누렇고 꾀죄죄한 누더기를 걸친 주제에 미짱에게 이렇게 물었다.

"야, 너 목욕은 언제 했어?"

두 사람이 질퍽거리는 골목길 안쪽으로 사라지려는 순간 미짱이 뒤를 돌아보았다.

고지는 허둥지둥 몸을 숨기려 했지만 한발 늦었다.

이미 2년 가까이 역에서 함께 살아왔다.

더 이상 눈물조차 안 날 정도로 힘겹고 고통스러운 나날이었다.

미짱의 미소는 늘 생활의 버팀목이었다.

하지만 그날 봤던 미짱의 얼굴, 남자에게 끌려가며 잔뜩 겁에 질린 얼굴만이 그 후 고지의 기억 안쪽에 깊이 새겨지고 말았다.

미짱이 거리에 서성이는 여자가 된 후로도 역에서 생활하는 세 아이의 삶은 이어졌다.

셋이 나란히 누워 자며 많은 얘기를 나누었다.

얘기라도 하지 않으면 쓸쓸해서 견딜 수가 없었을 것이다.

일제 검거의 공포와 앞날에 대한 불안 속에서 그나마 아이들에게 위안이 된 것은 밤마다 게로가 들려주는 모험소설이었다.

고지는 그 이야기에 푹 빠져들었다.

미짱은 언제나 이야기의 허점이나 모순이 재밌다는 듯 웃으며 훼방을 놓곤 했다.

그럼 어젯밤에 하던 얘기를 계속할게.

어디까지 말했지?

아, 맞다. 이집트 왕비가 찼던 보석이 어딘가에 숨겨져 있다는 대목이었지.

그건 엄청나게 큰 보석이었어. 왕비가 죽었을 때 같이

매장했는데, 그걸 도굴꾼들이 파헤쳐서 팔아버렸고, 그 보석이 세상을 이리저리 떠돌다 어느 부자의 손에 들어간 거야.

그 부자가 보석을 어느 섬의 땅속에 숨겼대.

그때 숨긴 장소는 지도로 그려서 남겼고.

"그래그래, 거기까지는 다 들었어. 그런데 그 지도를 못 찾는 거잖아."

고지가 재촉했다.

"아니야, 지도를 못 찾는 게 아니라, 부자가 사라져버렸다니까."

……부자가 고희연 다음 날 아침에 저택에서 감쪽같이 모습을 감춰버린 거야.

"부자가? 왜?"

아, 글쎄, 지금부터 그 얘길 하겠다니까.

일가의 가족들이 사라진 부자를 찾아다녀. 축하 파티에 초대된 과학자들이랑 함께.

이쯤 되자,

"아하, 또다시 과학자가 나왔다는 건……."

하며 미짱이 훼방을 놓지만, 다음 얘기가 궁금한 고지가 손으로 미짱의 입을 틀어막는다.

"됐지? 그럼 얘기 계속한다."

게로가 다시 얘기를 시작한다는 말에 고지는,

"응, 계속해."

하며 몸을 일으킨다.

"고희연 다음 날 아침에 부자가 감쪽같이 사라져."

……넓은 저택 어디에도 없고, 저택 밖으로 나간 흔적도 없어.

그런데 부자의 방에서 유언장이 발견된 거야.

유언장에는 이렇게 쓰여 있었어.

내 유언장은 어젯밤의 내가 가지고 있다.

어젯밤의 나?

가족들은 필사적으로 생각해봤지.

지난밤에는 기생들을 불러서 성대한 고희연을 열었거든.

그때 가족 중 한 사람이 불현듯 알아차려.

어젯밤에 웬일로 술에 취한 부자가 바이올린을 연주했던 걸.

그리고 연주한 곡이 바흐의 무반주곡이었다는 걸.

모두 부리나케 부자의 방으로 달려가. 책장을 찾아보니 그 곡의 악보가 나왔지.

그 악보 속에서 두 번째 유언장이 발견됐고.

"두 번째 유언장?"

고지는 엉겁결에 흥분해서 되물었다.

"응, 두 번째 유언장이 있었던 거야."

……그리고 거기에는 이렇게 쓰여 있었어.

이집트의 보석은 이 지도에 써둔 장소에 있다.

그런데 그게 지하로 연결되는 지도였던 거지.

"아하, 역시나!"

그쯤에서 미짱이 어이가 없다는 듯 소리를 높였다.

……거봐, 이번에도 또 지하인이잖아.

이제 또 몇만 년이나 땅속에서 살아온 지능 높은 지하인이 등장하시겠지?

그다음 얘기가 더욱 궁금해진 고지가 웃음을 터뜨리는 미짱의 입을 틀어막고,

"그래서?"

라며 게로를 재촉했다.

이상하게도 종전 후 시간이 흐르고 세상이 안정을 되찾을수록 역 아이들에게 마음을 써주는 어른들도 줄어갔지.

본래는 세상에 여유가 생길수록 불행한 아이들을 향한 연민도 커지게 마련인데, 현실이란 다르게 굴러가는 것인지 역 아이들을 멸시하듯 바라보는 시선은 점점 더 가혹해지더군.

길을 오가는 어른들뿐만이 아니야.

국가에서도 그런 역 아이들에게 주먹밥 하나 나눠주지 않았어.

어른들은 그저 역에서 사는 아이들을 빤히 쳐다만 볼 뿐 절대 가까이 다가오지 않았지.

그러다 눈이라도 마주치면 마치 무슨 전염병이라도 옮는다는 듯이 황급히 시선을 피해버렸어.

그러던 어느 날이었어.

두 번째 여름이 찾아오고, 역 안에 온갖 악취가 진동할 무렵이었지.

나들이옷을 차려입은 엄마의 손을 잡고 가던 소년이 역 아이들을 뚫어져라 쳐다보더군.

빤히 쳐다보는 눈길쯤은 이미 익숙해졌는데도 왠지 그 소년의 노골적인 동정의 시선이 그날따라 몹시 고통스러웠어.

소년은 새로 장만한 여름 교복을 입고 있었지.

세상 신기하다는 듯 뚫어져라 역 아이들을 쳐다보는 아이를 엄마가 황급히 잡아끌며 데리고 가더군. 마치 들개에게서 자기 아이를 지켜내듯 말이야.

그 모습을 게로는 무표정하게 줄곧 바라보고 있었어.

"학교 행사 마치고 돌아가는 길일까?"

나는 망연히 중얼거렸어.

갓 장만한 소년의 새 교복이 눈부셨거든.

그러나 게로는 대답하지 않더군.

그 무렵 게로는 울적해질 때가 많았지.

"게로?"

대답하지 않는 게로에게 말을 건네봤어.

"아까 그 애 교복, 멋졌지?"라고.

그러자 게로가 "응" 하고 고개를 살짝 끄덕이더니, 아무 말도 없이 역 계단을 올라갔어.

그때 지팡이를 짚으며 우리가 사는 역으로 향하는 계단을 올라가던 그 뒷모습을 지금도 생생히 기억해.

게로는 고작 열 살이었어.

어른이 되면 소설가가 돼서 모험소설을 쓰는 게 꿈이었지. 그리고 게로라면 분명 그 꿈을 이룰 수 있었을 거야.

다음 날 아침, 게로는 잠든 듯이 죽어 있었어. 전날 밤까지도 냉동 인간이 나오는 이야기를 우리한테 들려줬지.

전쟁을 시작한 건 어른들이야. 그런데 꿈에서 깨어나지 못한 사람은 게로였어.

게로를 죽인 건 누구지?

다정한 아이였어.

게로는…… 그 애는 말이야, 정말 박식하고 아는 게 많았지. 게로는 얼마나 많은 가능성을 품고 있었을까? 꿈은 또 얼마나 많았을까?

정말 다정한 아이였어.

시간이 얼마쯤 흘렀을까.

동굴 안에서 시작된 우메다 옹의 이야기를 모두 조용히 귀 기울여 들었다.

동굴 구멍으로 햇빛이 살짝 비쳐 들었다.

그토록 사납던 태풍도 어느새 구주쿠시마섬을 통과해서, 어쩌면 잠시나마 맑은 하늘이 드러난 순간이었을지도 모른다.

정말 다정한 아이였어.

그 말을 한 뒤로 우메다 옹은 뚫어져라 허공의 어느 한 점을 응시할 뿐이었다.

모두가 둘러앉은 테이블 위의 한 지점이었지만, 마치 그곳에 당시 우에노역의 광경이 선연히 비친다는 듯한 눈길이었다.

"내가 일제 검거를 맞닥뜨린 건 게로가 죽은 다음 날이었지."

긴 침묵 후에 우메다 옹이 다시 천천히 입을 열었.

……야습(夜襲)을 당했지.

모두 잠든 틈을 노려서 한꺼번에 잡아들이려 한 거야.

그때 난 왠지 이상한 예감이 들어서 잠에서 깼어. 잠든 미짱을 깨운 다음, 평소에 둘이 드나들었던 환풍구로 숨으려고 했지.

그런데 간발의 차이로 들켜버렸어.

미짱만은 간신히 환풍구 속으로 밀어 넣었지.

여기서 나까지 들어가면 나뿐만 아니라 미짱까지 끌려갈 게 분명했어.

만약 그 시절 미짱이 없었다면 나도 게로도 그런 데서 절대 살아남지 못했을 거야.

미짱은 우리보다 조금 덜 어렸을 뿐이었지만 나와 게로에게 누나이자 엄마 같은 존재나 다름없었지.

늘 미짱을 사이에 두고 셋이 나란히 누워서 잠에 들었어.

무서워서 잠들지 못할 때면 미짱이 늘 잠들 때까지 나와 게로의 머리를 쓰다듬어줬어.

그런 미짱의 손을 잡고 있는 동안만큼은 정말로 마음이 놓였지. 손은 몹시 차가웠지만, 그제서야 깊이 잠들 수 있었어.

그대로 잠들어서 내일 아침이 되면 이런 비참한 생활은 모두 꿈이고 살아 계신 부모님이 날 데리러 와주지 않을까 하는 상상까지 했지.

그래서 매일 밤 힘껏 잡았어.

차갑고 작은 미짱의 손이 이대로 부러지는 게 아닐까

싶을 정도로 게로랑 나는 그 손을 힘껏 쥐었을 거야.

그러면 미짱도 언제나 우리의 손을 더 꽉 잡아줬지.

미짱은 그런 아이였어.

야습을 당한 날 내가 미짱을 환풍구 안으로 밀어 넣었을 때가 우리의 마지막 순간이었지.

미짱은 나를 환풍구 안으로 끌어당기려고 팔을 뻗었어. 하지만 내가 그 손을 잡으면 경찰에게 들키고 말아. 그래서 난 말이야, 오히려 경찰 쪽으로 뛰어갔어. 마치 막다른 궁지에 몰린 쥐처럼 잔뜩 겁에 질린 얼굴로.

경찰은 만족스러운 것 같더군. 그런 내 머리를 수도 없이 몇 번이나, 이젠 저항도 하지 않는 내 머리를 계속 주먹으로 있는 힘껏 내리쳤지.

목덜미를 잡힌 채 연행되어 가면서도 난 뒤를 돌아보고 싶었어. 그렇지만 죽을힘을 다해 참아냈지.

알았던 거야.

지금까지 신세를 졌던 미짱에게, 정말 좋아했던 미짱에게 고마운 마음을 이렇게 전할 수밖에 없다는 걸.

그렇게 나는 미짱과 생이별했지.

이젠 다들 알아챘겠지.

그래, 그 미짱이 바로 후지타니 우타코 씨야.

17

 조금 전에 잠깐 갰던 하늘은 비구름의 장난이었던 모양이다.

 동굴로 비쳐 들던 햇살은 사라지고 또다시 폭포 소리에 뒤섞여 빗소리가 들려왔다.

 우메다 옹의 말대로, 모두 이야기를 듣는 동안 미짱의 정체를 알아차리고 있었다.

 그러나 우메다 옹이 자기 입으로 그 사실을 직접 밝혔을 때는 침묵할 수밖에 없었다.

 그 침묵을 깨뜨린 사람은 사카마키였다.

 "우메다 어르신의 이야기를 듣는 동안 가슴이 미어지는 심정이었습니다."

 네, 물론······.

 전쟁이 끝난 후에 딱한 처지에 놓인 고아들이 역에 아주 많았다는 사실은 알고 있었습니다.

그런데 알고 있었다는 말은 결국 그때 역 아이들을 빤히 바라보기만 했던 그 당시 어른들과 하나도 다를 게 없다는 뜻이겠죠.

사카마키의 말에 우메다 옹이 지그시 미소를 지었다.

"그렇지만 우메다 어르신."

……저는 어르신께 꼭 물어야 할 것이 있습니다.

사카마키가 단호하게 말했다.

여기 있는 사람 대부분은 당신의 가족분들입니다.

당신의 불행한 과거 속에 감춰진 진실을 알고 싶지 않을지도 모릅니다.

그렇기에 더더욱 제가 여기에 불려 왔다고 생각합니다.

그러니 제가 여러분을 대신해서 당신께 묻겠습니다.

결심을 굳힌 사카마키를 재촉하듯 우메다 옹이 살며시 고개를 끄덕였다.

"45년 전 여름, 다마 뉴타운에서 살던 후지타니 우타코라는 여자가 돌연 실종되었습니다."

……우리 경찰 조사에서는 그 실종이 본인의 의사라고 보긴 어렵다는 판단을 했습니다.

어떤 사람이 갑자기 그녀를, 뉴타운 단지에서 슈퍼마켓으로 향하는 도중에 납치했다고 추정할 수밖에 없었죠.

그렇다면 역시 당신이 그 여자의 실종과 관계가 있다

고 볼 수밖에 없군요.

그런데 전 아직 그 동기조차 짐작이 안 됩니다.

어쩌면 당신이 힌트로 우리에게 남긴 세 편의 옛 영화처럼 후지타니 우타코 씨가 사회적으로 성공한 당신을 협박했을지도 모릅니다.

아니, 영화와 똑같다면, 그녀는 단지 당신의 성공을 축하해주고 싶어서 당신에게 다가왔을지도 모릅니다.

하지만 그녀는 당신이 우메다 소고가 아니라 스나다 고지라는 사실을 유일하게 알고 있는 존재입니다.

그렇다면 어떤 이유에서든 그녀의 출현이 당신에게는 달갑지 않았을 테죠.

그날 당신은 후지타니 우타코 씨를 납치했어요. 그리고 그 여자를 죽였죠.

사카마키의 목소리에 차츰 힘이 들어갔다.

마치 이야기를 풀어갈수록 예리하고 용감했던 45년 전의 모습으로 돌아가는 듯했다.

그 자리에 있던 모두는 진실을 알고 싶었다.

아무리 끔찍한 진실이더라도 한시라도 빨리 우메다 옹 본인의 입으로 말해주길 바랐다.

"사카마키 경위님, 사실 내가 미짱과…… 아니, 후지타니 우타코 씨와 재회한 시기는 그 실종 사건이 벌어지기 5년 전이었습니다."

우메다 옹의 입에서 뜻밖의 말이 흘러나왔다.

"5년 전이라고요?"

사카마키의 목소리가 흥분되었다.

"네."

우메다 옹이 조용히 끄덕이고는 모두를 향해 말했다.

당시 사카마키 경위님과 경찰에서는 그녀가 실종되기 몇 개월 전부터 나와 만났다고 가정했지만…….

그것부터가 큰 오해였던 거지.

실제로는 그 실종 사건이 일어나기 5년 전 여름, 나와 후지타니 우타코 씨, 아니, 미짱은 우연히 재회했으니까.

그해 여름, 우메다 옹은 신문에서 한 기사를 읽었다고 한다.

그것은 우에노역에서 죽음을 맞은 전쟁고아들의 위령비를 우에노의 어떤 절에 세운다는 기사였다.

그 소식을 접한 우메다 옹은 당장 도쿄로 상경해서 우에노의 그 절을 찾아갔다.

왜냐하면 우연히도 그날은 게로의 기일이었기 때문이다.

그리고 기적이 일어났다.

위령비 앞에 꽃을 올리는 여성이 있었다.

이미 세월이 꽤 흘렀지만 옆얼굴을 보자마자 미짱이라는 걸 알 수 있었다.

우메다 옹은 무너지듯 그 자리에 주저앉았다고 한다.

"난 미짱의 존재를 한 번도 잊은 적이 없어."

……일제 검거에 붙잡혀서 인사조차 못하고 이별한 후로 한순간도 잊은 적이 없었지.

지금 생각해보면 첫사랑이었던 거야. 첫사랑이자 생명의 은인이고, 누구보다 사랑한 사람이었지.

독립해서 시작한 슈퍼마켓이 어느 정도 궤도에 올라 생활에 조금 여유가 생겼을 때 내가 가장 먼저 한 일이 미짱을 찾는 거였으니 말이야.

그녀를 찾아달라고 의뢰한 탐정이 몇 명이었는지…….

하지만 단서가 없었어.

땋은 머리 미짱.

그렇게 불렸던 우에노역 고아를 이제 와서 찾아달라는 의뢰가 얼마나 무모한 것인지, 뼈저리게 깨닫게 될 뿐이었지.

그래도 나는 단 하루도 그녀를 잊은 적이 없었다네.

우메다 옹이 주저앉는 순간 위령비 앞에서 두 손을 모

으고 있던 여성과 눈이 마주쳤다.

그 순간 시간이 화살처럼 거슬러 올라갔다. 두 사람에게 그때의 기억이 순식간에 되살아난 듯했다.

기억 속에서는 게로가 웃고 있었다. 역 근처 암시장을 이리저리 뛰어다니는 세 사람이 있었다.

위령비 앞을 벗어나 천천히 다가오는 미짱도 그 자리에 주저앉은 사람이 누구인지 바로 알아봤다고 한다.

두 사람은 아무 말도 없이 그저 서로의 손을 한참 동안 부여잡고 서 있었다.

미짱은 우메다 옹의 활약상을 신문이나 잡지를 통해 이미 알고 있었던 모양이다.

이름은 달라졌지만 얼굴에 어릴 적 모습이 남아 있었고, 다른 무엇보다 시대의 총아가 인터뷰에서 말한 내용 속에 그 힌트가 산더미처럼 쌓여 있었기 때문이다.

"어릴 적에는 지하인이 나오는 모험소설에 푹 빠져 살았습니다."

"바흐의 무반주곡을 좋아합니다. 독주인데도 마치 세 사람이 연주하는 것 같잖아요."

그렇다. 우메다 옹은 오래전 우에노역 한귀퉁이에서 게로에게 들었던 여러 지식을, 마치 게로를 추모하듯 인터뷰에서 언급하곤 했다.

두 사람은 기적적인 재회를 기뻐했다.

그런데 함께 밥이라도 먹자는 우메다 옹의 요청을 미짱은 거절했다.

우리 둘은 이미 다른 세상을 살아가고 있다.

그 무렵의 추억은 물론 그립다. 그러나 그리워하면 할수록 괴로워서 견딜 수가 없다고 그녀는 말했다.

두 사람은 그 자리에서 헤어졌다고 한다.

그러나 우메다 옹은 그대로 영영 헤어지기는 너무 아쉬워서 한 가지 약속을 받아냈다.

해마다 게로의 기일에 여기에서 만나자는 약속이었다.

그녀는 그 약속을 지켜주었다.

그 이듬해, 그리고 그다음 해에도 그녀는 게로의 기일에 꽃을 들고 위령비를 찾아왔다.

미짱과 늘 그 위령비 옆에서 긴긴 이야기를 나눴다.

게로의 기일은 한여름이지만 다행히 시원한 날도 많았다.

마치 게로가 하늘에서 바람을 보내주는 것 같다며 둘이서 여름 하늘을 올려다봤다.

날이 저물 때까지 이런저런 얘기를 나누었다.

다만 두 사람의 입에서 나오는 이야기는 우에노역에서 살았던 당시, 그것도 괴로웠던 날들이 아닌 셋이 함께 웃었던 순간의 추억뿐이었고, 결코 현재 자신의 얘기를 꺼내는 일은 없었다.

"게로는 정말 박식했어."

미짱이 옛일을 그리워하듯 중얼거렸다.

"그때 게로가 가르쳐준 책이나 음악, 연극을 어른이 된 후에야 미친 듯이 읽고 듣고 보곤 했어."

"나도. 당시에 셰익스피어 같은 작가를 아는 아이는 게로뿐이지 않았을까?"

"미짱은 그런 얘기가 좋았던 모양인데, 난 역시 게로가 들려주는 모험소설이 제일 재미있었어."

"아아, 맞아. 밤마다 들었지."

"난 말이지, 그중에서도 지하인 나오는 얘기가 정말 재미있었거든."

우메다 옹, 아니 고지의 추억 이야기는 멈추지 않았다.

……지금 생각하면 지하인 얘기가 왜 그리도 재미있었는지 잘 모르겠지만, 어쩌면 지하인이 역 지하에 사는 우리의 친구처럼 느껴졌던 걸까.

특히 좋아했던 이야기들은 아직도 제목까지 다 기억나.

'지하인 왕국', '지하인과 탱크 부대', '지하 괴수와 냉동 인간'…….

우메다 옹의 이야기를 듣던 미짱은 마치 그 당시로 돌

아간 것처럼 장난을 쳤다.

"언제나 항상 지하인이랑 과학자가 등장하곤 했잖아."

이윽고 게로의 네 번째 기일이었다.

하필 비가 내렸지만, 미짱은 어김없이 위령비로 찾아왔다.

아무래도 밖에서 얘기를 나눌 수는 없는 날씨라 두 사람은 절 근처에 있는 커피숍으로 갔다.

장소가 바뀐 탓인지도 모른다. 1년에 한 번뿐이긴 하지만 이미 꽤 많은 얘기를 나눴기 때문인지도.

커피를 마시기 시작하자 미짱은 불쑥 여태 자신이 살아온 이야기를 꺼냈다.

목소리는 아주 작았다.

마치 우에노역을 떠나 지금까지 살아온 인생의 하루하루를 모두 부끄럽게 여긴다는 듯 조용히 이야기를 풀어놓았다.

그녀가 우에노역에서 살게 된 이유는 공습으로 인해 부모와 집을 모두 잃었기 때문이다.

공습이 끝난 후 지바에서 농사를 짓는 친척 집에 의지했으나 그 집 아들들에게 몹쓸 짓을 당했다.

그 집에는 숙모도 사촌 자매도 있었다. 그러나 아무도 그녀의 편을 들어주지 않았다.

친척 집에서 도망쳐 나와 간 곳이 우에노역이었다. 무서워서 역 안으로 못 들어간 채 쭈뼛거리고 있을 때, 말을 건네준 사람이 게로였다.

게로는 어른용 셔츠를 입으면 원피스처럼 보일 정도로 자그마한 체구의 사내아이였다.

그날 게로는 어딘가에서 주운 담배꽁초를 입에 물고 있었다.

역 계단에 쓰러진 고지를 발견한 것은 그로부터 한참이 지난 후였다.

그때부터 세 사람은 한시도 떨어지지 않고 꼭 붙어 다녔다.

차디찬 역 바닥에서 함께 배를 곯았고, 늘 셋이 도망쳐 다녔고, 셋이 웃었고, 셋이 나란히 누워서 잤다.

그리고 게로가 죽었다.

얼마 안 가 고지가 일제 검거에 붙잡히고 말았다.

미짱은 경찰에게 끌려가는 고지를 환풍구 안에서 하염없이 바라보았다고 한다. 그렇지만 자기는 아무것도 할 수가 없었다고…….

우에노역을 떠난 미짱은 밤거리를 서성이는 여자가 되었다.

또다시 여름이 오고, 겨울이 되었다.

거리에 서 있던 다른 여자들과 마찬가지로 그녀 또한 정신을 차려보니 어느새 그런 계통의 가게에서 몸을 파는 여자가 되어 있었다.

이상할 정도로 너무나 자연스럽게 인생이 그렇게 흘러갔다고 한다.

마치 태어날 때부터 정해진 운명을 올곧게 살아온 듯한 생각까지 들 정도였다.

그러나 손님이 없는 밤에 좁아터진 방에서 얼룩투성이 천장을 바라보고 있노라면 언제나 고지와 게로의 얼굴이 떠올랐던 모양이다.

만약 고지와 게로가 지금까지 함께 있었다면 분명 나에게도 다른 인생이 있을 거라는 생각을 하면서.

그녀가 유흥업소를 그만두고, 일본식 요릿집에서 일하게 된 후의 이야기는 사카마키가 모두에게 들려준 그대로였다.

그녀는 이불 도매상 직원인 후지타니 고타로라는 남자에게 청혼을 받아 가정을 꾸렸다.

이제는 드디어 행복해질 기회였다.

하지만 후지타니 고타로라는 남자는 그녀를 결코 행복하게 만들어주지 않았다.

술버릇이 고약해서 취하면 그녀의 과거를 들추며 욕설

을 퍼부었다.

다 알고 결혼하지 않았느냐며 그녀가 아무리 용서를 빌어도, 그러니까 그런 선택을 한 자기 자신에게 가장 화가 치민다면서 더 미쳐 날뛰었다고 한다.

때로 후지타니 고타로라는 사내는 음식을 입에 넣지 못하게 될 정도로 그녀의 얼굴을 사정없이 때렸다.

우메다 옹이 조용히 이야기를 마쳤다.

다시 비구름이 잠시 뜸해졌는지 동굴 안쪽으로 햇살이 들이비쳤다.

그 자리에 있던 모두는 후지타니 우타코가 보았던 지옥을 똑같이 보고 있는 듯했다.

얼마쯤 침묵이 흘렀을까.

결심한 듯 입을 연 사람은 가즈오였다.

"그럼, 아버지는 후지타니 우타코 씨라는 그 사람을 폭력을 휘두르는 남편에게서 구해주려고 한 거죠?"

······아니, 틀림없이 그랬을 거야.

그런데 뭔가 오해가 생기는 바람에 실종 사건이 된 거죠?

가즈오는 기도하듯 두 손을 모으고 있었다.

그런 가즈오를 바라보며 우메다 옹이 다시 천천히 입

을 열었다.

"그녀는 이미 시한부 선고를 받은 상황이었어."

……나에게 모든 걸 털어놨을 때는 이미 너무 늦은 때였지.

그녀가 눈물을 흘리더군.

그리고 빨리 죽고 싶다고 했지. 이런 인생은 빨리 끝내고 싶다고. 그러더니 이렇게 말했어. "고지 군, 당신뿐이야"라고. 게로나 나는 끝내 보지 못한 세상을 당신만은 볼 수 있었다고. 결국 게로와 나는 그 우에노역의 세상만 경험한 채로 끝났지만 당신은 분명 죽을힘을 다해 애썼을 테고, 그래서 그토록 어둡고 비참한 곳과는 전혀 다른 새로운 세상을 볼 수 있었을 거라고.

그리고 그것이 내게는 자랑이었어, 라고.

혹여 나 같은 인간의 인생에도 뭔가 가치가 있다면, 그런 당신과 아주 잠깐이나마 감사하는 마음을 주고받은 적이 있는 거라고.

나는 그녀의 이야기를 들으며 꺼이꺼이 소리 내어 울었네.

커피숍에 있는 다른 손님들의 시선 따윈 전혀 신경 쓰이지 않았어. 멸시하는 시선쯤은 이미 익숙했으니까. 그래서 참지 않고 울었지. 목 놓아 울었어.

그리고 그녀에게 이렇게 말했지.

아니야.

당신은 슬픈 인생을 살아야 할 사람이 아니야.

당신은 이렇게 인생을 끝낼 사람이 아니야. 당신은 나 같은 사람보다 훨씬 좋은, 훨씬 멋진 세상을 봐야 할 사람이야.

그녀는 흐느끼는 내 손을 꽉 잡아줬어.

우에노역에서 잠들지 못해 뒤척이던 밤에 내 손을 잡아줬을 때처럼.

그런데도 또다시 그 말을 되풀이하더군.

난 죽고 싶어.

인생을 하루빨리 끝내고 싶어. 이토록 고통스러운 인생의 마지막 순간만이라도 스스로 선택하고 싶어.

우메다 옹의 이야기에 깊이 빠져들었던 도갓타는 퍼뜩 제정신이 들었다.

주위를 둘러보니, 모두 감정이 북받친 얼굴로 우메다 옹의 이야기에 푹 빠져 있었다. 이미 다들 그 뒤에 일어난 일을 상상하고 있을 게 틀림없었다. 아아, 우메다 옹은 분명 그녀의 소원을 들어줬겠지…….

그것이 실종 사건의 진상이라고.

도갓타가 자리에서 천천히 일어섰다.

모두가 일어서는 도갓타를 쳐다보았다.

"우메다 어르신."

도갓타가 조용히 그를 불렀다.

……그렇다면 당신이 그 소원을 들어줬겠네요.

그것이 45년 전 '다마 뉴타운 주부 실종 사건'의 진상이군요.

18

 그것이 진상이군요.

 도갓타는 그렇게 말하고는 우메다 옹이 대답도 하기 전에,

 "그렇지만."

 하며 곧바로 말을 이었다.

 아니, 설령 그렇더라도…….

 저로서는 조금 의문이 생깁니다.

 그러니까 만약 우메다 어르신이 살날이 얼마 남지 않은 후지타니 우타코 씨의 소원을 들어주려고 했더라도 굳이 슈퍼마켓에 가는 길에 난데없이 납치할 필요는 없지 않습니까?

 안 그래요? 어떤 의미에서는 그녀도 합의했다는 뜻이지 않습니까?

 당신에게 생의 마지막 순간을 맡긴 겁니다.

그러면 제대로 준비해서 당신을 만나러 가면 됩니다.

아무리 남편 고타로가 몹쓸 남자라고 해도 아내를 감금한 건 아니니까요.

그렇게 생각해보면 말이죠.

저는 아무래도 45년 전의 그 실종 사건은 후지타니 우타코 씨와 합의로 이뤄졌다고 볼 수 없습니다.

그렇다면 당신이 마지막 소원을 들어주기 위해 그녀의 목숨을 빼앗았다는…… 아마도 지금 이 자리에 있는 모두가 상상하고 있을 법한, 그런 이야기는 성립하지 않게 되죠.

도갓타가 말을 마치자 모두의 시선이 우메다 옹에게 모아졌다.

우메다 본인의 입으로 직접 해명하지 않는다면 이미 떠오른 의혹은 가라앉지 않는다.

"하하하하!"

이제는 트레이드 마크와도 같은 우메다 옹의 폭소가 터진 것은 바로 그때였다.

그 웃음소리가 동굴 구석구석까지 울려퍼졌다.

……그대들에게 다른 얘기를 하나 더 들려줄 수밖에 없겠군.

"다른 얘기라는 말씀은?"

그렇게 물은 도갓타는 곧바로 "아!" 하며 알아챘다.

"'만 년을 사랑하다'라는 보석 얘기군요?"

"앗!"

그쯤에서 도요히로도 짐작이 갔는지 소리를 높였다. 우메다 옹이 그런 손자를 보며 어이없다는 듯 웃었다.

"너도 참 태평한 녀석이구나."

……너는 그것 때문에 여기 계신 도갓타 씨를 이 외딴섬까지 모셔 왔잖니.

"그, 그런데 대체 무슨 관계가 있죠?"

그거랑 이거랑.

아니, 그보다 정말 있긴 한가요?

그런 보석이?

"흠, 너무 서두르지 마라. 지금부터 다 얘기할 테니."

우메다 옹이 도요히로를 타일렀다.

……내가 경매 애호가였다는 건 너희도 잘 알지?

백화점 사업이 어느 정도 안정돼서 경제적으로 조금 여유로워졌을 무렵부터였지.

경매를 할 때면 마치 도박 같은 고양감이 느껴졌어. 갖고 싶은 물건을 경쟁해서 따냈을 때의 흥분, 반대로 놓쳐버렸을 때의 아쉬움이 고스란히 사업의 활력으로 이어졌지.

그 보석이 어느 불법 경매에 출품되었다는 소식을 들

은 건 미짱에게 여명이 얼마 남지 않았다는 이야기를 듣기 바로 전이었지.

물론 처음에는 그저 공상 속의 얘기였을 뿐이야.

그 보석을 경매에서 따낼 수만 있다면, 그리고 만약 그 기상천외한 물건을 그녀가 받아준다면……. 내 머릿속에는 온통 그런 생각뿐이었지.

"기상천외?"

무심코 이야기에 끼어든 사람은 도갓타였다.

설령 살날이 얼마 남지 않았다 해도 몇십 년이나 마음속에 품어온 사랑하는 여인에게 고가의 보석을 선물하는 것에 기상천외라는 표현은 어울리지 않는다.

"난 말이야, 다행히도 경매에 이겨서 그걸 손에 넣을 수 있었다네."

"네?"

여기저기서 놀란 소리가 흘러나왔다.

보석은 정말로 존재했던 것이다.

'만 년을 사랑하다'라는 이름을 가진 루비를 우메다 옹이 손에 넣은 것이다.

"사실은 이 안쪽에 방이 하나 더 있어."

그 순간 우메다 옹이 갑자기 자리에서 일어섰다.

……모두에게 보여주고 싶군.

혼자 동굴 안쪽으로 향하는 우메다 옹을 놓칠세라 도갓타 일행도 서둘러 자리에서 일어섰다.

바위를 뚫어 만든 듯한 좁은 통로를 빠져나가자 그 앞으로 자그마한 공간이 나타났다.

햇살이 들지는 않지만 조명이 설치되어 있어 방금 전 장소보다 밝았다.

우메다 옹을 따라서 맨 먼저 안으로 들어간 사람은 도요히로였다. 그런데 그는 동굴 입구에 서자 돌연 걸음을 멈췄다.

뭔가를 본 도요히로가 즉시 말문이 막혀 굳어버린 것이 뒷모습에서 고스란히 전해졌다.

그의 등을 떠밀며 우메다 가족들이 안으로 들어갔다.

"아악!"

곧이어 요코와 노노카가 비명을 질렀다.

반사적으로 도망치려던 노노카가 우뚝 서 있는 도요히로와 부딪쳤고, 거기에 가즈오와 요코까지 뒤엉키면서 네 사람은 한꺼번에 기겁하며 그 자리에 쓰러졌다.

도갓타는 사람들을 타 넘어 지나서 안으로 들어갔다.

눈앞에 나타난 광경을 이해하기까지는 시간이 좀 걸렸다.

도갓타는 뚫어져라 바라보았다.

동굴 암벽에 커다란 캡슐처럼 생긴 것이 박혀 있었다.

유리로 된 캡슐은 한눈에 봐도 과학 장치처럼 생긴 물건이었고, 다른 무엇보다 도갓타의 말문을 막히게 만든 것은 그 속에서 떠다니는 것의 정체였다.

유리 캡슐 속에서 하늘하늘 흔들리는 것은 다름 아닌 인간의 머리카락이었다. 여성의 긴 머리카락.

그 정체를 알아챈 순간 도갓타는 "아아……" 하고 신음을 흘리며 자기도 모르게 그 자리에 무릎을 꿇고 말았다.

액체가 가득 찬 캡슐 속에 한 여성이 마치 춤을 추듯 떠 있었던 것이다.

그 긴 머리칼은 투명한 액체 속에서 하늘거렸고 하얀 원피스 자락도 춤추듯 흔들렸다.

"아아……."

도갓타는 또다시 신음을 흘렸다.

그것 말고는 아무런 말도 나오지 않았다.

다른 사람들도 마찬가지였다.

기겁하며 그 자리에 주저앉아버린 사람. 옆 사람의 팔을 꽉 움켜쥔 채 옴짝달싹 못 하는 사람.

하나같이 정지된 것처럼 캡슐 속에서 춤추는 여성에게서 눈을 떼지 못했다.

"이, 이건……."

그런 와중에도 사카마키가 용감하게 캡슐 쪽으로 다가갔다.

"후지타니 우타코 씨예요."

우메다 옹이 나지막이 말했다.

그 순간 또다시 요코와 노노카가 "안 돼!" 하고 짧은 비명을 질렀다.

도갓타는 오싹해져 등줄기에 오한이 들었다.

45년 전에 사라졌고, 아마도 우메다 옹의 손에 살해되었을 거라 생각했던 여성이 백골로 변한 모습이 아닌 실종 당시 모습 그대로 모두의 앞에 나타난 것이다.

"이게 나의 '만 년을 사랑하다'야."

……아까 내가 말했던 불법 경매에서 따낸 장치지.

우메다 옹이 조용히 입을 열었다.

……난 예전부터 인체 냉동 보존에 관심이 많았어.

아니, 냉동 보존보다는 미래에 깨어날 수 있다는 것에 일종의 희망 같은 걸 품었던 거겠지.

빨리 죽고 싶다는 미짱의 소원을 듣는 동안 줄곧 이 장치가 떠올랐어.

그리고 그 시기에 우연히 받은 경매 안내가 마치 운명처럼 느껴졌고.

그녀에게 말을 꺼내봤지.

물론 이 장치에 관한 얘기는 아니야.

옛날에 우에노역의 차디찬 바닥에서 게로가 들려줬던 '지하 괴수와 냉동 인간'이라는 이야기를 기억하느냐고.

그녀는 기억하고 있더군.

그리고 웃으면서 이렇게 말했지.

그런 장치가 있다면 나도 한번 들어가보고 싶다고.

몇십 년쯤 후 게로의 소설에서처럼 내 병의 특효약이 만들어졌을 무렵에 깨어나서 완전히 달라진 세상을 보고 싶다고.

내가 경험한 것과는 다른 세상을 아주 잠깐이라도 좋으니 살아보고 싶다고.

분명 멋진 세상으로 변해 있을 거라고 그녀는 말했지.

분명 그런 멋진 세상에는 우리처럼 불행한 아이들은 없을 거라고.

역에 사는 아이들 같은 건 없는, 그런 평화로운 세상이 되어 있을 거라고.

나는 그녀의 말을 들으면서 연신 속으로 생각했지.

미짱,

당신은 절대 이런 인생을 살아야 할 사람이 아니야.

당신은 이렇게 허무하게 인생을 끝낼 사람이 아니야. 당신은 나 같은 사람보다 훨씬 더 멋진 세상을 봐야 할 사람이야.

이 장치를 경매에 내놓은 사람은 당시 소련에서 프랑스로 망명한 여성 과학자였어.

장치의 원리를 간단히 설명하면, 인체의 넓적다리 동맥에서 혈액을 추출하고 그 대신 부동액을 넣어서 혈액과 교체하는 거라네.

그러면 인체는 가사(假死) 상태가 돼.

그 인체를 액체질소에 담가서 영하 196도까지 급속 냉동해.

인체가 깨어나는 시기는 10년 후나 50년 후, 혹은 100년 후…….

적절한 의료가 발달한 시대에 되살아나는 것이 목적인, 이론적으로는 하자가 없는 장치지.

물론 당시에는 기상천외한 얘기였어.

그렇지만 지금은 이 장치와 완전히 똑같은 방법을 활용하는 민간 재단이 있지.

미국이나 유럽에서는 이미 많은 사람들이 미래에 희망을 걸고 가사 상태를 선택했어. 개중에는 유명한 농구 선수도 있다더군.

그렇긴 해도 내가 경매에서 장치를 따낼 당시만 해도 여전히 미심쩍은 물건이었지.

그래서 내 예상보다 훨씬 저렴한 금액으로 경매에서 따낼 수 있었어.

그리고 이 장치를 만든 망명 러시아인 과학자를 이 섬으로 초빙해서 설치를 부탁했지.

그쯤에서 도갓타 일행은 새삼 다시 캡슐 속 여성에게 시선을 돌렸다.

가사 상태라고는 하지만 뜨고 있는 눈이 이쪽을 또렷이 보고 있는 것 같았다.

"그, 그럼, 아버지는……."

……강제로 후지타니 우타코 씨를 이런 상태로 만든 겁니까! 그래서 무리하게 납치까지 한 거냐고요!

가즈오가 별안간 비통한 비명을 질렀다.

……그건 아버지의 이기적인 욕심에 불과해요.

인간의 생명을 하찮게 여기는 짓이라고요!

그 자리에 털썩 주저앉은 아들의 어깨에 우메다 옹이 울툭불툭한 손을 다정히 내려놓았다.

"그런 건 아니다, 가즈오."

우메다 옹의 손바닥이 가즈오의 어깨를 살며시 어루만졌다.

……그날 슈퍼마켓으로 가던 후지타니 우타코 씨, 아

니 미짱을 강제로 차에 태운 사람은 분명 나였어.

팔을 잡아끄는 사람이 나라는 걸 알고는 저항도 하지 않았지.

그리고 나는 그녀를 설득했다.

처음에는 저녁때까지만 집으로 귀가하면 아무 일도 없었던 걸로 할 수 있다고 말했지.

하지만 나는 그녀를 돌려보내지 않았어.

많은 얘기를 나눴다. 물론 이 장치와 냉동 보존 얘기도 했고.

그녀는 웃더군.

그런 무서운 일을 자신이 할 수 있을 리가 있겠냐고. 그런 용기는 없다고. 만약 그런 용기가 있었다면 인생을 이렇게 살아오지는 않았을 거라고.

차 안에서 꽤 오래 얘기를 나눈 후였지.

나는 무인도에 별장을 갖고 있다는 얘기를 꺼냈지. 그 옆에는 슈겐도 수련을 하는 섬도 있다고. 그리고 섬 이름도 가르쳐줬다네.

"별장이 있는 섬은 노라시마섬. 다른 한 섬은 유키시마 섬이라고 이름 붙였어."

……원래는 추억을 담아 특별하게 가타카나로 짓고 싶었지만 말이야.

그 얘기를 들은 순간 그녀의 몸에서 갑자기 힘이 쭉 빠지는 게 느껴졌지.

"노라와 유키라면, 혹시 그 노라와 유키?"

그렇게 묻는 그녀의 눈에 눈물이 글썽거렸어.

"그래, 그 노라와 유키야."

내가 대답했지.

미짱도 역시 기억하고 있었네.

그녀가 울먹이며 답하더군.

그걸 어떻게 잊을 수 있겠어.

고지와 나, 그리고 게로. 우리 셋을 그토록 잘 따랐던 고양이들을 내가 어떻게 잊을 수가 있겠어.

하품하는 노라를 보며 우리가 얼마나 위로를 받았는지.

햇볕 속에서 기분 좋게 기지개를 켜는 유키가 우리 마음을 얼마나 안심하게 해줬는지.

추워서 하염없이 몸이 떨리는 밤에 우리 이불 속으로 기어든 앙상한 노라와 유키의 몸이 얼마나 따뜻했는지.

내가 어떻게 그걸 잊을 수 있겠어.

그리고 그녀는 이렇게 말하더군.

"고지, 나 그 섬에 가보고 싶어."

그녀를 이 섬으로 데려온 후, 상당한 돈을 들여서 의사에게 진찰을 받았지.

온 세상에 그녀의 실종 사건이 화제가 된 바람에 뒷거래를 해야 했던지라 신용할 수 있는 의사를 찾기가 너무 힘들었어. 그래도 어렵게 발견한 의사 하나가 가족을 대하는 마음으로 그녀를 진찰해주더군.

그 의사도 역의 아이였어.

그의 말로는 이미 손을 쓸 수 없는 상태라고 하더군.

그녀가 살날은 길어봐야 6개월. 게다가 마지막 3개월은 거의 누워 지내다시피 할 거라고.

나는 다시 한번 그녀에게 말했지.

당신은 절대 이런 인생을 살아야 할 사람이 아니야.

당신은 이렇게 허무하게 인생을 끝낼 사람이 아니야. 당신은 나 같은 사람보다 훨씬 더 멋진 세상을 봐야 할 사람이야.

그러자 그녀가 이렇게 묻더군.

틀림없이 바뀌어 있겠지?

내가 눈을 뜰 세상에서는 우리와 같은 슬픔을 겪는 아이가 없겠지?

도갓타 일행은 그저 물끄러미 캡슐 속의 여성을 바라볼 뿐이었다.

45년 전, 그녀가 원했던 세상이 과연 지금 여기에 있을까?

어느 역의 차디찬 바닥에서 불안과 공포에 자그마한 몸을 떨고 있는 아이가 정말 없단 말인가.

바로 그때 가즈오의 어깨를 어루만지던 우메다 옹이 천천히 캡슐 쪽으로 다가갔다.

곧이어 캡슐에 손을 얹더니 마치 그녀의 뺨을 어루만지듯 유리를 쓰다듬었다.

"이제 결심했어."

우메다 옹이 마치 캡슐 속 여성에게 말을 건네듯 입을 열었다.

……안타깝지만 늦은 것 같아.

우리가 기대했던 날을 기다리기에는 내가 나이를 너무 먹었거든. 물론 당신을 이 상태 그대로 누군가에게 맡길 생각도 해봤지. 내 가족들이라면 틀림없이 기꺼이 맡아 줄 거라고 생각했으니까.

하지만 생각을 고쳤지.

내가 없는 세상에서 당신 혼자만 눈을 뜨면 너무 외로울 거라고. 우리는 이미 차고 넘치도록 외로운 경험을 했잖아.

그래서 난 결심했어.

미짱.

나는 오늘 이 자리에서 이 장치의 전원을 끄려고 해.

이별이야.

그렇게 말한 우메다 옹이 뒤를 돌아보았다.

"사카마키 경위님."

그를 부르는 우메다 옹의 목소리가 살짝 떨렸다.

……나는 후지타니 우타코 씨를 죽인 게 아니에요. 나는 그녀를 살리고 싶었어요.

그러니 사카마키 경위님에게 묻고 싶군요.

그럼 나의 죄는 뭘까요?

갑자기 질문을 받은 사카마키 경위는 할 말을 잃은 것처럼 보였다.

"살인죄에 반대되는 죄는 뭐라고 불러야 할까요?"

느닷없이 우메다 옹의 눈길이 도갓타에게 향했다.

……도갓타 씨, 당신이라면 이런 나의 죄를 뭐라고 하겠습니까?

도갓타는 마른침을 꿀꺽 삼켰다.

그는 지난 45년 동안 이 캡슐 앞에서 매일같이 망설이고 혼란스러워했을 게 틀림없다.

자신이 한 일이 과연 최선이었는가 생각하며.

모두의 뜨거운 시선이 느껴졌다.

"저라면……."

도갓타가 천천히 입을 열었다.

눈앞의 캡슐 속에는 결코 행복했다고 할 수 없는 인생을 살아온 한 여성이 마치 춤을 추듯 액체 속에 떠 있었다.

……저라면 당신이 저지른 죄에 이런 죄목을 붙이겠습니다.

도갓타가 말했다.

만 년…… 만 년을 사랑하다, 라고.

우메다 옹은 도갓타의 답변이 만족스러운 듯했다.

"그래요……."

우메다 옹은 나지막이 울먹이며 말했다.

자신이 저지른 일을 비로소 용서한 듯한 목소리였다.

우메다 옹이 다시 그녀를 바라보았다.

"원래는 마지막까지 나 혼자만의 비밀로 할 생각이었어."

……그런데 갑자기 미짱에게 가족들을 꼭 소개하고 싶어졌지.

우메다 옹이 여전히 놀라움을 금치 못하는 가족들에게 눈길을 돌렸다.

……미짱, 이 사람들이 내 가족이야.

가즈오는 사업 재능이 없어. 그래도 나와는 인연이 없었던 자선 활동에 누구보다 열정적으로 힘을 쏟는 아들이야.

요코는 말이지, 그런 가즈오에게 한 번도 불평한 적이 없는 사람이야. 오히려 늘 남편을 열심히 도왔어.

손자인 도요히로가 어떤 아이인지는 조금 전에도 봤겠지. 바다에 빠진 기요코 씨를 목숨을 걸고 구하러 가는 아이야.

노노카도 자랑스러운 아이지.

사업 재능 측면에서는 우리 집에서 나를 가장 많이 닮았을지도 몰라. 내가 없더라도 저 아이라면 틀림없이 우메다마루 백화점을 다시 일으켜 세울 거라고 믿어.

우메다 옹은 거기까지 말한 후 다시 캡슐 쪽으로 다가갔다.

곧이어,

"미짱, 이제 안녕."

그런 소리가 들린 것 같았다.

아니, 어쩌면 우메다 옹의 입술이 그렇게 움직였을 뿐인지도 모른다.

우메다 옹이 일말의 망설임도 없이 장치의 전원을 끈 것은 바로 그 순간이었다. 그와 동시에 나지막이 울리던 장치 소리가 뚝 끊겼다.

그러자 캡슐 속을 가득 채웠던 투명한 액체가 급격하

게 줄어들었다. 공중에서 춤을 추듯 흔들리던 여성의 머리카락이 떨어지며 액체 표면에 펼쳐졌다.

모두 이렇게 예상했다.

여성의 몸도 그대로 쓰러지듯 장치 바닥으로 떨어질 거라고. 그런데 액체가 줄어드는데도 여성의 몸은 그대로 선 채로 남아 있었다.

별안간 캡슐이 자동으로 열렸다.

모두 입을 떡 벌린 채 우두커니 바라볼 뿐이었다.

우메다 옹도 똑같이 눈을 휘둥그레 떴다. 그 자신도 예기치 못한 일인 듯했다.

그리고 다음 순간이었다.

도갓타 일행은 믿기지 않는 광경을 목격했다. 캡슐이 완전히 열리자 액체에 흠뻑 젖은 여성의 몸이 돌연 핑크빛을 뿜어냈다.

그 빛은 무심코 눈을 가리고 싶을 정도로 강렬하고 찬란했다.

모두를 더욱 기겁하게 만든 일이 곧이어 벌어졌는데, 핑크빛을 뿜어내던 여성이 천천히 캡슐 속에서 걸음을 내디딘 것이었다.

한 걸음, 또 한 걸음.

마치 누군가를 찾듯, 두 손을 앞으로 내밀며.

그리고 돌연 걸음을 멈춘 여성이 미소를 지었다.

틀림없는 미소였다.

"미, 미짱!"

우메다 옹이 그 자리에 털썩 주저앉았다.

여성은 여전히 미소를 머금고 있었다.

"미짱!"

……나야, 나! 고지야!

마치 소년 같은 우메다 옹의 목소리가 동굴에 울려퍼졌다.

'지하 괴수와 냉동 인간'이라는 게로의 이야기에서는 몇만 년이나 잠들었던 냉동 인간이 눈을 뜬 순간 주인공 과학자에게 이렇게 묻는다고 한다.

"난 얼마나 잤나요?"

그런 다음 이렇게 묻는다.

"모두 행복해졌나요?"

아마도 그때 우메다 옹의 머릿속에는 게로의 그 이야기가 떠올랐겠지.

미짱! 미짱!

마치 어린아이처럼 계속 목 놓아 불러대던 우메다 옹이 외쳤다.

"그래, 행복해졌어! 내게도 이렇게 멋진 가족이 생겼다고! 내 소중한 자랑이야!"

 마치 그 말을 기다렸다는 듯이 핑크빛을 띠던 여성의 몸에서 순식간에 빛이 사라졌다.

 빛이 사라진 순간이었다.

 빛을 잃은 그 가슴에서 뭔가가 반짝였다.

 가슴에 달린 커다란 루비였다.

 "앗!"

 도갓타가 엉겁결에 소리를 내지른 것과 동시에 빛이 사라진 여성의 몸이 순식간에 녹아버렸다. 서서히가 아니라 돌연 그 형체를 잃고 걸쭉한 액체로 변하더니 일행의 발치로 퍼져나갔다.

 모두 무심코 뒷걸음질을 치며 물러났다.

 액체는 금세 얕게 퍼지며 동굴 바위 틈새로 스며들었다.

 다들 어안이 벙벙한 상태였다. 그리고 그 자리에 유일히 남겨진, 휘황찬란하게 빛나는 루비를 바라볼 뿐이었다. 조금 전까지 빛을 뿜어내던 그녀의 몸이 루비로 바뀌어버린 것만 같았다.

 얼마쯤 그 자리에 우두커니 서 있었을까.

 방금 우리가 본 것은 무엇일까.

 모두 그런 생각을 할 여유조차 없었다.

문득 정신을 차려보니 흙탕물이 쏟아지는 폭포 소리만 요란했다.

꽤 시간이 흐른 뒤였다.

먼저 도갓타가 움직였다.

그는 모두가 바라만 보던 루비를 주워 들더니,

"진짜 있었군요."

하고 중얼거렸다.

손바닥에 묵직한 무게감이 느껴졌다. 보석은 역시나 섬뜩할 정도로 아름다웠다.

"그래, 그게 바로 진짜 '만 년을 사랑하다'야."

우메다 옹의 목소리가 들려왔다.

……미래의 어느 날, 새로운 세상에서 눈을 뜰 그녀에게 주고 싶었어.

그녀가 더 이상 고달프지 않게.

그녀가 더 이상 끔찍한 고통을 겪지 않게.

그녀가 더 이상 추위에 떨지 않게.

우리 같은 역 아이들이 더 이상 울지 않게.

에필로그

　도요히로가 오랜만에 도갓타의 사무실을 방문한 것은 노라시마섬에서 사건을 겪고 반년쯤 지난 후였다고 한다.
　도요히로는 사무실의 낡은 의자에 걸터앉자마자 다음과 같은 이야기를 시작했다고 한다.
　"역시 그 캡슐이 열린 순간부터 일어난 일련의 현상은 과학적으로는 설명할 방법이 없는 모양이에요."
　전문가에게 슬쩍 에둘러서 물어보고 다녔는데도 말이죠…….
　다만 인체의 냉동 보존 자체는 그리 드문 일은 아닌지, 할아버지 말처럼 실제로 미국이나 유럽에서는 이미 그런 서비스를 제공하는 민간 기업도 있대요.
　뭐, 살짝 컬트적인 분위기가 풍기지만요.
　도요히로는 거기까지 단숨에 말한 후에야,
　"아, 잘 마시겠습니다."

하며 그제야 알아챈 듯 도갓타가 내준 차를 입에 댔다.

도요히로가 말한 "캡슐이 열린 순간부터 일어난 일련의 현상"은 독자 여러분도 이미 잘 아실 것이다.

45년 동안이나 냉동 보존된 후지타니 우타코의 몸이 별안간 핑크빛을 내뿜는가 싶더니, 놀랍게도 곧장 캡슐에서 걸어 나와 그 자리에서 순식간에 녹아 사라진 예의 그 현상 말이다.

다만 그때 그녀가 미소를 지었다는 것에 대해서는 그 자리에 함께했던 사람들도 서로 의견이 갈린다.

적어도 도갓타의 눈에는 45년의 깊은 잠에서 깨어난 우타코가 미소를 지은 것처럼 보였다.

"그 후로 어떠세요? 규슈에서의 생활은?"

도갓타가 평소 즐겨 먹는 마들렌을 도요히로에게 건네주었다.

"아, 네. 덕분에 잘 지냅니다."

도요히로가 바로 마들렌을 입에 넣었다.

……교원자격증 재시험이 예상보다 순조롭게 풀린 덕분에 지금은 노라시마섬에서 조금 떨어진 외딴섬 초등학교에서 아이들과 함께 야산을 뛰어다녀요.

"그럼 미카미 씨도 가끔 만나시겠군요."

"가끔 정도가 아니라, 주말마다 노라시마섬에 가요."

나중에는 둘이 그 섬에 대안 학교를 지을 생각이에요. 아직은 먼 훗날 이야기지만······.

안타깝게도 오늘날 일본에서도 저마다의 이유로 교육의 기회를 얻지 못하는 아이들이 많아요.

그래서 어떻게든 도움이 되고 싶어서요. 그때가 되면 저희 부모님도 도쿄 생활을 접고 전면적으로 도와주겠다고 했어요.

"그렇군요. 으음, 처음 도요히로 씨를 만났을 때부터 생각했습니다만, 우메다 가문의 장남으로 태어나서 가업을 잇지 않는 선택을 하는 데는 나름대로 큰 용기가 필요했겠죠."

도갓타도 마들렌을 입에 넣었다.

단골로 다니는 가게에서 산 구움 과자인데 역시나 이번에도 여느 때와 다름없이 촉촉하고 달콤했다.

"저는 이번 사건을 경험한 후에 이 세상에서 가장 중요한 건 교육이라는 걸 더욱 절실히 실감했습니다."

······이 세상을 좋게 만드는 것도 나쁘게 만드는 것도 결국 다 교육에 달렸어요.

도갓타 씨도 제가 가르치는 아이들의 맑은 눈을 보면, 그게 무슨 뜻인지 바로 아실 겁니다.

도요히로의 이야기를 들을 때 도갓타의 뇌리에 떠오른

광경은 어스름한 우에노역에서 서로 기대고 의지하며 살아가는 고지와 게로와 미짱의 모습이었다.

"뭐, 우리 집에는 장남인 나 같은 녀석은 발뒤꿈치도 못 따라갈 만큼 우수한 여동생이 있으니까요."

도요히로가 노노카 이야기를 꺼내자 도갓타는 최근 인터넷에서 본 뉴스 기사를 인쇄한 종이를 테이블에 올려놓았다.

"노노카 씨의 능력이 매우 뛰어난 건 틀림없는 사실인 것 같더군요."

"어떻게 이런 기사까지 찾으셨어요."

기사를 손에 든 도요히로가 놀라워했다.

……재판은 꽤 장기전이 될 테지만 그럭저럭 순조롭게 풀릴 것 같습니다.

"그럴 것 같더군요."

도요히로의 말을 들은 도갓타도 동의한다는 듯이 고개를 끄덕였다.

동남아시아에서 새로운 활로를 찾기 위해 방콕을 중심으로 여러 도시에 '더 플럼'이라는 쇼핑몰을 세운다는 대규모 계획은 현재 합법적인 형태이긴 하지만 사업 파트너가 될 예정이었던 홍콩 투자회사에 가로채일 위기에 처해 있다.

노노카가 이끄는 우메다마루 백화점은 그 홍콩 투자회사를 상대로 조만간 소송을 제기할 예정이다.

현재 우메다마루 백화점이 경영에서 완전히 배제된 상황은 국제법상 이의를 제기할 방법이 전혀 없다. 그러나 노노카가 문제시하려는 것은 다음과 같은 계약 위반 관련 사항이다.

처음 계약을 맺을 당시 최우선 사항이었던 조건, 동남아시아 각국에 아동복지시설을 짓는 사업이 현재 경영에서는 완전히 백지상태로 멈춰버렸다는 것.

노노카는 그 점을 파고들려는 것이다. 아니, 반대로 말해 빈틈이 없는 상대측에는 그것 말고는 달리 허점이 없었다.

그래서 노노카가 주목한 곳이 태국 내에서 꾸준히 자선사업을 추진하는 왑(WAP)이라는 거대 통신 회사였다.

그 거대 통신 회사의 대표가 노노카의 제안을 받아들여주었다.

우메다마루 백화점과 하나가 되어 홍콩 투자회사가 실질적으로 경영하는 '더 플럼'에 TOB(주식 공개 매입)를 하겠다고 승낙한 것이다.

요컨대 왑과 우메다마루 백화점에서 새 회사를 설립해서 '더 플럼' 주식의 과반수를 사들이겠다는, 대단히 믿음

직스러운 계획이다.

물론 그러려면 막대한 자금이 필요하다.

솔직히 노노카가 이끄는 우메다마루 백화점 입장에서는 국내 자산을 모조리 거는 일대 승부인 셈이다.

그래도 잘만 풀리면 흐름은 크게 바뀐다.

그러자 동향을 알아챈 홍콩 투자회사가 곧바로 태도를 바꿨다.

그 정도로 왑의 자본이 절대적이었겠지.

노노카가 소송을 거는 걸 막을 순 없겠지만, 별도의 창구를 통해 우메다마루 백화점과 왑이 설립한 새 회사에 참여하고 싶다는 의사를 전해온 것이다.

"새 회사를 설립할 때는 우메다마루 백화점 이름이 전면에 드러나지 않아서 국내 보도는 거의 없었어요."

도요히로가 그렇게 말하며 도갓타가 뽑아 온 인터넷 기사를 테이블에 내려놓았다.

물론 기사에는 아무런 언급도 없었지만 우메다마루 백화점의 출자금 대부분은 그 보석을 매각한 돈일 것이다.

"그나저나 노노카 씨는 정말 대단한 사람이군요."

도갓타가 새삼 다시 감탄했다.

"노노카가 할아버지의 피를 제일 많이 이어받았겠죠."

……아 참, 피는 안 물려받았지.

도요히로가 해맑게 웃었다.

그 웃음소리만 들어도 그가 훌륭한 선생임을 알 수 있었다.

"아, 그건 그렇고, 그 얘기는 어떻게 됐죠?"

도요히로가 갑자기 화제를 바꿨다.

……할아버지가 도갓타 씨에게 의뢰한 건 말입니다.

"아, 네. 순조롭게 진행되고 있습니다."

도갓타가 의기양양하게 고개를 끄덕였다.

이야기는 반년 전으로 거슬러 올라간다.

노라시마섬에서 기묘한 체험을 하고 며칠이 지난 후였다. 우메다 옹이 직접 도갓타에게 연락해서 만나자고 청했다. 도갓타는 곧바로 노라시마섬으로 날아갔다.

그때 우메다 옹이 의뢰한 것은 다음과 같은 내용이었다.

"이번 일을 소설로 만들어줄 수 있을까요?"

우메다 옹은 도갓타를 맞아들이자마자 그런 얘기를 꺼냈다.

우메다 옹이 제시한 조건은 이랬다.

이번에 노라시마섬에서 있었던 일을 소설로 만들어서 후세에 남기고 싶다. 다만, 우메다 가문의 신원이 밝혀지는 것만은 피해야 한다.

요컨대 우메다 가문의 이야기가 아닌 형태로 소설로

만들어달라는 의뢰였다.

    도갓타는 잠시 시간을 달라고 요청했다. 흥미를 보일 만한 소설가 한 사람을 알고 있으니 에둘러서 넌지시 상의해보겠다고.

"그 소설가라는 분은 누구신지?"

우메다 옹이 묻자 도갓타는 숨김없이 대답했다.

"요시다 슈이치라는 작가인데, 실은 제 선배라서 오랫동안 알고 지낸 사이입니다."

안타깝게도 우메다 옹은 요시다 슈이치를 몰라서 도갓타가 간단히 그의 경력을 소개했다.

"그는 순수문학 계열 작가고, 현재는 아쿠타가와상 심사 위원도 맡고 있는데, 액션이 많이 나오는 스파이 소설을 쓰기도 합니다."

    ……다른 무엇보다, 이 이야기에 틀림없이 흥미를 보일 겁니다.

*

    그런 연유로 도갓타 란페이가 나를 찾아온 것이다.

    나는 란페이가 노라시마섬에서 체험한 얘기를 다 들은 후, 그 자리에서 바로 "할게"라고 대답했다.

그 정도로 매력적인 이야기였다.

"정말이죠!"

란페이는 놀라울 정도로 무척 기뻐했다.

······그런데 조건이 있어요.

"등장인물들의 신원은 드러나지 않게 쓰라는 거겠지?"

"가능한가요?"

"그 정도는 간단해."

세토내해에 있는 섬을, 예를 들면······ 그래, 규슈의 구주쿠시마섬 언저리로 바꾸면 등장인물들의 정체는 이미 반 이상 감춰져.

"그런가요?"

"물론 그 밖에도 여러 부분을 바꿔 쓰긴 해야지."

"아, 맞다. 제일 중요한 건."

란페이가 등을 곧게 폈다.

······우메다 어르신이 그 소설로 전하고 싶은 진실은 단 한 가지뿐이라고 했어요.

"알아."

내가 말했다.

그 자리에 란페이가 아니라 우메다 옹 본인이 와 있는 것 같았다.

······알아.

나는 그 말을 되풀이했다.

……지금으로부터 그리 멀지 않은 과거에, 도쿄의 우에노역에서 고지와 게로, 그리고 미짱이라는 세 아이가 살았다는 것이겠지.

란페이는 기쁜 얼굴로 "네" 하고 고개를 끄덕였다.

그리고 "아, 맞다, 맞다" 하며 뒤늦게 생각이 떠오른 듯이 덧붙였다.

우메다 어르신의 부탁이 하나 더 있는데…….

"뭔데?"

"이건 어디까지나 가능하다면 해달라는 뜻 같습니다만."

……그 이야기가 마치 어른이 된 게로가 쓴 것 같은 소설처럼 완성될 수만 있다면, 더는 아무런 여한이 없다고 합니다.

란페이는 그렇게 말한 후 나에게 낡은 노트 하나를 내밀었다.

오래되고 낡은 표지에는 '지하인의 역습'이라는 제목이 쓰여 있었다.

나는 시간을 좀 달라고 해서 그 소설을 읽었다.

솔직히 대화문이 너무 많았고 그야말로 아이가 쓴 서툰 문장투성이였다. 그렇긴 했지만, 그 게로라는 소년이 어떤 곳에서, 어떤 마음으로, 그 소설을 썼는지……

그런 정황들이 삐뚤빼뚤하고 서툰 글자들의 행간에서 배어 나왔다.

"어려운 주문이지만, 나름대로 최선을 다해보지."

나는 그렇게 대답했다.

……분명 이 아이는 글을 쓰는 것으로 하루하루 목숨을 부지했을 것이다.

그런 아이의 마음이 그 노트에서 절절하게 전해졌다.

같은 소설가로서 줄곧 잊고 살았던 무언가를 그 아이의 소설이 새삼 떠올리게 해준 듯했다.

내가 집필 의뢰를 받아들인 사실을 알고, 우메다 옹은 대단히 기뻐했다고 한다.

우메다 옹이 심근경색으로 갑자기 세상을 떠났다는 소식을 들은 것은 그 직후였다.

그는 생전에 '만 년을 사랑하다'의 매각을 포함한 유산 정리를 다 마치고, 최선의 상태로 우메다마루 백화점의 경영권을 손녀인 노노카에게 물려주었다고 한다.

임종의 순간은 노라시마섬의 전망 좋은 침실 침대에서 고통 없이 잠을 자듯 숨을 거뒀던 것 같다.

전날 밤에 어떤 예감이라도 들었던 걸까. 그의 머리맡

에는 이런 메모가 남겨져 있었다고 한다.

게로,
곧 미짱을 데리고 그리로 갈 거야.
너무 오래 기다리게 했어.
외로웠지?
하지만 이젠 셋이 늘 함께할 거야.
또 재미난 이야기 많이 들려줘.

옮긴이의 말

 요시다 슈이치는 현대 일본 문학에서 일상과 비일상, 개인과 사회가 맞물리는 순간을 예리하면서도 섬세하게 포착해온 작가다. 그는 도쿄 청년들의 방황, 가족의 해체, 도시인의 내적 불안과 고독을 반복해서 주제로 삼으며 "인간을 쓰고 싶다"라는 소망을 문학 속에서 구현해왔다. 그의 작품들은 늘 현실과 맞닿아 있으면서도, 동시에 보이지 않는 심연을 응시한다는 점에서 특별하다. 이러한 지향은 《죄, 만 년을 사랑하다》에서 한층 더 심화하여 나타난다.

 겉으로 보아 이 작품은 실종, 유언, 탐정의 수사라는 장르적 장치를 지닌 미스터리다. 그러나 사건의 추적이 그저 범인을 밝히는 데서 끝나지 않고, 인간 존재와 사회적 상흔을 비추는 깊은 서사로 확장된다. 이야기의 한가운데에는 보석 '만 년을 사랑하다'가 놓여 있다. 그러나 그

것은 피상적인 재산적 가치가 아니라, 한 가문의 기억과 전쟁의 그림자를 응축한 상징이다. 우메다마루 백화점의 창업자인 우메다 소고의 삶은 전쟁 이전의 빈곤과 결핍, 전시의 혼란, 전후의 재건과 맞물리며 일본 근현대사의 굴곡을 압축적으로 보여준다. 특히 작가는 패전 후 사회에 내동댕이쳐진 전쟁고아들의 현실을 핵심 주제로 끌어올린다. 굶주림과 상실, 보호받지 못한 아이들의 존재는 일시적인 사회문제가 아니라 인간 존엄의 근본적 위기로 제시된다.

작품은 전후 혼란을 배경으로 하면서도 결국 사랑과 관계 회복의 이야기로 귀결된다. 예기치 못한 반전과 다층적 전개, 그리고 마지막 고백의 순간은 독자에게 깊은 여운을 남긴다. 등장인물들은 사건을 둘러싼 주변 인물에 그치지 않고 각자 상처와 상실을 안고 살아가는 존재로 그려진다. 그들의 목소리를 통해 독자는 "누가 전쟁의 공백을 감당할 것인가"라는 근원적 물음과 마주하게 된다. 이 질문은 특정한 시대에 국한된 문제가 아니라, 지금 이 순간을 살아가는 우리 모두의 문제로 확장된다.

비평가 다키이 아사요가 지적했듯 독자는 이 작품을 읽으며 "이것은 틀림없는 요시다 슈이치의 소설"이라는 확신을 갖게 된다. 절제와 담백함을 바탕으로 한 문체, 과장된 감정을 배제하고 여백을 통해 독자 스스로 의미를 채워 넣도록 유도하는 방식은 그의 일관된 문학적 태도다. 간결한 표현 속에 배어 있는 여운과 아이러니, 역설은 전후 사회의 모순을 드러내며, 특히 아이들의 시선을 통해 포착된 장면들은 독자에게 안타까움과 동시에 부끄러움을 안긴다. 또한 일본 사회의 기억과 한국 사회의 현실을 겹쳐져 읽는 이는 역사적 성찰을 요구받는다.

서사 구조의 면에서도 이 작품은 독창적이다. 현재의 탐정 조사, 45년 전 실종 사건, 전시와 전후의 기억이라는 삼중 액자 구조는 시간과 기억의 층위를 다양하게 교차한다. 독자는 단선적 전개가 아니라 중첩된 시점과 증언을 넘나들며 다층적인 독서 경험을 얻게 된다. 이 과정에서 전쟁은 회고 속에만 머무는 과거가 아니라 현재는 물론이고 미래로까지 이어지는 중대한 문제로 되살아난다. 허구와 진실, 역사와 기억이 뒤얽히는 지점에서 독자는 수동적 수용자가 아니라 해석의 적극적 참여자로 끌려 들어간다. 바로 그 순간, 작품은 표면적인 서사가 아닌 인간 세계의 은유적 지도로 변모한다.

따라서 《죄, 만 년을 사랑하다》는 보석을 둘러싼 미스터리라는 외형을 넘어, 전후 일본 사회의 어두운 그림자와 인간 존재의 상처를 정면으로 응시하는 작품이라 할 수 있다. 작가가 던지는 질문은 범인의 정체가 아니라 "누가 무엇을 잃었고, 무엇을 지키려 했는가"라는 본질적 물음이다. 이로써 이 작품은 장르 소설과 순수문학의 경계를 자유롭게 넘나들며 독창적인 위치를 차지한다.

번역 과정에서 특히 강하게 다가온 것은 "기억의 무게"였다. 개인이 감당해야 하는 기억과 공동체가 짊어져야 하는 기억은 결코 동일할 수 없지만, 소설은 그 경계와 접점을 집요하게 탐색한다. 독자는 한 개인의 고백을 매개로 국가적·시대적 상흔을 직면하게 되며 가벼운 오락적 독서가 아닌 역사적 성찰의 기회를 부여받는다. 훌륭한 소설이 그렇듯 이 작품 또한 모든 질문에 답하기보다 마지막 물음을 독자에게 남긴다. 결국 이야기는 독자가 자신의 삶과 기억을 비추어 읽을 때 비로소 완성되기 때문이다.

나아가 이 작품의 한국어 번역은 일본 문학을 전달하는 다리 역할 이상의 의미를 지닌다고 생각한다. 전쟁의 상흔, 기억의 불확실성, 인간 존재의 불안정성은 특정한 시대와 사회를 넘어 보편적으로 되풀이되는 문제다. 그렇기에 이 소설은 우리 자신의 역사와 현실을 되돌아보게 하는 거울이 된다. 고아들의 침묵과 한숨, 그리고 그 속에서 희미하게 빛나는 작은 희망이 우리 독자에게도 깊이 스며들기를 바란다. 그리고 그 희망을 마주하는 순간, 우리는 타인의 고통을 통해 자기 내면을 성찰하게 하는 문학의 힘을 새삼 확인하게 될 것이다.

이영미

죄, 만 년을 사랑하다

1판 1쇄 발행 2025년 11월 20일
1판 2쇄 발행 2025년 12월 12일

지은이·요시다 슈이치
옮긴이·이영미
펴낸이·주연선

㈜은행나무
04035 서울특별시 마포구 양화로11길 54
전화·02)3143-0651~3 | 팩스·02)3143-0654
신고번호·제 1997—000168호(1997. 12. 12)
www.ehbook.co.kr
ehbook@ehbook.co.kr

ISBN 979-11-6737-596-4 (03830)

• 이 책의 판권은 지은이와 은행나무에 있습니다. 이 책 내용의 일부 또는 전부를 재사용하려면 반드시 양측의 서면 동의를 받아야 합니다.

• 잘못된 책은 구입처에서 바꿔드립니다.